ULLSTEIN

Das Buch

Zu Beginn des Zweiten Weltkrieges konnten die Deutschen ihre meteorologischen Prognosen auf Meldungen von ihren eigenen Wetterschiffen und von neutralen Stationen in der Arktis stützen. Doch die Stationen wurden nach und nach geräumt, die Wetterschiffe von den Briten eingepeilt und aufgebracht. So erhält der Kommandant von U 115, Arne Thomsen, den scheinbar einfach auszuführenden Befehl, einige Wissenschaftler in Norwegens hohen Norden zu bringen: Operation EISBÄR. Die Situation verlangt vor allem Geheimhaltung. Tausend neugierige Augen interessieren sich brennend dafür, was sich bei den Deutschen abspielt. Und so ist es nicht nur auf den alten Aberglauben zurückzuführen, daß eine Frau an Bord immer Unglück nach sich zieht, als Kapitänleutnant Thomsen erkennen muß: Bei Operation EISBÄR steckt der Teufel im Detail.

Der Autor

Erik Maasch wurde zur Marine eingezogen, absolvierte mit Erfolg die Marineschule Flensburg-Mürwik, nahm als Seeoffizier auf verschiedenen Kriegsschauplätzen am Zweiten Weltkrieg teil und ist als Kapitän auf Großer Fahrt auf deutschen Kauffahrteischiffen zugelassen. Er wurde bekannt als Autor zahlreicher heiterer Romane, eines nicht minder erfolgreichen Kriminalromans und zahlreicher spannender U-Boot-Romane.

In unserem Hause sind von Erik Maasch bereits erschienen:

Auf Sehrohrtiefe vor Rockall Island
Duell mit dem nassen Tod
Im Fadenkreuz von U 112: English Harbour
Tauchklar im Atlantik
Die U-Boot-Falle
U 112 auf Feindfahrt mit geheimer Order
U 115: Jagd unter der Polarsonne
U-Boote vor Tobruk

Erik Maasch

U 115: Operation Eisbär

Roman

Ullstein

Besuchen Sie uns im Internet:
www.ullstein-taschenbuch.de

Umwelthinweis:
Dieses Buch wurde auf chlor- und säurefreiem Papier gedruckt.

Ullstein Verlag
Ullstein ist ein Verlag des Verlagshauses
Ullstein Heyne List GmbH & Co. KG.
1. Auflage April 2003
2. Auflage 2003

Umschlaggestaltung: Hansbernd Lindemann, Grafikdesign, Berlin
Titelabbildung: Viktor Gernhard
Gesetzt aus der Sabon
Satz: hanseatenSatz-bremen, Bremen
Druck und Bindearbeiten: Ebner & Spiegel, Ulm
Printed in Germany
ISBN 3-548-25651-1

Der Adjutant, Oberleutnant zur See Bertram, klappte die Hacken zusammen und öffnete mir mit einem Lächeln die Tür zum *Allerheiligsten*, wie wir das Dienstzimmer des Flottillenchefs, Korvettenkapitän Jost von Wittmand, scherzhaft nannten.

»Ich hoffe, Sie hatten einen schönen Aufenthalt in Deutschland, Herr Kaleu?«

»O ja, den hatte ich! Er hatte nur einen gravierenden Fehler, Herr Bertram, er war zu kurz. Vier Wochen wären mir lieber gewesen.«

»Kann ich mir lebhaft vorstellen.« Er zuckte bedauernd die Schultern. »Aber so ist das nun einmal. Bitte, nehmen Sie Platz, der Chef muß jeden Augenblick aus der Besprechung mit den Wetterfröschen kommen. Kaffee oder Tee?«

»Kaffee, bitte, wenn er schön kräftig ist. Mir hängt die lange Nachtfahrt noch an.« Ich legte die Mütze ab und nahm in einem der Sessel Platz. »Sie sagten Wetterfrösche – gibt's 'nen besonderen Grund? Steht wieder ein Orkan ins Haus?«

Meine Frage schmeckte ihm offensichtlich nicht, denn er nahm die Thermosflasche betont langsam vom Serviertisch, um Zeit zu gewinnen, und goß Kaffee in eine Tasse. »Kein Orkan, Herr Kaleu. Die töten ihm schon seit Tagen den Nerv. Es geht um eine Sache, bei der ... aber ich glaube, das sagt er Ihnen am besten selbst. Zucker? Sahne?«

»Nein, danke, lieber schwarz. Man tötet ihm also ...«

Ich stockte und lauschte nach nebenan, von wo sich schwere Schritte über das Parkett der Tür näherten. Die Tür wurde vom Schreibermaat aufgerissen, in ihr erschien rahmenfüllend die kompakte Figur des Flottillenchefs.

Ich sprang auf und nahm militärische Haltung an. »Kapitänleutnant Thomsen meldet sich gehorsamst von Dienstreise zurück, Herr Kapitän!«

»Nehmen Sie Platz, mein lieber Thomsen!« Er schüttelte mir die Hand, dabei streifte mich eine deftige Alkoholfahne. Er wandte sich seinem Adjutanten zu. »Mir auch einen Kaffee, bitte, aber schwarz, Herr Bertram.« Er ließ sich mir gegenüber in den Sessel fallen und hauchte gegen seine Hand. »Meine Fahne flattert mir voran und das mitten im Dienst! Ist aber nicht auf meinem Mist gewachsen, Thomsen. Diese Wetterfrösche! Bringen eine Flasche uralten Hennessy mit, um mich unter den Tisch zu saufen und ihren Wünschen geneigter zu machen.« Er lachte. »Wäre gar nicht nötig gewesen, denn der entsprechende Befehl aus Berlin liegt schon vor. Habe ich denen selbstverständlich erst gesagt, als die Cognacbuddel leer war. So einen guten Stoff darf man doch nicht umkommen lassen oder?«

Ich mußte unwillkürlich lächeln. Das war typisch Jost von Wittmand. Er war der Sproß aus einem uralten ostfriesischen Adelsgeschlecht, das – seiner eigenen Aussage in feucht-fröhlicher Runde nach – jahrhundertelang Seeräuber hervorgebracht und später, als die Piraterie nicht mehr gelaufen sei, den jeweiligen Landesherren Seeoffiziere gestellt habe. Ein angenehm menschlicher Vorgesetzter und ein Genießer vor dem Herrn, was man seiner Figur auch ansehen konnte. Wer ihn unter den Tisch saufen wollte, der mußte schon ein jahrelanges Training hinter sich haben oder Nord- oder Ostfriese sein und die gleiche Kondition mitbringen.

Er grinste und hob scherzhaft drohend einen Finger. »Ich kann Ihre Gedanken lesen, mein Lieber! Aber so ist das nun mal, wer anderen eine Grube gräbt, fällt selbst hinein! Nun zu Ihnen, Herr Thomsen. Wie ist der Prozeß gegen diesen Rahn ausgegangen?«

»Zum Tode verurteilt, Herr Kapitän.« Ich unterstrich meine Worte demonstrativ mit einer Handbewegung rund um meinen Hals. »Er war voll geständig und versprach Besserung, fand jedoch keine Gnade bei seinen Richtern.«

»Das hätte mich auch gewundert! Kameradenmord auf Feindfahrt, um den verhaßten Nebenbuhler auf eine so heimtückische Weise um die Ecke zu bringen, dazu gehört schon eine gehörige kriminelle Energie und Hemmungslosigkeit.«[1]

Ich nickte. »Das war so raffiniert eingefädelt, daß wir ihm nie auf die Schliche gekommen wären, hätte mein Smadding nicht dieses belastende Foto bei ihm entdeckt.«

»Ich glaube nicht, daß er Nachahmer finden wird.« Er wechselte das Thema. »Hatten Sie wenigstens Gelegenheit, Ihre Familie wiederzusehen? – Na bitte, wenigstens ein Lichtblick. Wie geht es ihr? Mutter und Kind gesund? – Gratuliere! Was ist es denn geworden? Junge oder Mädchen?«

»Ein Junge, sehr zum Leidwesen meiner Frau. Ihr wäre ein Mädchen lieber gewesen.«

»Warum das denn?« fragte er verblüfft. »In meiner Familie hatten und haben Jungen noch immer Priorität. Bei Ihnen nicht?«

»Bei mir schon, nur bei meiner Frau nicht. Sie nennt da-

[1] Maasch, Erik: U 115 – Jagd unter der Polarsonne. Ullstein Taschenbuch 25 446.

für einen ganz plausiblen Grund: Mädchen müssen später nicht in irgendwelchen blöden Kriegen Soldat spielen, Herr Kapitän.«

»Mmmm, nicht in irgendwelchen blöden Kriegen Soldat spielen?« brummte er und sah mich prüfend von der Seite an. »Offen gesagt, ich wäre da an der Stelle Ihrer Frau längst nicht mehr so sicher. Hat sie das Pflichtjahr und den militärisch straff ausgerichteten Arbeitsdienst für Mädchen vergessen? Noch wird die deutsche Frau ja als hehre germanische Stammutter für kommende Generationen gepriesen und bekommt einen Orden umgebammelt, als sei das Kinderkriegen 'ne Heldentat auf dem Schlachtfeld der Ehe. Aber hinter vorgehaltener Hand redet man schon jetzt von der Wehrertüchtigung für Mädchen, und der sogenannte Lebensborn der SS ist ja auch nicht gerade dazu angetan, die Bedenken gegen solche Praktiken ...«

Das Klingeln des Telefons unterbrach ihn. Er machte eine unwillige Kopfbewegung zu seinem Adjutanten hin. »Nehmen Sie nebenan ab, Herr Bertram! Ich bin in einer wichtigen Besprechung.«

Ich war für diese Unterbrechung mehr als dankbar. Mit der »hehren germanischen Stammutter und dem Lebensborn der SS« wagte sich mein Flottillenchef auf eine nicht ungefährliche politische Ebene. Die germanische Stammutter war ein Produkt der Parteidoktrin der NSDAP. Eine fixe Idee, über die man noch spotten konnte und es im gleichgesinnten Kreise auch tat.

Mit dem Lebensborn der SS war es jedoch etwas anderes. Es waren nämlich Heime der SS, in die ledige Mütter ihre von »rassereinen SS-Angehörigen in freier Liebe« gezeugten Kinder geben konnten, damit diese dort, vom Makel der Unehelichkeit befreit, als »Kinder des Führers« im nationalsozialistischen Sinn aufgezogen wurden. Das war folglich ein todernstes Politikum, zu dem man sich jegliche Stellungnahme besser verkniff. Daher also der prüfende Blick.

Ich wollte mich auf diese politische Ebene nicht locken lassen, deshalb bog ich ab. »Darf man fragen, welche Absichten diese trinkfreudigen Wetterfrösche mit dem Hennessy eigentlich verfolgt haben, Herr Kapitän?«

Er grinste. »Man darf, Herr Thomsen. Was ich Ihnen jetzt anvertraue, unterliegt strengster Verschwiegenheit auch Ihren Offizieren gegenüber. Die Katze dürfen Sie erst aus dem Sack lassen, wenn sich Ihre eigentliche Mission nicht mehr verheimlichen läßt und darüber nichts mehr nach außen dringen kann, klar?«

»Meine eigentliche Mission, Herr Kapitän?«

»Sie wissen ja aus eigener Erfahrung, welche Rolle die Wetterprognosen gerade für unsere Kriegsführung im Nordatlantik spielen«, überging er meine Frage. »Bisher haben wir uns auf neutrale Wetterstationen in der Arktis und auf unsere Wetterschiffe stützen können. Das ist jetzt vorbei. Die Wetterschiffe haben die Briten eingepeilt und aufgebracht, und die neutralen Arktisstationen sind nach und nach aufgegeben worden. Was also tun?«

Er weidete sich an meinem verblüfften Gesicht, denn nach dieser Vorrede gab es für mich auf seine Frage eigentlich nur eine Antwort. »Darf ich das so verstehen, daß U 115 aus dem Fronteinsatz abgezogen werden soll, um als Wetterschiff eingesetzt zu werden, Herr Kapitän?«

Er lachte laut auf. »Mitnichten, Thomsen, da sitzen Sie jetzt aber auf einem völlig falschen Dampfer! Das heißt, so schlecht ist diese Idee gar nicht, hätten wir nur mehr Boote für die Geleitzugschlachten im Atlantik zur Verfügung! Da geht's nämlich richtig los, sobald Frankreich kapituliert und wir die Atlantikhäfen in unsere Hände bekommen, mein Lieber. Lange kann das nicht mehr dauern, dann sind unsere Tage hier in Bergen vermutlich auch gezählt.«

Er nahm einen ordentlichen Zug aus seiner Kaffeetasse und schnalzte mit der Zunge. »Ein richtiger Lebenswecker, was der Bertram da wieder zusammengebraut hat. – Nee, kein Wetterschiff, aber mit dem Wetter hat Ihre Mission schon etwas zu tun. Deshalb haben mich die Wetterfrösche ja mit dem Hennessy weich zu klopfen versucht.« Er klopfte eine Zigarette aus der Verpackung, zündete sie umständlich an und paffte ein paar Rauchringe in die Luft. »Um es kurz zu machen, Herr Thomsen, Sie werden mit Ihrem Boot Meteorologen und ein paar Gebirgsjäger nach Svalbard transportieren. Svalbard, so nennen die Norweger Spitzbergen. Dort soll auf dem Inlandeis eine Wetterstation errichtet werden.«

Ich fiel aus allen Wolken. Das war eine Wendung, mit der ich überhaupt nicht gerechnet hatte. Wir sollten Badegäste zusätzlich zu den achtundvierzig Mann Besatzung an Bord nehmen? Du lieber Himmel, in unserer beengten Eisenröhre, wo schon so wenig Platz vorhanden war, daß sich jeweils immer zwei Mann abwechselnd eine Koje teilen mußten?

»Meteorologen und Gebirgsjäger, Herr Kapitän?« wiederholte ich ungläubig. »Im Ernst? Wie viele?«

»Im Ernst, Herr Thomsen! Vier Wetterfrösche und sechs Gebirgsjäger.« Er hob abwehrend die Hand, als ich den Mund aufmachte. »Ich weiß genau, was Sie jetzt sagen wollen. Für zehn Leute mehr ist kein Platz und so, was? Das läßt sich regeln. Keine Extrawürste, mein Lieber! Die werden eben in Hängematten schlafen müssen. Bekommen sie gleich den richtigen Eindruck, wie es in einem U-Boot wirklich zugeht. Ein bißchen anders, als es ihnen die Wochenschau bisher vorgegaukelt hat.«

»Alles schön und gut, solange es eine richtige Bäderreise

ist, Herr Kapitän«, muckte ich auf. »Was aber, wenn es zu Kampfhandlungen kommt? Dann sind die uns im Weg und behindern unsere Gefechtsbereitschaft. Wäre da nicht besser ein Trawler oder gar ein Zerstörer für die Aufgabe geeignet?«

»Den Einwand habe ich auch vorgebracht.« Wieder ein prüfender Blick von der Seite, als sei er sich nicht schlüssig, was er mir gegenüber äußern sollte und was nicht. »Aber wissen Sie, wie viele Zerstörer uns Narvik gekostet hat? Natürlich nicht! So viele, daß wir für so ein Unternehmen keinen mehr entbehren können! Außerdem erregt ein U-Boot weit weniger Aufsehen, das kann rechtzeitig wegtauchen, klar?«

Das Gerücht stimmte also, daß es vor Narvik fürchterliche Verluste für unsere Zerstörerflotte gegeben hatte, weil die Torpedos unserer U-Boote vor dem Vestfjord gegen die angreifenden Tommies versagt hatten. Wie schlimm es dort aber tatsächlich zugegangen war, konnte ich jetzt unschwer aus seinen Worten heraushören.

»Und was ist mit deren Ausrüstung, Herr Kapitän?« angelte ich nach einem rettenden Strohhalm. »Dafür haben wir doch gar keinen Platz, denn die kommen doch nicht nur mit 'ner Aktentasche an Bord.«

»Natürlich nicht. Sie werden auf einen Teil Ihrer Torpedos verzichten müssen und dafür die Grundausrüstung für Ihre Badegäste an Bord nehmen. Sobald die auf Spitzbergen Fuß gefaßt haben, kommt der übrige Krempel mit norwegischen Trawlern nach, die schon in Tromsø damit bereitliegen.«

»Auf Torpedos verzichten?« wagte ich einen letzten Einwand. »Wie sollen wir uns denn da zur Wehr setzen, wenn plötzlich die Tommies aufkreuzen?«

»Das ist mehr als unwahrscheinlich. Die Briten haben jetzt ganz andere Probleme, dafür sorgt schon ihr Desaster in

Frankreich. Außerdem haben Sie keinen Kampfauftrag und sollen auch nur auf einen Teil Ihrer Torpedos verzichten, mit denen wir hier zur Zeit ohnehin noch knapp dran sind.«

Der Adjutant steckte seinen Kopf durch die Tür. »Herr Kapitän, ich soll Sie an die Besprechung um siebzehn Uhr erinnern.«

Von Wittmand sah auf die Uhr und atmete sichtlich auf, daß er mich auf diese Art mit gutem Wind loswerden konnte. »Was denn, so spät schon? Tut mir leid, Herr Thomsen, Sie hören ja, die Pflicht ruft. Sie bekommen in den nächsten Tagen alles noch schriftlich. Dann sprechen wir das noch genauer durch. Aber Sie kennen jetzt wenigstens schon Ihr Ziel.« Er stand auf und schüttelte mir die Hand. »Bis dahin, mein Lieber.« Ich war schon halb zur Tür hinaus, als mich seine Stimme aufhielt. »Moment, Herr Thomsen, da ist noch etwas! Machen Sie die Tür wieder zu. Es muß nicht jeder mithören.«

Ich warf einen Blick in das Vorzimmer. Dort warteten offenbar die Teilnehmer an der Besprechung, neben dem Hafenkapitän auch einige mir nicht bekannte Offiziere und ein paar Werftgrandies. Mit einem unguten Gefühl kehrte ich an den Tisch zurück. »Hoffentlich nicht noch so eine unangenehme Überraschung, Herr Kapitän.«

Er lachte laut auf. »Im Gegenteil, mein Lieber! Dieser Agent, dieser Schotte, den Ihr Stoßtrupp dort auf Neesodden geschnappt hat, hat die Hosen runtergelassen. Kein schlechter Fang, den Sie da gemacht haben. Der hat wie ein Kanarienvogel gesungen, als ihn die Abwehr in die Mangel genommen hat. Hat wohl geglaubt, er käme dadurch mit heiler Haut davon.«

Er lehnte sich in seinen Sessel zurück und wartete auf eine spontane Reaktion meinerseits. Mir hing jedoch offenbar nicht nur die lange Nachtfahrt an, ich hatte auch die Erinnerung an diesen Agenten aus meinem Gedächtnis gestrichen, nachdem wir ihn dem Hafenkapitän zur Weiterleitung an die Abwehr übergeben hatten. Außerdem drehte sich in meinem Kopf jetzt alles um die Probleme, die man mir mit dem Spitzbergeneinsatz aufgeholzt hatte.

»Der hat also ausgepackt? Wie schön!« Das klang selbst in meinen Ohren nicht sonderlich interessiert.

»Ist das alles, was Ihnen dazu einfällt?« fragte er enttäuscht. »Mensch, Thomsen, begreifen Sie denn nicht? Das war ein dickes Lob! Der hat alles ausgeplaudert, was er wußte, und das war nicht wenig! Und was noch fehlte, ging aus den Papieren in der weichen Ledermappe hervor, die Ihr I WO in den Trümmern des Leuchtturms gefunden hat. Dadurch hat unsere Abwehr den über ganz Norwegen verstreuten Agentenring ausheben können, den die Tommies hier in Norwegen schon in aller Heimlichkeit aufgebaut hatten, bevor wir es besetzten. Ein Schlag, von dem sich die Briten wohl kaum so schnell erholen werden.«

Bei mir fiel endlich der Groschen. »Ich bin angenehm überrascht, Herr Kapitän! Andererseits sieht man aber mal wieder, wie man sich täuschen kann. Ich habe diesen brutalen Kerl für einen ganz harten Hund gehalten, an dem sich die Abwehr die Zähne ausbeißen werde.«

Der Kapitän sah mich einen Augenblick an, als zweifle er an meinem Verstand. »Mein lieber Thomsen, Sie sind aber naiv! Was glauben Sie denn, wie die mit ihm umgesprungen sind? Der Kerl war ein Agent, also kein regulärer Kriegsteilnehmer, der sich auf die Haager Konventionen berufen konnte. Hinzu kamen Mord und eine versuchte Vergewaltigung, da kannten die kein Pardon. Ich bin sicher, der wußte zum Schluß nicht mehr, ob er Männlein oder Weiblein war.«

Er sprach von dem Schotten in der Vergangenheit. Dafür gab es nur eine Erklärung. Ich fragte trotzdem: »Und dann?«

»Danach fragt man eigentlich nicht«, brummte er mißbilligend. »Agenten haben ein kurzes Leben, wenn sie einen brutalen Mord und 'ne versuchte Vergewaltigung auf dem Kerbholz haben. Ihn hat man standrechtlich erschossen, seine Kumpane sind in einem Lager gelandet, habe ich gehört. Wenn sie Glück haben, werden sie irgendwann über ein neutrales Land gegen deutsche Spione ausgetauscht. Aber bitte, Herr Thomsen, das alles behalten Sie gefälligst für sich, klar?«

»Völlig klar, Herr Kapitän. Eine Frage hätte ich dazu allerdings noch. Mein I WO, ist der ...«

»Ich ahne, was Sie wissen wollen«, unterbrach er mich. »Der ist natürlich als Zeuge gehört worden, mehr aber auch nicht. Bei diesem Fräulein Skoller hat man sich mit dem Protokoll ihrer Vernehmung begnügt. Sie lag ja noch im Marinelazarett, konnte also vor Gericht nicht erscheinen. War auch besser so.« Er sah wieder auf die Uhr. »Jetzt muß ich aber! Bis bald dann.«

Nach dieser Verabschiedung konnte ich ihm schlecht sagen, daß er diesmal auf dem völlig falschen Dampfer saß, denn das hatte ich gar nicht wissen wollen. Aber danach konnte ich meinen I WO fragen. Ich salutierte schweigend und verließ den Raum.

Im Kriegshafen mußte ich eine ganze Weile nach U 115 suchen. Mein Boot, das ich vor meiner Dienstreise beschädigt in Bergen zurückgelassen hatte, lag am Ausrüstungskai ziemlich versteckt zwischen einem Minensucher, ein paar Schnellbooten und mehreren ehemals norwegischen Korvetten, von deren Signalmast jetzt die deutsche Kriegsflagge wehte. Ein Zeichen dafür, daß die Werft das Boot inzwischen wieder zusammengeflickt hatte.

U 115 bot einen durchweg erfreulichen Anblick. Verschwunden waren die Schrunden und Durchschüsse, die Granaten und deren Splitter am Turm und in der Außenhaut hinterlassen hatten. Auch die beiden zerschmetterten Sehrohrköpfe waren endlich ersetzt worden, wie mir ihre Optiken verrieten, die im milden Sonnenlicht blitzten. Der Geruch nach frischer Farbe hing in der Luft, überlagerte den typischen Hafenmief und wurde vom leichten Wind zu mir immer stärker herübergetragen, je näher ich dem Ausrüstungskai kam.

An Deck und auf dem Kai herrschte reger Betrieb. Proviantkarren, auf denen sich Kartons, Kisten und Säcke türmten, versperrten den Weg zur Gangway. Von Mann zu Mann wanderten sie an Bord und rutschten durch die Versorgungsluken unter Deck. Der Smutje und der Fähnrich – Strichlisten in den Händen – kontrollierten mit Argusaugen, was an Speckseiten, Würsten, Schinkenbeuteln, Broten und alkoholischen Getränken an Bord gebracht wurde.

An Deck standen der II WO und der Smadding und sprachen mit dem Bootsmaat der Wache. Als sie meiner ansichtig wurden, ließ ein schriller Pfiff aus der Batteriepfeife und der Ruf »Front nach Steuerbord!« die Männer auf dem Kai und an Deck erstarren.

Ich winkte ab. Doch das übliche militärische Zeremoniell, wenn der Kommandant an Bord ging, ließ sich nicht mehr aufhalten. Unter dem Zwitschern der Bootsmannsmaatenpfeife betrat ich die Gangway. Der II WO, Leutnant zur See Störmer, und der Smadding, Bootsmann Hochheim, salutierten.

Sobald ich den Fuß auf das Deck gesetzt hatte, brach der Seite-Pfiff mit einem kunstvollen Triller ab. Ich trat vor den II WO und erwiderte lässig die militärische Ehrenbezeigung mit der Hand an meiner weißen Kommandantenmütze.

»Melde mich an Bord zurück, Herr Störmer!«

»Danke! Herzlich willkommen an Bord, Herr Kaleu!«

Er schüttelte meine Hand und machte dem Bootsmaat der Wache ein Zeichen. Der trat vor und meldete zackig: »Bootsmaat der Wache Matrosenhauptgefreiter Jensen, Herr Kaleu! U 115 bei der Proviant- und Wasserübernahme! Alle Urlauber von Land zurück, Dienst nach Plan.«

»Danke, Jensen! Weitermachen mit Dienst nach Plan!« In die Männer an Deck und an Land kam wieder Bewegung. Ich wandte mich an den II WO. »Irgendwelche besonderen Vorkommnisse, Herr Störmer?«

»Wie man's nimmt, Herr Kaleu. Die Werftabnahme ist erfolgt und erfolgreich abgeschlossen. Auf dem Papier ist U 115 wieder tauchklar. Pfusch in dieser norwegischen Werft ist aber trotzdem nicht auszuschließen. Deshalb prüft der LI mit seinen Stokern alle technischen Einrichtungen, Anschlüsse und so weiter noch einmal gründlich durch, zumal wir einsatzklar machen sollen.«

Ich nickte zustimmend. »Besser ist besser. Und Sie, Nummer Eins? Steht wieder jemand wegen irgendwelcher Prügeleien an Land, Wachvergehen oder so zum Rapport?«

Bootsmann Hochheim, die Seemännische Nummer Eins, zuckte bedauernd die Schultern. »Leider nicht, Herr Kaleu. Die haben sich an Land mustergültig wie die Chorknaben aufgeführt. Das liegt wohl daran, daß mit den Kettenhunden hier nicht zu spaßen ist. Schade, ich könnte noch ein paar Fuzzis für die Dreckarbeiten gebrauchen, wie sie immer nach solchen Werftliegezeiten anfallen.«

»Keiner zum Rapport?« Ich sah ihn überrascht an, denn das war bei einer Hafenliegezeit absolut ungewöhnlich. »Heißt das, daß die Kettenhunde hier in Bergen ein besonders scharfes Regiment führen?«

Kettenhunde nannten wir die Feldgendarmen wegen ihres Brustschildes, den sie an einer Kette um den Hals trugen. Vor denen hatten U-Bootfahrer normalerweise nicht den geringsten Respekt. Es war eher umgekehrt. Die Kettenhunde machten um die widerborstigen Marineangehörigen lieber einen Bogen, denn die traten meist zu mehreren auf, wenn es in den Hafenkneipen zu deftigen Auseinandersetzungen kam.

»Na, ich weiß nicht, Herr Kaleu«, meinte der II WO skeptisch. »Das dürfte wohl weniger an den Kettenhunden als vielmehr an dem fehlenden Alkohol liegen. Der ist hier knapp und außerdem sauteuer, wenn man ihn überhaupt bekommt. Deshalb passen ja der Smut' und der Fähnrich jetzt auch wie die Schießhunde auf, daß auch ja keine Bier- oder Schnapsbuddel auf dem Weg in die Vorratslast verlorengeht.«

»Kann natürlich auch sein, Herr Leutnant«, gab der Smadding zu. »Der Ersatz für den Bräse, den Göhle und den Rahn ist übrigens auch eingetroffen, Herr Kaleu. Die Männer machen einen ganz ordentlichen Eindruck.«

»Gut!« Ich trat an die Turmklampen zur Brücke, um aufzuentern. »Als dann, Dienstbesprechung mit den Deckoffizieren in zwanzig Minuten im Offizierslogis. Wird zwar ein bißchen eng werden, aber ich werde mich kurzfassen.«

Meine drei Offiziere und vier Deckoffiziere sahen mich gespannt an, als ich das Logis betrat. Es war in der Tat so eng, daß ich mich zwischen ihnen durchdrängeln mußte, um an die Back zu gelangen. Ich hatte mich inzwischen unter Deck umgesehen. Es lief alles so, als wäre ich nie weg gewesen, und das sprach für meine Offiziere und die Männer der Besatzung.

»Nehmen Sie Platz, meine Herren, kann ich ja wohl bei diesem geringen Platzangebot kaum sagen.« Ich blieb ebenfalls stehen, obwohl mir der I WO, Oberleutnant zur

See Bernau, einen Platz auf der Backskiste reserviert hatte, und wandte mich an die Deckoffiziere. »Ich will Sie nur kurz darüber informieren, wie das Gerichtsverfahren gegen Rahn in Hamburg gelaufen ist, damit Sie das an die Maate und die Besatzung weitergeben können.« Das mochte einem Außenstehenden ungewöhnlich erscheinen, ich hielt das jedoch für den besten Weg. Die näheren Umstände der Tat hatten bei der Besatzung schon lähmendes Entsetzen und heftige Wut auf den Matrosenobergefreiten Rahn ausgelöst, der sich mit seiner gemeinen Tat aus unserer verschworenen Gemeinschaft ausgegrenzt hatte. Ich brauchte deshalb diesen Vorfall nicht noch einmal bei einer Kommandantenmusterung aufzuwärmen und als warnendes Beispiel hochzuspielen. »So ein Eifersuchtsdrama hat es nach Aussage des Gerichts in der Kriegsmarine bis dahin noch nicht gegeben, es wird vermutlich mit dieser Konsequenz auch einmalig bleiben. Die Beweislage war erdrückend, zumal der Matrosenobergefreite Rahn voll geständig war. Er ist deshalb wegen heimtückischen Kameradenmordes zum Tode verurteilt und in Hamburg-Wandsbeck sofort mit dem Fallbeil hingerichtet worden. Ein anderes Urteil hätte mich auch gewundert.«

Meinen Worten folgte betretenes Schweigen, bis der LI, Oberleutnant Ing. Becker, seine Hand hob. »Das war auch nicht anders zu erwarten, Herr Kaleu. Haben Sie inzwischen auch erfahren, was aus diesem Schotten geworden ist, den der I WO mit seinem Stoßtrupp auf Neesodden gefangengenommen hat?«

Ich dachte an die Worte des Flottillenchefs und zuckte die Schultern. »Da liegt die Sache anders, Herr Becker. Das war eine Angelegenheit der Abwehr, da sickert im allgemeinen wenig durch. Nichts Genaues weiß man also nicht. Aber Mord und versuchte Vergewaltigung, da sollte er wohl inzwischen ebenfalls verurteilt worden sein. Oder wissen Sie mehr, I WO?«

Der schüttelte den Kopf. »Nein, Herr Kaleu. Ich bin lediglich eingehend vernommen worden. Was daraus geworden ist, weiß ich auch nicht.«

»Das habe ich mir gedacht.« Ich sah die Deckoffiziere an. »Das war es eigentlich auch schon. Einsatzklar ist befohlen worden? Also machen Sie das Boot einsatzklar, meine Herren, bis weitere Befehle erfolgen.« Das war deutlich. Ich wartete, bis die Deckoffiziere das Offizierslogis verlassen hatten, dann nahm ich zwischen meinen Offizieren Platz. »Ich weiß zwar noch nicht, was man mit uns vor hat. Aber lange wird der Einsatzbefehl nicht auf sich warten lassen. Wie sieht es in Ihrem Ressort aus, Herr Becker?«

Der LI fischte sein Notizbuch aus seiner speckigen Jacke. »Die Maschinen sind überholt und die Standproben abgeschlossen, Herr Kaleu. Keine Beanstandungen. Und auch sonst sieht alles bestens aus. Trotzdem sind meine Stoker jetzt dabei, die gesamte Elektrik, die technischen Einrichtungen und alle Außenbordsverschlüsse noch einmal auf Herz und Nieren zu überprüfen, damit es nachher draußen keine Pannen gibt. Die Ölübernahme ist abgeschlossen, die Bunker sind bis zur Halskrause gefüllt. Die Wasserübernahme läuft noch.«

»Gut, LI!« Ich blickte den I WO und den II WO an. »Und wie sieht's bei Ihnen aus? Auch alles klar?«

Die beiden verständigten sich durch einen Blick. »Alles klar, Herr Kaleu«, antwortete der I WO für beide. »Sobald wir die Proviant-, Wasser- und Munitionsübernahme abgeschlossen haben, sind wir seeklar. Noch haben wir jedoch 24-Stunden-Bereitschaft.«

»Dabei wird's wohl auch noch ein oder zwei Tage bleiben, wenn ich den Flottillenchef richtig verstanden habe. Oder wissen Sie schon mehr? Es schwirren doch in der Messe bestimmt schon irgendwelche Gerüchte herum, Herr Störmer.«

Unser Casanova, der II WO, grinste. »Tut mir leid, Herr Kaleu, eine Pleite auf der ganzen Linie. Marinehelferinnen, die man ... äh ... anzapfen könnte, gibt's ja hier in Bergen leider noch nicht. Und die Offiziere vom Stab zucken nur mit den Schultern, wenn man sie darauf anspricht.«

»Na schön, fassen wir uns in Geduld.« Ich stand auf. »Dann will ich Sie auch nicht länger von Ihren dienstlichen Pflichten abhalten. Mit Ihnen, I WO, möchte ich vor Dienstschluß noch gerne das Logbuch und den aufgelaufenen Schriftkram durchgehen. Gehen wir hinüber in mein Kabuff?«

Das Durchgehen der Logbucheintragungen und des während meiner Abwesenheit angefallenen Schriftkrams nahm nicht viel Zeit in Anspruch. Das hätte ich auch ohne den I WO allein bewältigen können, denn alles befand sich in mustergültiger Ordnung. Es war ja eigentlich auch nur ein von mir vorgeschobener Grund, um mir die Frage beantworten zu lassen, bei der mich der Flottillenchef nicht hatte ausreden lassen.

Mich zerfraß die Neugier. Bernau hatte mich vor meiner Abreise nach Deutschland gebeten, bei Fräulein Skoller und ihm als Trauzeuge zu fungieren. Jetzt wollte ich wissen, was aus der beabsichtigten Hochzeit geworden war. Eine Heiratserlaubnis für Offiziere wurde ja ohnehin schon durch allerlei bürokratische Stolpersteine erschwert. Darüber hinaus wurde die geplante Heirat der beiden auch noch zusätzlich dadurch kompliziert, daß Maritt Skoller Norwegerin war. Norweger galten nämlich zur Zeit noch als feindliche Ausländer.

Kennengelernt hatten sich die beiden auf unserer letzten

Feindfahrt im Seegebiet vor den Lofoten. Schon bei der ersten Begegnung hatte sich der I WO restlos in die bildhübsche junge Frau verknallt, jedoch ohne jede Aussicht, daß daraus einmal mehr werden konnte. Daran änderten auch die späteren Begegnungen nichts, bis wir vor Helligvær das Wrack des im Ebbstrom steuerlos treibenden Kutters ihres Bruders entdeckten. Und diesem Zufall verdankte sie nicht nur ihr Leben. Schwer verletzt, wie sie war, konnten wir sie gerade noch rechtzeitig aus dem mit Sprengladungen präparierten Wrack retten, bevor es mit ihrem von jenem Schotten ermordeten Bruder in die Luft flog. Sie war es, der wir anschließend die Gefangennahme des Schotten und die Vernichtung der übrigen Mörderbande in dem alten Leuchtturm von Neesodden verdankten.

Ich klappte das Logbuch zu und legte es zur Seite. »Und nun zu Ihnen, Herr Bernau. Wie geht es Ihrer Verlobten?«

»Danke, Herr Kaleu, es geht ihr den Umständen entsprechend gut. Sie ist glücklich, daß sich für sie – dank unseres Eingreifens – letztlich alles doch noch zum Guten gewandelt hat. Von den Verletzungen hat sie sich erstaunlich schnell erholt und hat auch den Tod ihres Bruders verwunden, zumal ihr das Gericht die Gegenüberstellung mit seinem Mörder erspart hat. Sie hinkt zwar noch ein bißchen, aber das gibt sich bestimmt auch noch.«

»Das ist ja sehr erfreulich. Und wie ist es nun um Ihre Hochzeit bestellt, bei der ich den Trauzeugen spielen darf? Schon ein Datum?«

Er verzog das Gesicht. »Wenn's nach uns ginge lieber heute als morgen. Aber Sie kennen das ja von Ihrer eigenen Heirat. Ich habe inzwischen alle notwendigen Papiere beigebracht, den arischen Nachweis, die Ehetauglichkeits-, die Eheunbedenklichkeitsbescheinigung und den Gesundheitspaß, daß ich frei von Erbkrankheiten bin. Maritt ist jedoch

Norwegerin, und das macht die Sache anscheinend schwierig. Dabei ist sie genau das, was von diesen Rassenfanatikern immer gefordert wird. Sie ist nachweislich arisch und noch dazu reinrassiger germanischer Abstammung, was man ja wohl nicht von allen Mitgliedern unserer Regierung sagen kann.«

Seine letzten Worte verschlugen mir glatt die Sprache, obwohl es ja stimmte. Der Reichspropagandaminister Goebbels war schließlich das prominenteste Beispiel dafür. Trotzdem war es unbedacht, etwas so laut zu äußern. Man konnte bei diesem heiklen Thema gar nicht vorsichtig genug sein. Im U-Boot hatten die Wände Ohren. Wenn das einer wie der Matrose Fischer, ein ehemaliger, hundertprozentig überzeugter HJ-Führer, in den falschen Hals bekam, konnte das für den I WO unangenehme Konsequenzen haben.

Um dem die Spitze abzubiegen, lachte ich laut auf. »Na, na, Herr Bernau, arisch sind sie doch wohl alle, auch wenn der eine oder andere gar nicht germanisch aussieht. Wenn nach unserem nächsten Einsatz Ihre Heiratserlaubnis noch immer nicht vorliegen sollte, werde ich nachhaken. Einverstanden?«

Der Einsatzbefehl ließ nicht lange auf sich warten. Die Wasser-, Öl- und Proviantübernahme waren abgeschlossen. Jetzt fehlte nur noch die Verlegung an den Arsenalkai, um Munition und Torpedos zu übernehmen und seeklar zu machen. Und das sprach sich offenbar wie auf dem Dorf in Windeseile herum.

Noch bevor ich nämlich dem Flottillenstab am nächsten Morgen die entsprechende Meldung machen konnte, platzte schon ein Läufer in die Morgenmusterung. Er brachte unter anderem den Befehl, mich zu einer Besprechung beim

Flottillenchef einzufinden. Ich rief meine Offiziere zusammen, um sie zu informieren.

»6-Stunden-Bereitschaft, meine Herren. Kein Landgang mehr, ganz gleich, welchen Grund Sie vorbringen könnten. Das Boot geht an den Arsenalkai und übernimmt Munition für die Flak und die Acht-acht. Weitere Befehle erfolgen in der Kommandantenbesprechung.«

»Na so ein Scheiß!« kommentierte der II WO meine Worte. »Das riecht ja verdammt nach seeklar! Jetzt habe ich endlich so 'ne flotte norwegische Biene aufgerissen, und nun kommt mir bestimmt das Seeklar dazwischen, bevor ich ihr zeigen kann, wo bei mir der Hammer hängt!«

Der LI, ein Spötter vor dem Herrn, griente. Das war Wasser auf seine Mühle. So eine Gelegenheit durfte er sich natürlich nicht entgehen lassen. »Ei gucke mal da, wie interessant! Bei Ihnen hängt also der Hammer schon, Herr Störmer?« Genüßlich ließ er die Wörter »hängt« und »schon« auf seiner Zunge zergehen. »Peinlich, peinlich, mein Gutester! In Ihrem Alter sollten Sie dagegen aber schleunigst was tun, sonst blamieren Sie ja die ganze Innung! Sie werden sehen: Ein paar Tabletten OKASA brutal für Seeleute und Elefanten, die stärken Ihre Manneskraft und machen die Frauen überglücklich.«

Beifallheischend sah er den I WO und mich an. Wir schmunzelten, denn solche harmlosen Sticheleien gehörten nun einmal zum lockeren Umgangston zwischen uns Offizieren. Der II WO war jedoch auch nicht auf den Mund gefallen.

»Nu' hör' sich einer unseren Kaffeesachsen an!« konterte er. »OKASA brutal für Seeleute und Elefanten, und davon gleich ein paar Tabletten? Ich gehe jede Wette ein, Sie sprechen aus bitterer Erfahrung, Herr Becker! Nee, lieber nicht, sonst fallen mir am Ende auch die Haare aus.«

Peng, das saß! Er traf damit den LI an seiner verwundbarsten Stelle. Den Kaffeesachsen schluckte der ja noch, denn den verdankte er seinem sächsischen Idiom und seinem Faible für »ä scheenes Dässchen Gaffee«. Aber der letzte Satz ging ihm unter die Haut. Zu seinem größten Leidwesen litt er nämlich an vorzeitigem Haarausfall. Deshalb zählte er jedesmal theatralisch und mit Leichenbittermiene die Haare, die in seinem Kamm zurückblieben.

Er gab sich allerdings diesmal nicht geschlagen. »Irrtum, Herr Störmer, das liegt nicht am OKASA. Umgekehrt wird ein Schuh draus. Wer in der Jugend viel bürstet, braucht sich nun mal im Alter nicht zu kämmen. Daran hapert's offenbar bei Ihnen.«

Jetzt hatte er die Lacher auf seiner Seite und mich mit. »Eins zu null für den LI, Herr Störmer! Dessenungeachtet, meine Herren, bereiten Sie alles schon für ein Seeklar vor, klar?«

Der I WO hob als Torpedooffizier die Hand. »Nur Munition für die Geschütze, Herr Kaleu? Warum keine Torpedos?«

Ich wußte natürlich, warum, zuckte jedoch nur die Schultern. »Fragen Sie mich nach etwas Leichterem, Herr Bernau. Ich werde den Flottillenchef danach anhauen.«

»Nun machen Sie nicht so ein überraschtes Gesicht, Herr Thomsen!« begrüßte mich Korvettenkapitän von Wittmand. »Was haben Sie denn erwartet, eine Großdemonstration?«

»Ich bin in der Tat überrascht, Herr Kapitän.« Statt der zehn Badegäste, die ich erwartet hatte, saßen nämlich lediglich zwei mir unbekannte Personen, ein Zivilist und ein Leutnant der Gebirgsjäger, mit dem Flottillenchef und dem Adjutanten am Tisch. »Ich habe eigentlich angenommen, ich würde bei dieser Besprechung alle Passagiere kennenlernen, die wir nach Spitzbergen bringen ...«

»Kann ich mir vorstellen«, unterbrach er mich. »Aber diese Angelegenheit verträgt nun mal kein Aufsehen. Bergen hat tausend neugierige Augen, die sich brennend dafür interessieren, was sich bei den bösen Deutschen abspielt. Einem Zivilisten und einem Heeresangehörigen wird man weniger Aufmerksamkeit als einem ganzen Pulk widmen. Deshalb werden Ihre Gäste auch erst bei Ihnen einsteigen und sofort unter Deck verschwinden, sobald es halbwegs dunkel genug ist.« Er wandte sich den beiden Fremden zu. »Darf ich bekanntmachen? Kapitänleutnant Thomsen, Kommandant von U 115, Herr Professor Doktor Masilius, der Leiter der Meteorologengruppe, und Leutnant Eisenberg von den Gebirgsjägern.«

Wir gaben einander die Hände und versuchten dabei, uns von dem jeweils anderen einen ersten flüchtigen Eindruck zu verschaffen. Das schien mir bei dem Leutnant am einfachsten zu sein. Er war ein athletisch gebauter blonder Hüne mit einem sympathischen Gesicht. An Selbstbewußtsein schien es ihm nicht zu mangeln. Seine stahlblauen Augen musterten mich jedenfalls kühl und völlig unbeeindruckt von meinem höheren Dienstrang. Der Grund dafür lag auf der Hand. Er war ein erfahrener Haudegen, der sich seine Sporen bei der deutschen Legion CONDOR im spanischen Bürgerkrieg und im Polenfeldzug verdient hatte. Seine Uniform zierten ein spanischer Orden, das Eiserne Kreuz Erster und Zweiter Klasse, das Sturm- und das silberne Verwundetenabzeichen.

Masilius dagegen war weniger leicht einzustufen. Bei einer Begegnung auf der Straße hätte ich in ihm am allerwenigsten einen Professor vermutet, denn er war ein erstaunlich junger drahtiger Mann, der ebenfalls körperlich gut beieinander zu sein schien. Sein kräftiger Händedruck ließ den Tennisspieler in ihm erahnen. Amüsiert verfolgte nicht nur ich seinen vergeblichen Kampf mit einer widerspenstigen Haarlocke. Er mochte sie sich noch so oft aus der Stirn streichen, sie fiel ihm dennoch immer wieder in das intelligente Gesicht, sobald er den Kopf bewegte.

»Herzlich willkommen an Bord von U 115, meine Herren!« sagte ich. »Ich weiß allerdings nicht, ob Sie an der Reise viel Freude haben werden. Wir sind nicht auf Gäste eingerichtet. Es ist verdammt eng und stinkt von vorn bis achtern nach Dieselmief und Schlimmerem. Außerdem steht da oben im Norden um diese Jahreszeit meist ein Seegang, der nicht jedermanns Sache ist.«

»Ooch, da können Sie ganz unbesorgt sein, was mich und meine Männer anbelangt, Herr Kaleu.« Eisenberg quittierte meine Warnung mit deutlich bayerischem Zungenschlag. »Wir sind da schon an einiges gewöhnt.«

»Das gilt auch für meine Truppe, Herr Kapitänleutnant«, schloß sich ihm der Professor an und lächelte. »Das Trainingslager war nicht von Pappe und alles andere als ein Aufenthalt in einem Luxushotel. Wir werden das Kind schon schaukeln.«

Abwarten, dachte ich. Wir werden sehen, was von eurem Optimismus noch übrig ist, wenn Neptun erst einmal so richtig auf die Pauke haut. Trotzdem tat ich so, als fiele mir ein Stein vom Herzen. »Na, da bin ich ja beruhigt. Wir werden es Ihnen jedenfalls so erträglich wie möglich machen. Wie sieht es denn mit Ihrer Ausrüstung aus?«

Noch ehe die beiden antworten konnten, kam ihnen der Kapitän zuvor. »Das ist alles schon geregelt, Herr Thomsen. Im Arsenal sind Transportkarren mit der Grundausrüstung deponiert. Sobald Sie die Munition an Bord genommen haben, lassen Sie das Gepäck an Bord unterbringen.

Am Arsenalkai fällt das weniger auf als an einem normalen Liegeplatz im Kriegshafen. Anschließend nehmen Sie so viele Torpedos an Bord, wie Sie noch Platz haben, und machen seeklar. Alles klar?«

Meine Antwort wartete er nicht ab, sondern nickte dem Adjutanten zu. Der zog einen versiegelten Umschlag aus einer Kuriermappe und reichte ihn mir.

»Die Übernahme dürfte noch vor der abendlichen Flaggenparade abgeschlossen sein, Herr Kaleu. Hier sind Ihre Einsatzbefehle mit dem entsprechenden Funkschlüssel und einer Liste Ihrer Passagiere. Ihr Deckname ist Operation EISBÄR.« Der Kapitän räusperte sich. »Wie schon gesagt, sobald es dunkel genug ist, nehmen Sie die Passagiere an Bord. Hochflut ist um null Uhr fünfzehn, so daß Sie mit der kenternden Tide in See gehen können, klar? Die Briten haben schon ein paarmal die Ausfahrt vor Solsvik mit Minen verseucht. Deshalb wird der Minensucher vor Ihnen laufen, bis Sie frei von Land sind. Und noch etwas, Herr Thomsen. Wir sind sicher, daß es hier einen norwegischen Untergrund gibt, der den Schiffsverkehr überwacht und den Tommies alles per Funk meldet. Deshalb werden Sie dem M-Bock mit E-Maschinen folgen, bis Sie draußen sind. Klar?«

Mochte der Teufel wissen, warum von Wittmand auf einmal seine Anweisungen jedesmal mit einem völlig überflüssigen »Klar?« abschloß. Wollte er damit vor den beiden Fremden aus irgendeinem unerfindlichen Grunde glänzen? Wenn eine Frau dabei gewesen wäre, hätte ich das noch verstanden. Aber so? Mich stempelte er damit jedenfalls in den Augen der beiden zu einem geistig unterbelichteten Befehlsempfänger ab, dem man alles vorkauen mußte. Das ging mir gegen den Strich.

»Mit Verlaub, Herr Kapitän, den Minensucher brauchen wir nicht, der kann im Hafen bleiben«, zeigte ich ihm die Zähne.

»Den brauchen Sie nicht? Warum?«

Ich grinste ihm in sein erstauntes Gesicht. »Weil wir die Ausfahrt vor Solsvik nicht nehmen werden. Die Postschiffroute, die nach Norden bis zum Masfjord zwischen den Inseln und der Küste verläuft, erscheint mir sicherer, denn das Seegebiet dort kenne ich bereits. Vorausgesetzt natürlich, Sie haben nichts dagegen.«

Der Flottillenchef reagierte prompt. Der Ton machte eben die Musik. Er beeilte sich, die Wogen zu glätten. »Aber wo werd' ich denn, mein lieber Thomsen. Sie sind schließlich der Kommandant des Bootes. Da liegt die Einschätzung der Lage allein in Ihrer Hand.« Er drehte sich zu seinem Adjutanten herum. »Warum erfahre ich erst jetzt von dieser sichereren Route, Herr Bertram? Wo ist überhaupt die Seekarte, damit wir den Herren unser Fachchinesisch erklären können?«

Oberleutnant Bertram kramte sie unter den Papieren auf dem Tisch hervor und breitete sie aus. »Ich dachte, die sei eigentlich nicht nötig, Herr Kapitän. Aktuell wird das doch eigentlich erst vor Spitzbergen, und da wird Herr Kaleu Thomsen das schon besorgen.«

»Hmmm«, brummte der Kapitän. »So gesehen, haben Sie natürlich recht. Interessant ist das aber trotzdem. Bitte, nun zeigen Sie mal den Herren, welchen Weg Sie zu nehmen gedenken, Herr Thomsen.«

Ich lächelte insgeheim in mich hinein. Was für ein Schlitzohr! Es ging ihm gar nicht um Eisenberg und Masilius, er selbst wollte sich sachkundig machen, wie mein Weg nach Norden verlief. Das konnte er haben. Ich beugte mich über die Karte und skizzierte mit knappen Worten unseren Weg entlang der Küste.

»Ich denke, das sollte genügen. Sobald wir den Sognesjøen querab haben, werden wir sehen, daß wir frei von Land kommen.« Ich wandte mich an Masilius und Eisenberg. »Noch Fragen? Gut. Ihre Leute sollten sich bereithalten, eine halbe Stunde vor Mitternacht an Bord zu kommen. Es wird allerdings hier oben in dieser Jahreszeit selbst um Mitternacht nicht mehr so richtig dunkel sein. Deshalb muß es schnell gehen. Sagen Sie ihnen das bitte, und sie sollen über unser Ziel unbedingt den Mund halten, davon hängt unser aller Leben ab.«

Eine Gig brachte mich hinüber zum Arsenalkai, an dem mein Boot lag und Munition übernahm. Ich rief meine Offiziere und Deckoffiziere im Offizierslogis zusammen, um sie über unseren Auftrag zu informieren. Sie fielen aus allen Wolken.

»Nach Spitzbergen?« fragte der I WO ungläubig. »Da frieren die sich doch auch jetzt noch den Arsch ab.«

Der II WO dagegen frohlockte. »Spitzbergen, wie schön! Jetzt kann ich doch endlich mitreden, wenn mein Schwager wieder einmal mit seiner Nordlandreise protzt.«

»Na, sehen Sie, Herr Bernau, da haben Sie den positiven Aspekt! So kann man es natürlich auch sehen! Aber kein Wort über unser Ziel gegenüber der übrigen Besatzung, bis wir die Leinen losgeworfen haben, meine Herren!« vergatterte ich sie. »Es gibt zwar im Arsenal keine norwegischen Hilfskräfte mehr, aber das deutsche Marinepersonal hat in Bergen inzwischen festen Fuß gefaßt. Da genügt ein unbedachtes Wort, das die aufschnappen. Wird das von denen arglos in einem der Lokale oder gar im Puff geäußert, kann es ganz schnell in höchst interessierte Ohren gelangen, und das müssen wir unter allen Umständen verhindern.«

»Wie bringen wir unsere Kielschweine ... Entschuldigung ... unsere Badegäste unter?« wollte der Smadding wissen. »Habe ich freie Hand?«

Ich blickte in meine Namenliste. »Das sind alles Männer. Die können Sie mit ihren Hängematten hinstopfen, wo Platz ist. Lediglich den Leutnant Eisenberg bringen Sie im Offizierslogis unter, Nummer Eins. Hämmern Sie ihnen ein, daß Sie sich bei Alarm sofort ins Unteroffiziers- oder OF-Logis zu verkrümeln haben. Am besten, Sie teilen sie gleich entsprechend ein, damit es keine Wooling gibt.«

»Aye, aye, Sir!« Bootsmann Hochheim quittierte meine Anweisungen wie ein britischer Seemann mit der geballten Faust an der Stirn.

Ich lächelte über diese Marotte, denn er hatte zu den Männern gehört, mit denen ich seinerzeit die britische U-Boot-Falle *Flying Lady*[1] gekapert hatte. Seitdem brachte er es mir immer dann wieder in Erinnerung, wenn er keine Mütze trug.

»Seeklar machen wir, sobald das Gepäck an Bord untergebracht ist und wir Torpedos übernommen haben.« Ich wandte mich an die Steuerleute. »Legen Sie die bis zum Sognesjøen zu steuernden Kurse fest. Wie es aussieht, werden wir eine klare Nacht haben. Da dürfte es keine navigatorischen Probleme geben, auch wenn inzwischen die Leuchtfeuer und -bojen gelöscht sind. Noch Fragen?«

Der I WO hob die Hand. »Nichts Grundsätzliches, etwas Persönliches, Herr Kaleu.«

Ich wußte, um was es ihm ging. »Gut, dann bleiben Sie noch. Für die übrigen Herren schließe ich die Besprechung.« Ich wartete, bis die anderen das O-Logis verlassen hatten. »Ich habe den Adjutanten gefragt, Herr Bernau. Tut mir leid, Ihre Heiratserlaubnis schmort noch irgendwo auf

[1] Maasch, Erik: Die U-Boot-Falle. Ullstein Taschenbuch 24 770.

dem Dienstweg. Wo, das konnte er mir auch nicht sagen. Sie werden sich also gedulden müssen, bis wir von Spitzbergen zurück sind.«

Er ließ die Ohren hängen. »Das habe ich mir schon gedacht. Maritt wird über diese deutsche Gründlichkeit wieder den Kopf schütteln. In Norwegen hätten wir es leichter.«

Ich nickte. Was hätte ich auch sonst sagen sollen?

Die Munitionsübernahme nahm weniger Zeit als erwartet in Anspruch. Als dann die Transportkarren mit der Ausrüstung unserer Badegäste aus der Arsenalhalle rollten, blieb mir einen Augenblick glatt die Spucke weg.

»Du lieber Himmel, sperrige Koffer und Kisten! Sind die denn von allen guten Geistern verlassen?« sagte ich zum II WO. »Da bleibt uns ja für die Torpedos überhaupt kein Platz mehr!«

Der lachte. »Halb so wild, Herr Kaleu! Der Smadding hat eine ganz pfiffige Lösung dafür gefunden. Er hat aus dem Materiallager einen Stapel Seesäcke organisiert. Was jetzt in den Koffern und Kisten ist, wird in die Seesäcke gestaut und ist dann weniger sperrig. Das spart enorm Platz.«

»Na, ich weiß nicht«, blieb ich skeptisch, wurde aber alsbald eines Besseren belehrt. Unsere Badegäste würden sich zwar die Haare raufen, wenn sie ihre Sachen wiederzufinden versuchten, wir jedoch hatten dadurch noch Platz für acht Torpedos.

»Kann man bloß hoffen, daß das nicht wieder alles Versager sind«, unkte der I WO in Erinnerung an die Pannen auf unserer letzten Feindfahrt und bedachte sie mit einem scheelen Blick, als die Aale durch die Luken unter Deck glitten. »Diese Arsenalheinis können einem ja viel erzählen.«

»Der BdU hat uns jedenfalls bei der Kommandantenbesprechung in Berlin versichert, daß wir uns jetzt auf die

Aale verlassen könnten«, widersprach ich ihm. »Wir werden sehen. Außerdem haben wir keinen Kampfauftrag. Wir sollen sie erst gebrauchen, wenn wir die Badegäste abgesetzt haben und auf dem Rückweg sind, damit die Tommies von unserem Ziel nicht Lunte riechen.«

Leutnant Eisenberg war mit seinen fünf Männern überpünktlich. Er traf bereits eine Stunde vor Mitternacht an der ausgebrachten Stelling ein. Das paßte nun gar nicht in unseren Bordbetrieb, denn wir waren gerade dabei, alle technischen Einrichtungen in der Zentrale und auf der Brücke noch einmal durchzuprüfen.

»Pünktlichkeit isch' eine Zier, doch wohler wär's mir jetzet ohne ihr!« schwäbelte der II WO.

»Auf dem Kai warten lassen können wir die uniformierten Männer aber auch nicht, Herr Störmer. Dafür ist es noch zu hell. Das sorgt möglicherweise nur für ein unerwünschtes Aufsehen.« Ich beugte mich über das Schanzkleid der Brücke. »Lassen Sie die Männer an Bord, Bootsmaat der Wache! BÜ, der Smadding soll sie schleunigst unter Deck bringen und ihnen ihre Quartiere zuweisen!«

»Hoffentlich sind die anderen nicht auch noch so überpünktlich«, moserte Störmer. »Die krebsen dann da unten neugierig herum und kommen dabei unseren Leuten bloß in die Quere.«

»Die werden schon nicht«, gab ich zurück. »Schließlich sind das Zivilisten, denen sitzt nicht so ein preußischer Kommißkopp im Nacken und treibt sie an.«

Je weiter die Zeiger meiner Armbanduhr jedoch vorrückten, desto länger wurde mein Gesicht. Die waren nicht überpünktlich, die waren überhaupt nicht pünktlich! Unruhig tigerte ich auf der Brücke hin und her und sah immer wieder auf die Uhr.

im Ge-
ner Ma-
langen.
ählt ha-
. »Fast
elt, nur
eingeht,

n prote-
s heißt
verbitte

nachter
für uns
n Dän-
en. Die
ehen.
Stimme
Ton, Sie
Spiegel,
warum
en ab.«

werden

ischen.
Ihnen
uf den

n Bord

s! Ru-

ch mit der vorderen und achteren
var klar zum Ablegen. Leises Ge-
ıkommando zu mir herauf, harm-
ınsere Situation bezogen. Eigenar-
n Adrenalinspiegel im Blut jedoch

iesen Landratten klar und eindeu-
hier an Bord einzufinden hätten,
ach nicht daran!« bullerte ich los,
chts besserte. »Die einen kommen
rhaupt nicht! Wir haben Hochflut,
ntert die Tide, und wir liegen hier

traute Geräusche erfüllten plötzlich
e setzte ein, erst kaum spürbar und
am Bewegung in U 115, sacht zerrte
die uns mit der Pier verbanden.
blaufenden Wassers wurde schnell
die Dalben, riß an den Tauen und
Boot von Land zu lösen. Laut knar-
chrammten die rostigen Rollen der
ımpelige Katzenkopfpflaster. Unter
bbe absackenden Bootes begannen
tere Spring brummend zu vibrieren
und den Buchten um die Poller zu
ıs Leinenkommando Lose.
noch, Wut auf diese Scheißzivilisten,
losigkeit verurteilten, während der
d uns das Ablegen erleichtert hätte.
die Geräusche ringsum unter meine
inken ließ, bis plötzlich lautes Stim-
Watte in meinen Schädel drang. Im
nnenden hellen Nächte des Nordens

kam eine Gruppe laut zeternder Zivilpersonen schwindschritt über die Pier geeilt, eskortiert von e rinestreife, deren Nagelstiefel laut durch die Nacht

»Sehen Sie nun, daß wir Ihnen keinen Scheiß er ben?« hörte ich eine aufgebrachte Stimme motze eine Stunde für nichts und wieder nichts vertrö weil in Ihren verquasten Kommißschädel nicht hir daß ...«

»Sie haben keinen Passierschein!« unterbrach ih stierend eine befehlsgewohnte Stimme. »Und w überhaupt verquaster Kommißschädel, Herr? Das ich mir, Sie nachgemachter Mensch, Sie!«

Trotz meines Ärgers mußte ich grinsen. Nachge Mensch, die Lieblingsbezeichnung der Korporäle Offiziersanwärter in der Rekrutenkompanie auf de holm, der Insel zwischen Stralsund und der Insel Rü Gruppe blieb an der quietschenden Stelling abrupt s

»Nachgemachter Mensch?« Die aufgebrachte gehörte eindeutig Masilius. »Sie vergreifen sich im Homo primigenius! Blicken Sie nachher mal in den da schauen Sie Ihre Vorfahren an! Dann wissen Sie, Darwin behauptet hat, der Mensch stamme vom Af

»Teufel, der gibt's ihm aber!« gluckste der II WC

»Herr!« blies sich der Streifenführer auf. »Das Sie ...«

»Nichts wird er!« fuhr ich vom Turm herab dazv »Professor Masilius, sind Sie das? Nun aber dalli m und Ihren Männern an Bord! Uns brennt die Zeit Nägeln!«

Die Gruppe eilte über die Stelling und wurde a vom Smadding in Empfang genommen.

»Klar zum Ablegen! Stelling frei! Achtere Spring der Steuerbord zwanzig!«

Der Ebbstrom packte das Boot. Von der Stelling und der achteren Spring befreit, schor das Achterschiff schnell von der Pier ab.

»Ruder komm auf! Beide Maschinen Kleine Fahrt achteraus! Vordere Spring los!«

Das ging so schnell, daß der Streifenführer gar nicht wußte, wie ihm geschah. Vermutlich stand er auf der Pier und sah uns offenen Mundes nach, wie U 115 frei von Land kam und achteraus in den offenen Teil des Kriegshafens lief, um zu backsen.

»Übernehmen Sie bitte, Herr Störmer! Ich will unten mal hören, was es da mit dieser Marinestreife gegeben hat, daß Masilius mit seinen Männern so spät gekommen ist.«

Meine größte Wut war zwar verraucht, aber ein Denkzettel konnte nicht schaden, um von vornherein die Fronten zu klären. Ich klappte das Turmluk auf. »Wahrschau! Ein Mann von Brücke in Zentrale!«

In der Zentrale empfing mich eine seltsam stille, spannungsgeladene Atmosphäre. Eine Stille, die um so ungewöhnlicher war, weil es bei Ablegemanövern normalerweise auch in der Zentrale ausgesprochen betriebsam zuging. Durch das geöffnete Mannloch zum Vorschiff drangen laute Sprachfetzen zu uns herein.

»...dant hat keine Ahnung!« hörte ich den Smadding sagen. »Das hätte er mir doch garantiert gesagt.«

»Aber er hat doch die Liste!« begehrte Masilius auf. »Da ...«

»Was interessiert mich die Liste, Professor! Tatsache ist, daß von zehn Männern die Rede war, und jetzt ...«

Irritiert blickte ich den I WO an, der am Kartentisch lehnte. »Was ist da los? Probleme?«

Ein verlegenes Lächeln glitt über sein Gesicht. »Das

kann man wohl sagen! Und was für ein Problem! Ich kaue noch immer darauf herum. Wir haben eine Frau an Bord, Herr Kaleu.«

Ich starrte ihn ungläubig an. »Was haben wir an Bord? Eine Frau? Wollen Sie mich verarschen, Herr Bernau? Dazu ist doch wohl jetzt kaum der richtige Zeitpunkt, meine ich!«

»So habe ich den Smadding auch angefahren, als er mit der Hiobsbotschaft herausrückte. Irgendwie hat man uns eine Frau untergejubelt, und der Bootsmann hat das erst entdeckt, als wir schon abgelegt hatten. Er hat diese Frau zunächst mal in Ihrer Kammer untergebracht, bis Sie darüber entschieden haben.«

Ich war wie vor den Kopf geschlagen, ließ im Geiste noch einmal die Liste Revue passieren, die auf der Back in meinem Kabuff lag. Unwillkürlich schüttelte ich den Kopf, war sicher, daß dort keine Frau vermerkt worden war.

»Verdammt, in der Liste, die mir der Adjutant mitgegeben hat, sind nur Männer aufgeführt! Nie im Leben hätte ich eine Frau akzeptiert! Da hätte sich die Flottille kopfstellen können!«

»Dann kann sie nur dieser Professor in der Dunkelheit bewußt mit an Bord geschmuggelt haben. Ist er deshalb mit seiner Truppe so spät gekommen? War das mit der Marinestreife alles nur Theater, um uns Sand in die Augen zu streuen und unsere Aufmerksamkeit von der Truppe abzulenken?«

»Das werden wir gleich haben!« Ich jumpte durch das Mannloch. Der I WO kam hinter mir her. »Was ist hier los, Bootsmann?«

Masilius und der Smadding fuhren ob meines plötzlichen Erscheinens zusammen. Der Bootsmann nahm militärische Haltung an.

»Wir haben auf einmal eine Frau unter den Badegästen,

Herr Kaleu! Darauf war ich nicht vorbereitet und weiß jetzt nicht ...«

»Das werden Sie uns erklären müssen, Professor!« schnitt ich dem Smadding das Wort ab. »Wie kommen Sie dazu, uns eine Frau unterzujubeln? Eine Frau unter lauter Männern in diesem engen Eisensarg! Wissen Sie, was da passieren wird? Die Männer kriegen einen Samenkoller, gegen den das berüchtigte Hängolin im Essen die reinste Babynahrung ist!«

Hängolin, das war in der Marine die Umschreibung für jenes gefürchtete Soda, das der Smutje angeblich jedem Essen beimischen mußte, um die sexuelle Potenz der Seeleute während eines Seetörns in einen absoluten Tiefschlaf zu versetzen. Ein Gerücht, das sich – irgendwann einmal aufgekommen – seither zäh in den Köpfen der Seeleute hielt und sich von Generation zu Generation munter fortpflanzte.

Masilius sah mich zwar verständnislos an, hielt sich aber mit einer Nachfrage nicht auf. Seine Hand fuhr unter die Jacke und kam mit einem Blatt Papier hervor. Beleidigt protestierte er: »Ich habe Ihnen nichts untergejubelt, Herr Kaleu! Hier, eine Kopie der Liste, die auch Sie von der Flottille erhalten haben. Darin ist Frau Doktor Erika Kappelsberger eindeutig als Mitglied meiner Gruppe aufgeführt! Mir ist ein Rätsel ...« Er stockte und bekam kullerrunde Augen. Sein Finger wies auf eine Zeile auf dem zerknitterten Wisch. »Ich werd' verrückt! Kein Wunder, daß Sie vollkommen ...«

Ich folgte seinem Finger und wußte plötzlich, warum er verblüfft auf den Eintrag starrte. Dort war als Mitglied seiner Spitzbergentruppe lediglich ein Dr. med. E. Kappelsberger aufgeführt. Kein Vorname, der auf eine Frau hingedeutet hätte. Nur dieses verdammte »E«, das keine Schlüsse auf das Geschlecht der Person zuließ. Auch ich war darauf hereingefallen.

Das sah nach Absicht aus. Nur mühsam unterdrückte ich meinen emporsteigenden Ärger über diesen irreführenden Eintrag. »Stammt diese Liste etwa von Ihnen, Professor?«

»I bewahre! Die entsprechenden Unterlagen sind von meiner Dienststelle mit allen genauen Angaben eingereicht worden. Als ich dann diese Liste für Ihren Flottillenchef erhielt, bin ich davon ausgegangen, daß nicht nur er, sondern auch Sie über alle Mitglieder meiner Gruppe vorab informiert worden sind. Wie konnte ich denn ahnen, daß man Sie über den Wech...«

Ich hörte nicht mehr hin, denn in meinem Kopf überschlugen sich die Gedanken. Wenn es nicht der Professor gewesen war, der den Vornamen bis auf den Anfangsbuchstaben reduziert hatte, wer dann? Jedenfalls keiner in der Flottille. Der Chef war ja selbst darauf hereingefallen. Außerdem hatte der solche miesen Tricks nicht nötig. Der befahl einfach und damit basta!

Wer dann? Ein Schreibersgast, der die Liste hastig heruntergeklappert hatte, ohne sich über mögliche Folgen seiner Abkürzungen Gedanken zu machen? Durchaus möglich, wenn nicht gar höchst wahrscheinlich. Es gab allerdings noch eine andere Möglichkeit.

Wie, wenn diese Erika Kappelsberger selbst die Finger dabei im Spiel gehabt hatte? Eine Abenteurerin, die diese Täuschung eingefädelt hatte, um nicht zurückgewiesen zu werden? Oder reizte sie am Ende gar das hautnahe Zusammenleben mit diesen vielen Männern? Brauchte sie dieses Gefühl der Bewunderung, der sie bis zum Von-Bord-Gehen auf Spitzbergen zwangsläufig ausgesetzt sein würde? So etwas sollte es ja geben.

Je länger ich jedoch darüber nachdachte, desto abwegiger erschien mir dieser Gedanke. Keine Frau ließ sich auf so eine riskante Unternehmung sehenden Auges ein, brachte sich freiwillig in diese Situation. Viel wahrscheinlicher war es, daß sie irgendwer in Unkenntnis der Verhältnisse in einem U-Boot einfach *per ordre de mufti* zu diesem Einsatz kommandiert hatte.

Vielleicht zerbrach ich mir aber auch vollkommen unnötig den Kopf? Möglicherweise war diese Ärztin häßlich wie die Nacht, eine uralte, triefäugige Eule, vor der selbst die geilsten Typen in meiner Besatzung schleunigst den Schwanz einkniffen, sich schüttelnd abwandten und die Flucht ergriffen? Dieser rettende Gedanke ließ mich handeln.

»Gut, Professor, wenn Sie es nicht waren, der uns mit diesem Kuckucksei aufs Kreuz gelegt hat, dann kann das nur die Flottille klären. Egal, wie auch immer – wir kehren um, um allen eventuellen Schwierigkeiten vorzubeugen. Auf einen Tag früher oder später kommt es schließlich nicht an.« Abwehrend hob ich die Hand, als er protestieren wollte. »Aber bevor wir umkehren, werde ich dieser Ärztin noch meine Aufwartung machen, um sie darauf vorzubereiten, klar?«

Masilius quittierte meine Ankündigung mit einem Blick von der Seite, den ich nicht zu deuten wußte. »Wollen Sie Frau Kappelsberger etwa allen Ernstes davon zu überzeugen versuchen, daß sie aussteigen muß, um das Seelenheil Ihrer Besatzung vor ihr zu retten, Herr Kaleu? Na, dann wünsche ich Ihnen dazu mehr Glück, als es mir bei diesem Versuch beschieden gewesen ist. Ich hatte nämlich ebenfalls Bedenken, wenn auch aus anderen Gründen als Sie. Eine Warnung erscheint mir daher angebracht. Die hat Haare auf den Zähnen, das kann ich Ihnen versichern.«

Ich war überrascht. Die junge dunkelhaarige Frau, die sich auf meiner Backskiste mit übergeschlagenen langen Beinen niedergelassen hatte, hatte keine Haare auf den Zähnen, jedenfalls keine sichtbaren. Sie hatte auch keinen Damenbart, und noch weniger war sie häßlich wie die Nacht oder gar eine uralte, triefäugige Eule, vor der die Männer davonliefen. Im Gegenteil, sie bot vielmehr einen durchweg erfreulichen Anblick. Neugierig sah sie mir entgegen.

Hübsch im herkömmlichen Sinne konnte man sie eigentlich nicht nennen, eher apart, aber das machten die Grübchen in ihren Wangen wieder wett, wenn sie lächelte. Was ihre attraktive Figur anbelangte, die der dicke Pullover und die helle Skihose nur unvollkommen zu verhüllen vermochten, so war die durchaus geeignet, meinen Männern den Kopf zu verdrehen und deren Hormonspiegel in ungeahnte Höhen schnellen zu lassen.

»Aha, der Herr Kommandant persönlich! Ich freue mich, nach Ihrer Stimme Sie nun auch persönlich kennenzulernen.« Sie deutete auf den Vorhang, der mein Kabuff vom Gang trennte, und verzog amüsiert das Gesicht. »Ein sehr unzureichender Schutz vor Zuhörern, Herr Kaleu. Ich habe dadurch zwangsläufig mitgehört. Ihr Gespräch war sehr aufschlußreich. Ich kenne also Ihr Unbehagen, das Ihnen meine Anwesenheit hier an Bord bereitet.«

Ich deutete eine Verbeugung an. »Das erleichtert die Angelegenheit ungemein. Aber darf ich mich zuerst einmal vorstellen? Mein Name ist Thomsen, Frau Doktor Kappelsberger.«

»Fräulein Doktor, Herr Thomsen«, betonte sie und strich ihre lange dunkelbraune Mähne hinter die Ohren zurück. Ihre dunklen Augen funkelten mich dabei spöttisch an, während ich sie ungeniert musterte und einzuschätzen versuchte. »Fräulein Doktor Kappelsberger bitte, darauf lege ich Wert, denn ich habe den richtigen Mann fürs Leben noch nicht gefunden.«

Oha, die leichte Stupsnase, die ihrem reizvollen Gesicht

eine kecke Note verlieh, hätte mich warnen müssen. Diese Ärztin war nicht auf den Mund gefallen, und, was noch schlimmer war, sie war sich ihrer Wirkung auf Männer vollauf bewußt. Das erinnerte mich an meine Frau, die war vom gleichen Format. Dagegen kannte ich nur ein Mittel: nicht beeindrucken lassen, den gleichen spöttischen Ton anschlagen oder aber kurzen Prozeß machen.

»Was denn, Sie haben den richtigen Mann fürs Leben noch nicht gefunden, Fräulein Doktor? Haben Sie sich deshalb in unsere Männerwelt verirrt?«

Ich fand meine spöttische Antwort so gelungen, daß ich mir am liebsten dafür auf die Schulter geklopft hätte. Leider verpuffte ihre Wirkung jedoch völlig. Die Doktorin lachte laut auf.

»Du lieber Himmel, Sie sind aber galant! Finden Sie, daß ich das nötig habe? Vorhin klang das ganz anders, Herr Thomsen. Da schwang eher die tiefe Sorge mit, ich könnte Ihre Männer möglicherweise der Reihe nach vergewal... Pardon, sagen wir lieber ... vergewohltätigen.«

Da hatte ich es, Spott verfing bei ihr nicht. Dann half also nur die grobe Keule, um mit ihr zu einem Ende zu kommen, sonst trug uns der Ebbstrom viel zu weit aus dem Hafen hinaus.

»Tatsächlich, klang das so? Ich muß Sie enttäuschen, so war das nicht gemeint. Wenn schon, dann eher umgekehrt. Mir bereitet eine ganz andere Sorge Ungemach, um Ihre eigenen Worte zu gebrauchen. Wir Seeleute sind abergläubisch, wenn es um Frauen an Bord geht. Die bringen nämlich kein Glück, das weiß jeder Seemann seit Urzeiten. Schon gar nicht auf einem Kriegsschiff, das zu einem riskanten Einsatz ins Eismeer ausläuft. Das können wir uns nicht leisten. Deshalb werden wir umkehren und Sie an Land setzen. So einfach ist das.«

»So, so, Sie sind also abergläubisch, Herr Thomsen«, stellte sie ironisch fest. Das verbindliche Lächeln verschwand aus ihrem Gesicht. Sie sah auf einmal gar nicht mehr so jung aus. »Aber auch ich muß Sie enttäuschen, so einfach ist das gar nicht. Das Spitzbergen-Unternehmen steht nämlich unter Zeitdruck. Der ursprünglich dafür vorgesehene Arzt ist in letzter Minute ausgefallen. Ein anderer mit der gleichen Qualifikation stand nicht so schnell zur Verfügung, nur eine Ärztin, und die bin ich. Ich bin nicht nur Medizinerin, sondern zugleich auch eine erfahrene Alpinistin, die als Ärztin für die deutsche Nanga-Parbat-Expedition 1939 vorgesehen war. Der Krieg kam leider dazwischen. Deshalb reizt mich gerade diese Unternehmung, und die wird man wegen Ihres Aberglaubens wohl kaum platzen lassen.«

Ich mußte erst ein paarmal durchatmen, um diese Erklärung zu verdauen, denn die stand im Widerspruch zu dem, was der Flottillenchef mir gesagt hatte. Der hatte von zehn Männern gesprochen.

»Moment mal! Wollen Sie allen Ernstes behaupten, der Flottillenchef habe diesem Wechsel zugestimmt?«

Die Frage entlockte ihr ein spitzbübisches Lächeln. »Obwohl er doch auch Seemann ist? Da kann ich Sie beruhigen. Er hat zwar von dem Wechsel gewußt, aber nicht, daß eine Ärztin eingewechselt worden ist. Wie sollte er auch? Ihm lag ja nur diese in letzter Minute geänderte und schnell zusammengehauene Liste vor, in der die Vornamen nicht ausgeschrieben worden sind.«

Schnell zusammengehauene Liste, deshalb also. Wie hätte der Kapitän auch erkennen sollen, daß der unvollständige Eintrag Dr. med. E. Kappelsberger einer Ärztin galt?

Jetzt grinste sie unverhohlen. »Ich sehe Ihrem Gesicht an, was Sie nun denken. Nee, nichts da, Herr Thomsen! Es war Zufall und keineswegs Absicht, daß die Vornamen alle nicht ausgeschrieben worden sind. In meinem Fall wohl sogar ein sehr glücklicher Zufall, wie ich jetzt weiß.«

»Vorsicht, Fräulein Doktor, noch ist die Sache nicht ausgestanden!« bremste ich ihre Zuversicht. »Ich muß die Flottille informieren. Dann erst wird sich zeigen, ob Sie an Bord bleiben können oder nicht. Sie entschuldigen mich bitte!«

»Aber gern, Herr Thomsen.« Dabei spielte ein süffisantes Lächeln um ihre Lippen, als sei sie ihres Sieges sicher. »Informieren Sie nur.«

Reichlich bedeppert ging ich mit dem I WO zur Zentrale zurück. Ich wurde das Gefühl nicht los, soeben eine Niederlage erlitten zu haben.

»Eine komische Situation, Herr Kaleu«, meinte Bernau leise. »Glauben Sie, daß wir die Dame loswerden können?«

»Nach diesem Gespräch bin ich mir dessen nicht mehr so sicher. Probieren werde ich es jedenfalls. Funken möchte ich eigentlich nicht, zurücklaufen ohne ausdrücklichen Befehl aber auch nicht. Versuchen wir es also mit der Signalstation. Ich hoffe nur, wir haben sie noch nicht passiert.«

Ich entwarf am Kartentisch einen kurzen Blinkspruch an die Flottille und bat um Entscheidung. Bevor ich zur Brücke aufenterte, ließ ich den Signalmaat Vogel purren. Der war ein fixer Kerl, nicht so eine lahmarschige Krücke wie Signalgast Kunze.

»Tut mir leid, Vogel, daß ich Sie aus dem Schlaf reißen lassen mußte, aber es ist dringend.« Ich gab ihm das Formular. »Prägen Sie sich den Text ein, und dann blinken Sie die Station vom Oberdeck aus an. Die Norweger sollen uns für eine Jolle oder einen Kutter halten, der im Fjord herumkrebst.«

Wir hatten die Station zwar schon passiert, wie mir der II WO meldete, aber das machte nichts. Noch konnten wir sie erreichen, ohne zurückzulaufen. Die E-Maschinen machten nur Kleine Fahrt. Wir nutzten zudem den Ebbstrom, um möglichst wenig Lärm zu machen. Einem Beobachter würde das Rätsel aufgeben, vorausgesetzt, er hörte uns überhaupt. Außerdem lag eine leichte Dunstschicht auf dem Wasser, die alle Konturen verschwimmen ließ.

»Hat sich schon bis zu Ihnen herumgesprochen, daß wir eine Frau an Bord haben?« fragte ich den II WO leise, der neben mir am Schanzkleid lehnte. Ich blickte hinunter zu Vogel, der auf meinen Befehl wartete. »Los, Signalmaat, blinken Sie die Station an. Machen Sie es dringender als dringend, wir verlieren sonst noch mehr Zeit!«

»Im Ernst ... 'ne Frau, Herr Kaleu?« Der II WO hielt das mit der Frau offenbar für einen Witz. »Wie schön, Wehrbetreuung an der vordersten Front! Das nenne ich aber einen netten Einfall! Ich hoffe, sie ist wenigstens hübsch?«

Ich hatte Mühe, über seine Reaktion nicht laut loszulachen. »Ob sie hübsch ist? Ist das Ihre einzige Sorge, Sie Spaßvogel? Und ob die hübsch ist! Die Frau ist 'ne erotische Zeitbombe! Was meinen Sie denn, warum ich die Signalstation anblinken lasse? Wenn wir die nicht schleunigst loswerden, macht die aus unseren Männern supergeile Paviane!«

Das klang zwar übertrieben, traf jedoch den Nagel genau auf den Kopf. Als wir die Maritt Skoller an Bord gehabt hatten, hatte diese Gefahr nicht bestanden. Die war ja schwer verletzt und somit ein Neutrum gewesen. Jetzt lagen die Dinge völlig anders.

Wir hatten ungefähr 1100 Seemeilen vor uns, für die wir schätzungsweise fünf Tage brauchten, wenn alles glatt ging.

Mithin genügend Zeit für diese quicklebendige Ärztin, um meinen Männern so den Kopf zu verdrehen, daß die keines anderen Gedankens mehr fähig waren, als sie in ihrer aufgeputschten Phantasie splitterfasernackt auszuziehen.

Vom Deck tönte das laute Klackern der Klappbuchs zu uns herauf, mit der Vogel die Signalstation mit dem Rufzeichen *ANTON! ANTON!* unverdrossen anblinkte. Ich wurde langsam ungeduldig. Diese pflichtvergessene Bande schlief ganz offensichtlich, denn drüben rührte sich noch immer nichts.

»Kein Jux, Herr Kaleu?« erholte sich Störmer von der Überraschung. »Mann, das ist ja 'n Ei!«

Ich hörte nur mit halbem Ohr hin, denn ich war mit meinen Gedanken ganz woanders. »Gehen Sie mit der Fahrt auf Umdrehungen für zwei Knoten herunter, Herr Störmer, damit wir Druck auf die Ruder behalten! Kommen Sie rauf, Signalmaat! Wir werden funken, sonst verlieren wir noch mehr Zeit! Wahrschau, ein Mann von Brücke in Zentrale!«

Während ich den Funkspruch aufsetzte und verschlüsselte, verfluchte ich mich insgeheim, daß ich nicht schon viel früher diesen Weg gewählt hatte. Wir hatten unnötig Zeit verloren, die wir für das Trimmen des Bootes brauchten, um im Gefahrenfall tauchen zu können. Sobald es hell wurde, mußten wir mit britischen Flugzeugen rechnen, und das war nicht mehr lange hin.

»Los!« spitzte ich den Funker an. »Jagen Sie das raus, und bleiben Sie auf Empfang! Ich bin in der Zentrale.«

Ich jumpte durch das Mannloch und knöpfte mir die Seekarte vor. Viel Spielraum blieb uns für das Trimmen nicht, das sah ich auf den ersten Blick. Die Tiefe im Fjord reichte gerade aus, um das getauchte Boot auf ebenen Kiel zu trimmen, zu mehr nicht. Alle anderen Kontrollen, die größere Tiefen voraussetzten, mußten warten, bis wir die freie See erreicht hatten.

Der LI trat mit sorgenvoller Miene zu mir an den Kartentisch. »Sollten wir nicht trimmen, bevor es hell wird, Herr Kaleu? Ich meine, viel Zeit bleibt uns ja nicht mehr bis dahin.«

»Das werden wir, sobald ich die Antwort von der Flottille habe, Herr Becker. Sehen Sie hier«, ich tippte auf die Karte, »diese Tiefe sollte wohl ausreichen, um das einfache Trimmprogramm durchzuspielen. Mehr läßt die Tiefe hier nicht zu. Den Rest erledigen wir draußen. Noch siebenundzwanzig Seemeilen, runde zwei Stunden etwa, dann sind wir frei von Land.«

Während ich das sagte, wurde mir auf einmal bewußt, daß ich innerlich die Hoffnung schon aufgegeben hatte, diese attraktive Ärztin doch noch mit gutem Wind loswerden zu können. Das Unternehmen stehe unter Zeitdruck, hatte sie behauptet. Je länger ich darüber nachdachte, desto weniger zweifelte ich daran.

Die Wetterstation war für die offensive Kriegsführung gegen England wichtig. Wie wichtig, das sah man auch daran, daß man den Meteorologen einen Arzt mitgegeben hatte, um das Krankheitsrisiko zu mindern. Sie war für diesen Arzt eingesprungen, folglich hatte sie bessere Karten als ich in der Hand.

Der LI deutete meine Worte und vielleicht auch meine wenig optimistische Miene durchaus richtig. »Keine Chance, sie doch noch loszuwerden, was?«

Ich zuckte die Schultern. »Dem Flottillenchef wird es zwar sauer aufstoßen, daß er auf diese Liste hereingefallen ist, aber wie er reagieren wird, weiß man nicht.«

Ein paar Minuten später wußte ich es. Die entschlüsselte Antwort war knapp und ließ keine Zweifel aufkommen:

»Operation wie befohlen durchführen. Wenn Austausch möglich, folgen weitere Befehle.«

Ich reichte dem LI das Formular. »Da haben Sie die Antwort, Herr Becker. Auf Tauchstation! Klar zum Trimmen!«

Die Wirkung der Klingel, deren ohrenbetäubendes Schrillen die Freiwächter aus den Kojen warf und auf ihre Tauchstationen scheuchte, verhalf unseren Badegästen zu einer beeindruckenden Erfahrung. Sie erlebten zum ersten Mal hautnah mit, wie es bei einem Tauchalarm in unserer engen Sardinenbüchse zuging.

Während sie noch schlaftrunken die ungewohnte Situation zu erfassen und sich zu orientieren versuchten, gerieten sie plötzlich allen und jedem zwischen die Beine. Wer von ihnen sich nicht schnell genug in das für diese Fälle zugewiesene Logis in Sicherheit brachte, wurde angebrüllt und ohne Ansehen der Person rücksichtslos zur Seite geschubst.

Eine sehr lehrreiche, allerdings nicht so handgreifliche Erfahrung auch für Fräulein Dr. med. Erika Kappelsberger. Durch den Tauchalarm ebenfalls aufgeschreckt, stand sie am Schott meines Kabuffs und starrte mit weit aufgerissenen Augen verblüfft auf die durch den Gang an ihr vorbeirennenden Männer. Höchst erstaunt vermutlich auch darüber, daß die nicht die geringste Notiz von ihr als Frau und ihrem blutdrucksteigernden attraktiven Äußeren nahmen. Das war für sie sicher ungewöhnlich.

Ein Gedanke, der mir eine gewisse Genugtuung bereitete. Als Ruhe einkehrte, wandte sie sich kopfschüttelnd ab. Dabei entdeckte sie mich am Kugelschott. Prompt kehrte ihre kesse Selbstsicherheit zurück.

»Ein bißchen ungewöhnlich, finden Sie nicht? Oder geht das bei Ihnen hier nachts immer so lautstark zu, Herr Thomsen?«

Ich grinste. »Im allgemeinen nicht, Fräulein Doktor, nur in besonderen Fällen, beispielsweise dann, wenn wir Damenbesuch an Bord haben. Ich hoffe, Sie wissen das zu schätzen.«

Sie rümpfte ihre Stupsnase. »Sie machen sich über mich lustig, das ist unfair, Herr Kapitänleutnant! Was hat das denn nun wirklich zu bedeuten?«

»Wir tauchen, um das Boot zu trimmen. Das heißt, wir gleichen die Gewichtsverteilung mit Hilfe von Regelzellen aus und bringen so das Boot auf ebenen Kiel. Das ist am Beginn einer Feindfahrt unerläßlich.«

Sie zog daraus sofort den richtigen Schluß. »Heißt das, daß Sie nicht umkehren? Daß ich an Bord bleiben darf?«

»Teils, teils. Wir kehren nicht um. Die Flottille wird uns benachrichtigen, ob, wann und wo Ihr Austausch gegen einen Arzt erfolgen soll«, bog ich mir die Antwort der Flottille zurecht. »Solange können Sie an Bord bleiben.«

Sie sah mich aus ihren dunklen Augen nachdenklich an. »Ich begreife noch immer nicht, warum Frauen hier an Bord unerwünscht sind. Nur des albernen Aberglaubens wegen?«

Ich lachte. »Natürlich nicht nur! Es gibt viele Gründe. Allein Ihre Unterbringung. Männer unter Männern – kein Problem. Eine Frau im Mannschaftsdeck, das schafft Probleme. Der letzte Urlaub meiner Männer liegt mindestens sechs Monate, wenn nicht noch länger zurück. Seeleute! Können Sie sich vorstellen, wie die sexuell ausgehungert sind? Wie die nach einer Frau lechzen?«

Sie sah mich so entgeistert an, als sei ihr dieser Gedanke noch gar nicht gekommen. »Ja, aber das hieße ja ...«

Der Bordlautsprecher unterbrach sie. »Kommandant bitte in die Zentrale! Ich wiederhole: Kommandant bitte in die Zentrale!«

»Genau das heißt es! Das ist nur eins der Probleme, Fräulein Doktor. Deshalb habe ich Ihnen mein Kabuff zur Verfügung gestellt. Die anderen Probleme werden Sie in den nächsten Tagen schon selbst herausfinden.« Ich deutete auf den Lautsprecher. »Sie haben gehört, mich ruft die Pflicht.«

Das Trimmen des Bootes ging schnell und problemlos vonstatten. Um noch vor Anbruch der Morgendämmerung die offene See zu erreichen, tauchten wir auf und liefen mit Höchstfahrt nach Norden. Die Nacht war klar und in dieser Jahreszeit viel heller als in der Nord- oder Ostsee, so daß wir uns ohne die geringsten Schwierigkeiten zwischen der kompakten Küste und den wie Perlen auf einer Schnur aufgereihten Inseln und Schären hindurchschlängeln konnten. Alles lief wunderbar glatt, besser konnten wir es in diesem Küstengewässer eigentlich gar nicht antreffen.

Dennoch wurde ich das beunruhigende Gefühl nicht los, es liefe alles viel zu glatt, irgendwo sei da der Wurm drin. Ein blödes Gefühl, das mit jeder Umdrehung der Doppelschrauben, die das Boot nach Norden trieben, stärker wurde. Vergeblich versuchte ich, dieses Gefühl zu unterdrücken, denn nichts deutete auf irgendeine drohende Gefahr hin. Ich schalt mich insgeheim einen Idioten und witterte trotzdem wie ein übernervöses Reh nach allen Seiten, um rechtzeitig reagieren zu können.

»Ungewöhnlich, absolut ungewöhnlich!« riß mich der I WO aus meinen Grübeleien und ließ sein Glas sinken, mit dem er die im leichten Dunst schwimmenden Inseln und den dunklen Küstensaum abgesucht hatte. »Der II WO hat mir erzählt, das Postschiff, mit dem sein Schwager gereist sei, habe hier alle naselang Kutter und Trawler aus dem Weg jagen müssen, und jetzt ist hier total tote Hose.«

Von Bernau ging die gleiche Unruhe aus, die auch mich auf der Turmplattform hin und her tigern ließ. Bei mir fiel plötzlich der Groschen. Der hatte ja recht! Ich wußte auf einmal, was mich beunruhigte. Das war wirklich ungewöhnlich. Sah man einmal vom starken Ebbstrom ab, dann war die See hier in diesem windgeschützten Schlauch so ruhig, wie man es sich als Fischer nicht ruhiger wünschen konnte. Trotzdem konnten wir von denen keine Spur entdecken.

»Versteh' ich auch nicht, Herr Bernau. Bei uns zu Hause ist es die Zeit der Heringszüge, wo die Fische vom Ablaichen in den Küstengewässern zurück in die offene See streben. Wo man sie fast mit der Hand fangen kann. Für die Fischer eine ideale Zeit. Warum hier nicht?«

Meine Kopfhaut begann mit einmal unter der Mütze zu kribbeln. Erinnerungen stiegen in mir auf, die noch gar nicht so weit zurücklagen. Ich sah uns plötzlich auf unserer Fahrt in der umgekehrten Richtung von Narvik nach Bergen. Da hatten wir uns hier auch sicher gefühlt. In der Morgendämmerung waren sie über uns hergefallen, vier Trägerflugzeuge vom Typ SWORDFISH. Lahme, altertümlich wirkende *Krähen* mit Torpedos unter den Tragflächen, auf das Überraschungsmoment vertrauend, als sie mit dem ersten Morgenlicht über die Inselkuppen gesprungen kamen und sich aus ihren Bordwaffen feuernd auf uns stürzten.

Gerettet hatte uns nur der Morgenalarm, die übliche Gefechtsbereitschaft bei Dämmerungsbeginn, der kritischsten Zeit, in der solche bösen Überraschungen geboren wurden. Wir waren mit ihnen fertig geworden, hatten jedoch gewaltig Federn lassen müssen. Die Erinnerung daran schmerzte, denn wir hatten bis zu dieser Nacht in Bergen über einen Monat festgelegen.

»Vielleicht spielt sich das alles hier viel später ab, weil

das Wasser noch kälter als weiter südlich ist, Herr Kaleu?« holte mich Bernau von meinem Ausflug in die Vergangenheit wieder in die Gegenwart zurück.

»Dann wären ja die Fische auf dem Weg zu ihren Laichgründen, und es müßte jetzt erst recht hier von Fischkuttern wimmeln. Nee, mein Lieber, irgend 'was ist hier faul. Ich weiß jedoch noch nicht, was.« Ich blickte auf das Küstengebirge im Osten, wo sich der Himmel zu röten begann. »Die Dämmerung kündigt sich an. Geben Sie Alarm, Herr Bernau. Lieber ein bißchen früher, Vorsicht ist bekanntlich die Mutter der Porzellankiste!«

»Rosnes peilt null-sieben-sieben, Herr Kaleu!« meldete Obersteuermann Wegner vom Peildiopter. »Neuer Kurs drei-fünf-zwo, bis Rosnes null-neun-neun peilt!«

»Neuer Kurs drei-fünf-zwo!« gab der BÜ an den Rudergänger durch, während unter Deck die Alarmklingel schrillte. Sacht drehte das Boot nach Backbord auf die Durchfahrt zum Masfjord ein. »Kurs drei-fünf-zwo liegt an!«

Die Geschützbedienungen kamen die Turmleiter empor gestürmt und besetzten die Geschütze. Mit ihnen kam auch Leutnant Eisenberg auf die Brücke. Meldungen zerrissen die morgendliche Stille. Das war der Augenblick, in dem ich mir regelrecht albern vorkam. Nur weil mir meine Erinnerung einen Streich spielte, ich mit meinen dämlichen Gefühlen nicht klarkam, jagte ich die Männer schon wieder aus den Kojen und Hängematten, in die sie man gerade erst nach dem Trimmen gekrochen waren.

»Boot gefechtsklar, Herr Kaleu!« meldete mir der wachhabende I WO. »Die Acht-acht fragt an, womit armiert werden soll.«

Irgendeiner augenblicklichen Eingebung folgend, sagte ich, ohne nachzudenken: »Splittergranaten!«

Irritiert zögerte der I WO. »Splittergranaten?«

»Genau, Herr Bernau, Splittergranaten.« Ich blieb dem I WO die Begründung schuldig. Schließlich war ich der Kommandant, da bedurfte es keiner weiteren Erklärung. Später fragte ich mich allerdings immer wieder, warum ich in diesem Moment nicht, wie es eigentlich üblich war, Leucht- oder Sprenggranaten, sondern ausgerechnet Splittergranaten befohlen hatte. Ich fand auch dann noch keine Erklärung dafür, aber es hatte sich als richtig erwiesen.

Rosnes wanderte nach null-neun-null aus. Die Gipfel der Inseln fingen den ersten rötlichen Schimmer der für uns noch hinter der norwegischen Landmasse verborgenen Sonne auf.

»Wird ein schöner Tag, wie es aussieht, Herr Kaleu«, meinte der Obersteuermann, der die Kompaßscheibe nicht aus den Augen ließ. »Und die Wetterprognosen sind auch nicht schlecht.«

»Kein Orkan oder so etwas im Anmarsch, Wegner?«

»Nix dergleichen, Herr Kaleu. Aber ich frag' mich, was das da von Rosnes für komische Blinkzeichen sind. Dachte erst, es sei die Ansteuerungstonne oder die Hafenmole, aber die blinken ja wohl kaum in einem solchen Tempo und Rhythmus. Fresse einen Besen, wenn das nicht 'ne Klappbuchs ist!«

Ich fuhr herum. Tatsächlich, dort klapperte jemand einen Blinkspruch in einem solchen Tempo herunter, daß ich nicht mitlesen konnte.

»Worauf warten Sie, Kunze? Lesen Sie gefälligst mit!« scheuchte ich den Signalgast hoch, der am Schanzkleid lehnte und döste. »Oder brauchen Sie noch 'ne schriftliche Einladung, Sie Träne?«

»Jawohl, Herr Kaleu, mitlesen!« Er gab jedoch schon nach wenigen Minuten auf. »Das gibt keinen Sinn, Herr Kaleu. Die blinken verschlüsselt!«

»Quatsch! *Tyske*, das ist eindeutig norwegisch! Damit

bezeichnen die uns Deutsche, Herr Kaleu!« widersprach der I WO. »Soviel verstehe ich inzwischen auch schon, ich kann das alles bloß noch nicht so schnell mitlesen. Wen blinken die da an?«

Sekunden später gab uns der Backbordausguck die Antwort. »Blinkzeichen in drei-zwo-zwo!«

»Verflucht, die Insel! Rosnes blinkt die Insel an, und die dort bestätigen es! Das gilt uns, dafür gibt es gar keinen Zweifel! Das Fahrwasser führt dort so dicht vorbei, daß sie uns voll erwischen können, wenn wir die Insel passieren!« Mir war auf einmal gar nicht mehr wohl bei diesem Gedanken. »Acht-acht, Ziel ist die Klappbuchs dort auf der Insel! Wenn sich dort irgend etwas gegen uns rührt: voll drauf! Zwo-Zentimeter-Flak, Ziel ist die Klappbuchs in oder bei Rosnes! Sobald ...«

Die Worte blieben mir buchstäblich im Halse stecken. Ein mehrfaches Aufblitzen zwischen den Felsen der Insel alarmierte mich. Sekundenbruchteile später erzitterte die Luft durch den Nachhall von Abschüssen, schlugen rings um uns herum Granaten ein, stiegen Wassersäulen hoch in den Morgenhimmel, begann die See zu kochen. Ein Splitterregen ließ uns die Köpfe einziehen, als ein Teil davon widerlich pfeifend über das Boot strich.

Nicht so die Geschützbedienung der Acht-acht. Unbeeindruckt erwiderte sie das Feuer. Ihr Schnellfeuer hüllte die Stellungen der Norweger in einen tödlichen Splitterregen und zwang sie in Deckung. Aus dem massiven norwegischen Feuerüberfall wurde ein erbärmliches Stottern, ohne ernsthaften Schaden anzurichten. Da sich von Rosnes nichts gegen uns tat, machte auch noch die 2cm-Flak Zielwechsel auf die Insel. Sie strich die Felsen mit ihrem Geschoßhagel systematisch ab und bereitete damit dem Spuk ein schnelles Ende.

Jäh verstummte der Beschuß. Die Wassersäulen fielen in

sich zusammen, die aufgewühlte See beruhigte sich. Unsere Ferngläser suchten die Felsen vergeblich ab, dort rührte sich nichts mehr.

Ich blickte auf die Uhr. Die ganze Episode hatte keine vierzig Minuten gedauert. »Sieht aus, als wäre den Brüdern die Lust am Kriegsspiel vergangen. Feuer einstellen! Munition ergänzen! Beide Geschütze bleiben feuerbereit! Schadensmeldungen an die Brücke!«

»Glaube nicht, daß das schon gereicht hat, Herr Kaleu«, näselte Leutnant Eisenberg hinter mir. Das war die Art, die ich gerade bei Offizieren nicht mochte. Sie hörte sich in meinen Ohren irgendwie arrogant an. »Am liebsten würde ich mit meinen Männern an Land gehen, um denen den Rest zu geben. Ist das möglich?«

Ich ließ mir seine Worte trotzdem einen Augenblick durch den Kopf gehen, denn das war gar kein schlechter Gedanke. Es sprach einiges dafür. Es sprachen jedoch auch ein paar ganz gewichtige Gründe dagegen. Deshalb verzog ich mißbilligend das Gesicht.

»Möglich ist das schon, Herr Eisenberg, aber das schlagen Sie sich man aus dem Kopf! Für Sie und Ihre paar Männer ist das ein nicht zu kalkulierendes Risiko, das ich im Interesse Ihrer eigentlichen Aufgaben auf Spitzbergen nicht eingehen möchte. Wir wissen nicht, wie stark die Kampfgruppe noch ist, die sich dort verbirgt und die norwegische Kapitulation mißachtet. Die haben möglicherweise nur die Ohren angelegt, weil sie mit unserer heftigen Gegenwehr nicht gerechnet haben.«

»Das Risiko schreckt meine Männer und mich überhaupt nicht, Herr Kaleu. Wir sind für solche Kommandounternehmen ausgebildet, und das da sind keine ernstzunehmenden Gegner. Das sind blutige Anfänger, mit denen wir ganz schnell fertig werden.«

»Holla, nun mal langsam!« nahm ihn der I WO auf die Hörner, dem der arrogante Tonfall wohl ebenfalls gegen den Strich ging. »Anfänger? Ein bißchen weit hergeholt. Woher wollen Sie denn das so genau wissen?«

»Aus Erfahrung, Herr Oberleutnant. Wer mit Granatwerfern gezielt zu schießen versucht, kann nur ein blutiger Anfänger sein. Granatwerfer sind zwar eine Angriffs- und Verteidigungswaffe für den Landkrieg, man kann aber damit nur durch Zufall Treffer und ansonsten nur durch die Splitter Wirkung erzielen, mehr nicht. In diesem Fall war das eine geradezu idiotische Herausforderung. Die Werfer sind nämlich – anders als Ihre Kanonen – überhaupt nicht treffsicher.«

»Und Sie sind absolut sicher, daß es tatsächlich Werfergranaten gewesen sind, mit denen die uns einzudecken versucht haben?« hakte der I WO nochmals nach.

»Absolut! Mit Kanonen kann man auf diese Entfernung gar nicht so schlecht schießen. Außerdem war dieses ›Plopplop!‹ der Abschüsse typisch für diese Waffe.«

Das war ein Argument, das mich zu überzeugen begann, zumal auch die Art der gestreuten Einschläge seine Worte zu bestätigen schien. Nicht eine der Granaten war auf oder unmittelbar neben dem Boot detoniert. Aber rechtfertigte das so ein riskantes Landungsunternehmen? Ich hatte da ganz erhebliche Zweifel.

Eisenberg schien das zu spüren. »Wenn wir nichts gegen diese Anfänger unternehmen, haben sie möglicherweise bei der nächsten Gelegenheit mehr Glück als bei uns.«

Ich blickte hinüber zu der winzigen Insel. Ein Klotz aus nackten, kahlen Felsen, der im ersten Frühlicht noch abweisender und unwirtlicher wirkte, weil nirgends auch nur eine Spur menschlichen Lebens zu entdecken war. Rauchgeschwärztes steiles Gestein, wo unsere Granaten aufgeschlagen waren, gegen das der starke Ebbstrom schäumend anbrandete.

Vergeblich hielt ich nach einem geeigneten Strandstück Ausschau, das eine wie auch immer geartete Landung erlaubte. Wenn es das gab, und es mußte es ja geben, wie der Feuerüberfall bewies, dann lag es irgendwo zwischen den Felszacken versteckt oder auf der Rückseite dieses vermutlich von Höhlen durchzogenen Steinhaufens. Dieser Anblick entzog Eisenbergs Argumenten bei mir den Boden.

»Wenn bei denen da überhaupt noch jemand dazu in der Lage und willens ist, Herr Eisenberg! Aber unabhängig davon, ein U-Boot ist für ein solches Unternehmen denkbar ungeeignet. Außerdem verlören wir dadurch nur wertvolle Zeit in diesem engen Fahrwasser, das uns zuwenig Raum läßt, wenn wir hier, wie schon gehabt, wieder von britischen Flugzeugen angegriffen werden sollten.« Ich wandte mich an den I WO. »Übernehmen Sie, Herr Bernau! Kurs drei-fünf-zwo, beide Maschinen Umdrehungen für zwozehn Knoten! Gefechtsbereitschaft bleibt bestehen, bis wir aus dem Schlauch raus sind! Ich werde der Flottille funken. Die soll sich um die Insel kümmern. Für Korvetten oder Schnellboote dürfte das ein Kinderspiel sein.« Ich klappte das Turmluk auf: »Kommen Sie mit, Obersteuermann! Ich brauche den Namen und die genauen Koordinaten der Insel. Wahrschau, zwo Mann von Brücke in Zentrale!«

In der Zentrale stand die attraktive Ärztin neben dem II WO am Kartentisch. Trotz meines Warnrufes zuckte sie erschrocken einen Schritt zur Seite, als wir plötzlich die Holme der Turmleiter heruntergesaust kamen. Sie fand jedoch erstaunlich schnell zu ihrem kecken Mundwerk zurück.

»Teufel! Sie können einen aber auch erschrecken, Herr

Kaleu! Erst dieses höllische Geballer, daß man sich vor Angst fast in die Hosen macht, und nun erscheinen Sie hier auch noch wie Kai aus der Kiste mit einer artistischen Nummer, die reif für jedes Varietétheater ist!«

»So ist das nun mal an Bord eines U-Bootes, meine Gnädigste! Wir lassen uns eben immer etwas einfallen, wenn wir Gäste haben«, ging ich auf ihren lockeren Ton ein, doch dann wurde ich dienstlich. »Ich bin überrascht, Sie hier in der Zentrale anzutreffen, wo Gäste normalerweise nichts zu suchen haben. Erst recht nicht bei Alarm! Allen Gästen ist doch wohl gesagt worden, wo sie sich bei Alarm aufzuhalten haben, damit sie uns nicht in die Quere kommen. Darf ich erfahren, warum Sie sich an diese eindeutigen Anweisungen nicht halten? Sie stören hier, Fräulein Doktor Kappelsberger!«

Sie biß sich auf die Lippen. Diese schroffe Zurechtweisung hatte sie nicht erwartet. Aber – Frau hin, Frau her – ich war nicht gewillt, derartige Extratouren einreißen zu lassen. Ihr Gesicht lief knallrot an, hilfesuchend richteten sich ihre Augen auf den II WO.

»Hmm ... Die Doktorin ist eben erst in die Zentrale gekommen, Herr Kaleu.« Er deutete mit einem entschuldigenden Lächeln auf die altmodische Arzttasche zu Füßen der Ärztin, einem BUKO, wie diese Taschen scherzhaft genannt wurden. »Alarmiert durch den Gefechtslärm, befürchtete sie, es könnte Verwundete gegeben haben, und wollte helfen. Ich finde das sehr weitsichtig.«

Holla, hatte ich es doch geahnt! Es brauchte nur ein weibliches Wesen aufzukreuzen, und schon schwang sich unser Casanova zum Beschützer auf! Und nicht nur das, er übte sogar dabei auch noch versteckt Kritik an mir! Prompt warf sie ihm dafür einen dankbaren Blick zu.

Warte, mein Freund, dafür kriegst du jetzt dein Fett,

dachte ich. Angesichts der gespannt lauschenden Zuhörer verkniff ich mir jedoch die bissige Bemerkung, die mir schon auf der Zunge lag, und tat genau das Gegenteil. Grinsend deutete ich vor der Ärztin eine Verbeugung an. »In der Tat sehr weitsichtig und anerkennenswert Ihre Sorge um meine Männer, Fräulein Doktor! Die Sache hat nur einen Haken: Gehe nie zu deinem Fürst, wenn du nicht gerufen wirst! Sagt man bei Ihnen im Badischen nicht so, Herr Störmer? Sehen Sie, er nickt. So sollten wir es auch für die Zukunft halten, Fräulein Doktor, damit wir nicht wieder aneinander geraten. Solange ich auf der Brücke war, haben sich übrigens keine Verwundeten gemeldet. Aber Sie können ja zur Sicherheit gern noch einmal auf der Brücke nachfragen lassen, Herr Störmer.«

Diesmal war es der II WO, der einen roten Kopf bekam. Der kannte mich und meine Prinzipien. Er beeilte sich darum, den BÜ oben nachfragen zu lassen. Die Antwort war negativ.

Sie dagegen machte indessen eine erstaunliche Wandlung durch. Nichts mehr von kesser Aufmüpfigkeit. Auch wenn es ihr sichtlich schwerfiel, verkniff sie sich jede kritische Bemerkung. Sie lenkte klugerweise ein, allerdings mit einem maliziösen Lächeln. »Ich werde diesen weisen Spruch beherzigen, Herr Kaleu!« Sie machte einen albernen Knicks wie ein braves Schulmädchen. »Und nun darf ich mich wohl in das mir gewährte Asyl zurückziehen.«

»Typisch Frau«, murmelte der LI, als sie durch das Mannloch verschwunden war. »Immer müssen die Weiber das letzte Wort haben.«

Ich griff nach dem Schreibblock und begann, den Funkspruch an die Flottille zu fixieren.

»Bitte um Entschuldigung, Herr Kaleu, daß ich mich eingemischt habe«, sagte der II WO leise mit schuldbewußter Miene. »Aber die Ärztin ... ich war so ...«

»Geschenkt, Herr Störmer«, unterbrach ich ihn ebenso leise, weil der Obersteuermann zu uns trat und mir den Zettel mit der genauen Position der Insel reichte. Mit einem Blick sah ich, daß ihr Name fehlte. »Was denn, Obersteuermann, nur die Koordinaten? Hat die Insel keinen Namen?«

»Nicht direkt, Herr Kaleu. In der norwegischen Seekarte steht quer über die Insel und den sie umgebenden Haufen von Schären und Inselchen Kjellodden.« Sein knubbeliger Finger unterstrich seine Worte auf der Karte. »Da dachte ich, es sei besser, lieber nur die genauen Koordinaten der Insel anzugeben.«

Es stimmte, wie ich mich überzeugen konnte. Mehr noch, die Insel, die hauptsächlich aus einem Felsbuckel zu bestehen schien, den die Gletscher der Eiszeit glattgeschliffen hatten, sah nicht nur unbewohnt aus, sie war es auch. Jedenfalls wies die an sich sehr genaue norwegische Karte keinerlei Anzeichen einer menschlichen Besiedlung auf. Das gab uns Rätsel auf.

»Vermutlich ist das der Grund, daß sich diese Kampfgruppe dorthin zurückgezogen hat. Sie brauchte Entdeckung nicht zu befürchten«, meinte der II WO, sichtlich froh darüber, daß das Intermezzo mit der Ärztin auf diese Art in den Hintergrund gedrängt wurde. »Warum haben sich diese Idioten aber dann durch den Feuerüberfall selbst verraten?«

»Ganz einfach, sie glaubten, uns mit einem gezielten Schlag sang- und klanglos zu den Fischen schicken zu können. Das ist die einzige Erklärung. Bleibt nur die Frage, warum sie sich überhaupt auf diese Insel zurückgezogen haben, abgeschnitten vom Nachschub und ohne die geringste Aussicht, in diesem Krieg und von dieser Stelle noch etwas gegen unsere Truppen ausrichten zu können.« Kaum war es heraus, fiel bei mir der Groschen. »Es sei denn ...«

Störmer versuchte, den angefangenen Satz zu vervollständigen, und kam damit zu dem gleichen Ergebnis. »Es sei denn, sie warteten dort auf ein Schiff der Tommies, um sich ihnen anzuschließen, Herr Kaleu?«

»Genau, II WO!« Ich ergänzte den Text des Funkspruchs entsprechend. »Das wird die Flottille alarmieren. Sollte mich wundern, wenn wir nicht recht haben. Zentralemaat, ab damit in das Funkerschapp! Verschlüsseln und dann auf Empfang bleiben, klar?«

Der Zentralemaat verschwand durch das Mannloch. Ich lehnte mich zurück und sagte leise: »Ich habe Sie vorhin unterbrochen, Herr Störmer. Was war mit der Ärztin?«

Der II WO sah sich in der Zentrale um. Es war ihm verständlicherweise unangenehm, vor unerwünschten Zuhörern darüber zu reden. Ich stand auf. »Haben Sie schon gefrühstückt? Ich auch nicht, und ich habe einen Bärenhunger. Kommen Sie, gehen wir ins Offizierslogis. Der Smut' soll uns ein anständiges Frühstück aufbacken!«

Sichtlich erleichtert atmete er auf und folgte mir ins leere Offizierslogis. Der Smutje schien auf uns gewartet zu haben, denn er kam – ein volles Tablett geschickt durch den Gang jonglierend – sofort hinter uns her. Ich wartete, bis er uns aufgebackt hatte und wieder verschwand.

»Nun raus mit der Sprache, II WO! Sie sagten ›ich war so‹, als ich Sie unterbrach. Was waren Sie?«

»Ich war so überrascht, Herr Kaleu, denn ich hatte sie ja vorher noch nicht gesehen. Eine hübsche und vor allen Dingen so couragierte junge Frau kommt da seelenruhig in die Zentrale gejumpt, während draußen die Hölle los ist und die ohrenbetäubenden Abschüsse unserer Acht-acht das Boot durchschütteln und beängstigend in den Verbänden krachen und knirschen lassen. Fragt mich doch ungerührt, ob es in den frühen Morgenstunden bei uns hier an Bord immer so turbulent und entnervend laut zuginge. Das verschlug mir für einen Moment glatt die Sprache.«

»Und das, obwohl Sie doch bekanntermaßen sonst Frauen gegenüber alles andere als auf den Mund gefallen sind?« stichelte ich und patschte mir einen Klumpen Marmelade aufs Brot. »Erstaunlich, erstaunlich! Haben Sie ihr dann wenigstens erklärt, was sich da abspielte?«

»Das habe ich, Herr Kaleu! Worauf sie meinte, dann gäbe es für sie bestimmt Arbeit. Und schon jumpte sie durch das Mannloch und war in Sekundenschnelle mit ihrem BUKO wieder zurück. Das war der Augenblick, als Sie von der Brücke in die Zentrale herunterkamen.«

»Beeindruckend diese Frau, was? Und dann auch noch Ihr Typ, nehme ich an.«

»Beeindruckend schon, aber mein Typ? Nicht unbedingt.« Ein jungenhaftes Lächeln huschte über sein Gesicht. »Bis jetzt jedenfalls nicht, aber auf jeden Fall imponierend und interessanter als die Miezis, denen ich bisher meine Aufwartung machen durfte. Ist sie eigentlich verheiratet?«

Ich schlug die Augen zur Decke empor. »Du lieber Himmel, hat man Worte? Hat die Frau man gerade ein paar Minuten gesehen und erlebt, und schon spreizt der Gockel die Federn! Sie ist nicht verheiratet. Aber Vorsicht, mein Lieber, Alarmstufe eins! Gefährlich ist's, den Leu zu wecken! Die Frau hat den richtigen Mann fürs Leben noch nicht gefunden. Wollen Sie ihr erstes Opfer sein?«

Er grinste. »Käme auf den Versuch an. Versuch macht klug.«

Der Funker erschien am Schott. »Bitte, stören zu dürfen! Die Bestätigung und Antwort, Herr Kaleu. Schon entschlüsselt.«

Er reichte mir das Blatt. Ein Blick auf den knappen Text genügte. »Nichts unternehmen, was die geplante Operation gefährden könnte. Entsprechende Maßnahmen laufen unsererseits an. Also sind wir aus dem Schneider. Und Sie, mein Lieber, halten sich bei der Ärztin gefälligst zurück, klar?«

»Aber ja doch, Herr Kaleu! Man weiß doch schließlich, was sich gehört!«

Die Wettervorhersage des Obersteuermanns traf voll zu. Es wurde tatsächlich ein herrlich sonniger, wenn auch kühler Tag mit einer ungewöhnlich klaren Sicht bis an die sich scharf abzeichnende Kimm, wo Himmel und Meer ineinander übergingen. Ein Tag, an dem man den Krieg glatt vergessen konnte. Doch dem stand das Gefühl einer latenten lebensbedrohenden Gefahr entgegen, das sich durch die Erlebnisse in den verflossenen Kriegsmonaten tief in unsere Erinnerung eingegraben hatte. Der Feuerüberfall hatte diese Erinnerung noch verschärft.

Ungehindert passierten wir jedoch den Masfjord und liefen mit nördlichem Kurs in die offene See hinaus. Vor dem Sognesjøen fanden wir selbst in Küstennähe schon so tiefes Wasser unter dem Kiel, daß wir unser Trimmprogramm fortsetzen und alle Außenbordverschlüsse auch in extremer Tiefe überprüfen konnten, für die das Boot eigentlich gar nicht konzipiert worden war. Das war vor jeder Feindfahrt und besonders nach einer längeren Werftliegezeit unabdingbar.

Mit der Tiefe nahm nämlich die Dichte des Salzwassers beständig zu, bis dichte Schichten die suchenden ASDIC-Strahlen eventueller Verfolger durch Geisterechos so irritierten, daß man in ihrem Schutz entkommen konnte. Verbunden war das allerdings für das verfolgte U-Boot mit der

Gefahr, daß die Verschlüsse dem gewaltigen Wasserdruck in dieser extremen Tiefe nicht standhielten und leckspran- gen oder der Bootskörper, wies er auch nur den geringsten Schaden auf, gar wie eine leere Konservendose zusammen- gepreßt wurde.

Ich lehnte mich an den Kartentisch und ließ den I WO und den LI das übliche Kontrollprogramm abwickeln. Im Gedanken ging ich noch einmal unsere Badegäste durch, denen wir letztlich diesen Einsatz verdankten. Sah man ein- mal von dem Professor und der Ärztin ab, dann waren die beiden anderen Mitglieder der Meteorologengruppe nur blasse Randfiguren. Wissenschaftler, die in einer uns fast völlig fremden Welt lebten.

Das war bei dem Leutnant Eisenberg und seinen fünf Gebirgsjägern gänzlich anders. Eisenberg war mir nicht sonderlich sympathisch. Das zählte jedoch nicht. Er war ohne jeden Zweifel ein kriegserfahrener Haudegen, wie sei- ne Orden und Kriegsauszeichnungen bewiesen. So ein Landsknechtstyp, der neben einer gewissen Arroganz auch jene innere Ruhe und Selbstsicherheit ausstrahlte, die nur wahren Führungskräften zu eigen war.

Im gewissen Sinne galt das auch für seine Untergebenen, einem Oberfeldwebel, zwei Unteroffizieren und zwei Ober- gefreiten. Sie schickten sich mit einem Selbstverständnis in die für sie völlig neue Situation in einem U-Boot, wie es nur für alte kriegserfahrene Kämpen typisch war.

Während die Mitglieder der Meteorologengruppe unter- einander auf Distanz hielten, herrschte zwischen den Ge- birgsjägern – ohne die Rangunterschiede zu verwischen – der gleiche lockere, fast kumpelhafte Umgangston, wie er sich zwangsläufig auch bei uns an Bord durch das enge Miteinander ergab.

Ich versuchte, sie einzuschätzen. Zusammengenommen

machten sie auf mich den denkbar besten Eindruck, eine schlagkräftige Gruppe, die offensichtlich durch nichts so schnell zu erschüttern war. Nicht schlecht, dachte ich, wenn es wirklich ernst wird, werden die ganz sicher ihren Mann stehen.

Die Stimme des I WO riß mich aus meinen Gedanken. »Frage Tiefe! Was geht durch?«

»Hundertzwanzig Meter gehen durch!« kam die Antwort. »Boot fällt schnell weiter!«

»Verdammt, haben Ihre Stoker Klabusterbeeren im Gehirn, Herr Becker?« fragte der I WO den LI ungehalten. »Langsamer fluten! Wir wollen die Verschlüsse prüfen und nicht vorzeitig den Löffel abgeben! Laufend melden, was durchgeht!«

Seine Sorge war nicht unbegründet. Schor das Boot zu schnell in die Tiefe, bestand tatsächlich die Gefahr, daß mehrere Außenbordverschlüsse gleichzeitig lecksprangen und Wassereinbrüche wichtige Teile des Bootes lahmlegten. Der LI reagierte sofort.

Begleitet von obszönsten Flüchen, ergoß sich über die Männer an den Flutventilen ein Schwall von Befehlen im breitesten Sächsisch und stoppte die Sinkgeschwindigkeit. Unwillkürlich mußte ich lächeln. Wieder einmal machte allein der Ton die Musik, denn in seiner Suada blieben eigentlich nur die ausgemachten Ferkeleien allgemein verständlich.

»Hundertdreißig ... hundertvierzig ... hundertfünfzig Meter gehen durch!« sang der Zentralemaat die Tiefe aus.

In hundertachtzig Meter Tiefe begannen die Spanten unter dem enormen Außendruck zu ächzen und nachhallend zu vibrieren, als zupfe jemand an einer riesigen Baßgeige. Mit jedem weiteren Meter Tiefe stöhnte das Boot in seinen Verbänden gequälter auf, doch die Außenbordverschlüsse blieben dicht.

»Hundertfünfundneunzig Meter gehen durch! Boot sinkt langsam weiter!«

»Stopp Tiefe! Auf zwohundert Meter einpendeln! Alle Abteilungen Meldungen an Zen...«

Ein lauter Knall übertönte die Stimme des I WO. Wasserrauschen drang durch das Mannloch in die Zentrale.

»Wassereinbruch in Klo zwo! Lecksicherung vor!« schrie der Chief.

Sein Befehl löste auf den Flurplatten des Ganges ein lautes Getrampel aus. Der LI drängte sich an mir vorbei und jumpte durch das Mannloch. Der I WO grinste über dessen Eile und tippte mit der Hand lässig an seinen Mützenschirm.

»Melde gehorsamst, Boot bis auf zwohundert Meter Tiefe auf Herz und Nieren durchgeprüft, Herr Kaleu! Wie üblich, bis auf dieses vermaledeite Klo zwo keine sprudelnden Außenbordverschlüsse. Mag der Teufel wissen, warum uns das Aas ständig irgendeinen Streich spielt!«

Klo zwo war in der Tat unser Sorgenkind, das immer irgendwelche Mätzchen machte. Meist zum ungeeignetsten Zeitpunkt wie jetzt, da es üble Folgen für uns haben konnte. Harmloser dagegen war seine Heimtücke, wenn jemand an Bord kam, der sich mit der Mechanik nicht oder nicht mehr auskannte. Dann produzierte das Ding ohne Ansehen der Person die unappetitlichsten Springbrunnen. Aber das war letztlich bei allen U-Booten so, wie ich aus eigener Erfahrung wußte. In der Erinnerung daran mußte ich unwillkürlich lächeln, denn damals hatte es einen leibhaftigen Admiral erwischt und in arge Verlegenheit gebracht.

»Danke, Herr Bernau! Das wird der LI schon wieder hinkriegen. Gespannt bin ich allerdings, wie unsere Badegäste damit klarkommen, wenn sie des Leibes Notdurft drückt.«

Er kicherte. »Besonders unser forsches Fräulein Doktor, was? Das Gesicht würde ich gern mal sehen, wenn der Wasserstrahl in die falsche Richtung losgeht und ihr den knackigen Hin...«

Ich unterbrach ihn, denn ich sah ringsum grinsende Gesichter. »Stopp, mein Lieber! Bringen Sie unsere Männer nicht auf dumme Gedanken! Die bohren sonst noch Löcher in die Lokustür, um das mitzuerleben!« Und leise rutschte es mir heraus: »Das würde unserem II WO sicherlich gar nicht gefallen.«

Überrascht schaute er mich an und pfiff durch die Zähne. »Erbarmung, unser Casanova hat doch nicht etwa Feuer gefangen?«

Ich legte die Finger auf die Lippen. »Kein Wort, Herr Bernau! Noch weiß man nichts Genaues, klar?«

Er nickte.

Werkzeuggeklapper tönte durch das Mannloch. Das Rauschen wurde schwächer, verstummte endlich ganz und mit ihm das geschäftige Treiben.

»Auffeudeln!« hörte ich den LI sagen, dann kam er durch das Mannloch in die Zentrale zurück.

»Wassereinbruch gestoppt, Schaden behoben, Herr Kaleu! Wieder diese verdammte Muffe und der Außenstopfen am Abflußrohr, obwohl beide in Bergen erneuert worden sind. Scheint 'ne absolute Fehlkonstruktion zu sein. Sonst alles klar!«

»Danke, Herr Becker! Dann wollen wir mal. Auf Sehrohrtiefe anblasen!«

Preßluft drückte das Wasser aus den Tauchzellen. Langsam löste sich das Boot aus zweihundert Meter Tiefe und schwebte sanft nach oben, wurde schneller und schneller. Damit verstummte alsbald auch das unheimlich klingende Stöhnen des von dem gewaltigen Wasserdruck zusammengepreßten Bootskörpers, das unsere Badegäste mit Sicherheit das Fürchten gelehrt hatte. Aufmerksam beobachtete der LI den Tiefenmesser.

»Hundertfünfzig Meter gehen durch, Boot steigt schnell weiter!«

Der Auftrieb beschleunigte sich.

»Drosseln, Männer! Wir wollen nicht wie ein Korken aus dem Wasser katapultiert werden!«

»Horchraum, was erzählen die Fische?«

»Keinerlei Schraubengeräusche, Herr Kaleu!« meldete Funkmaat Grauert vom GHG. »Still ruht der See.«

»Komisch«, sagte der I WO leise zu mir. »Ich sollte froh darüber sein und bin es doch nicht. Kein Logger, kein Trawler, kein Postschiff. Es ist, als halte ganz Norwegen in Erwartung eines britischen Landeunternehmens den Atem an.«

Da hatte ich es wieder, keiner konnte aus seiner Haut. Wir waren schon durch den Krieg verdorben, witterten selbst dort eine Gefahr, wo nichts darauf hindeutete.

»Unken Sie nicht, Herr Bernau, wir werden sehen! Nehmen Sie es lieber so, wie es ist. Brückenwache und Geschützbedienungen klar zum Auftauchen!«

»Achtung! Boot erreicht Sehrohrtiefe, pendelt auf Sehrohrtiefe ein!«

Ich trat an den Schacht und fuhr vorsichtig das Luftzielsehrohr aus. Wenn die See wirklich so frei war, wie der Horchmaat behauptete, dann bedeutete es noch lange nicht, daß es auch der Himmel war. Ich klemmte mich hinter die Optik und suchte den klaren blauen Himmel ab. Nichts, nicht einmal irgendeinen Seevogel vermochte ich zu entdecken. Ich atmete erleichtert auf.

»Achtung! Klar zum Auftauchen! Brückenwache und Geschützbedienungen in den Turm!« Ich ließ den Spargel in seinen Schacht gleiten und schlüpfte in meine Lederjacke. »Anblasen!«

In das Deck unter unseren Füßen kam Bewegung. Sanft nahm das Boot den Rhythmus der langen Dünung auf.

»Achtung! Turm kommt frei! Boot ist aufgetaucht!«

Das Turmluk flog auf. Die Männer stürmten die Leiter empor und nahmen ihre Wachstationen ein. Herrlich frische Seeluft strömte in das Boot.

»Na«, sagte ich zum I WO nach einem forschenden Rundblick, »sehen Sie ringsum jemand, der uns diesen schönen Tag versauen will?«

Es gab ihn aber doch. Während das Boot die Seemeilen fraß und ich noch überlegte, ob wir uns wieder in die einengende Postroute zwischen den Inseln und der Küste einfädeln oder bei diesem klaren Wetter lieber die Weite der offenen See wählen sollten, alarmierte mich der Schrei des Fähnrichs.

»Spiere in drei-null-vier!«

Der Arm des Wachoffizierschülers wies in seine Peilung, wo, etwa eine Seemeile entfernt, tatsächlich eine Spiere in der ruhigen See auf und ab tanzte. Eine Spiere, die sich ungewöhnlicherweise nach obenhin verjüngte und in einem dicken Kopf endete. Wird der Rest einer Leuchtboje sein, die sich irgendwo losgerissen hat und nun mit der Meeresströmung treibt, dachte ich. Kein Grund, sich zu beunruhigen.

Schon wollte ich das Glas sinken lassen und mich abwenden, als die merkwürdige Spiere – deutlich einen leichten Strudel wie ein Kielwasser nachziehend – plötzlich von der Wasseroberfläche verschwand. Ich Idiot! Das war gar keine Spiere, das war das Periskop eines U-Bootes, und die ungewöhnlich dicke Spitze war seine Optik!

Diese Erkenntnis schlug wie eine Bombe ein und jagte mir einen dicken Schauer über den Rücken. In meinem Kopf überschlugen sich die Gedanken. Zum Tauchen war es zu spät.

»Alarm! Ein Periskop in drei-null-vier!« Ich schlug auf den Alarmknopf und scheuchte damit auch die Freiwächter auf die Stationen. Wir mußten auf das getauchte U-Boot eindrehen, ihm unsere schmalste Silhouette zukehren, ehe es in Torpedoschußweite kam, denn das war kein deutsches Boot. Ein deutsches wäre längst aufgetaucht. »Ruder hart Backbord! Beide Maschinen dreimal AK voraus!«

Das Boot machte einen regelrechten Sprung nach vorn, als die Maschinen auf allerhöchste Fahrt gingen. Unter dem Druck der Schrauben und des hart gelegten Ruders krängte der Turm nach Steuerbord und ließ uns torkeln. Langsam kam der Bug herum. Viel zu langsam, wie mir schien, drehte er auf die Stelle ein, wo das Sehrohr verschwunden war.

Reichte es, um für den Tommy oder den Froschfresser, wie wir die Franzosen nannten, in einen so ungünstigen Schußwinkel zu kommen, der einen Torpedotreffer höchst unwahrscheinlich, wenn nicht gar unmöglich machte? Kalter Schweiß brach mir bei dem Gedanken aus, daß es schon zu spät sein könnte. Daß die Torpedos schon liefen und uns noch mitten in der Drehung erwischten, denn ich hatte keine Ahnung, aus welcher Entfernung Briten und Franzosen ihre Aale auf den Weg schickten.

Ich stand auf der im Takt der Maschinen vibrierenden Brückengräting wie auf glühenden Kohlen, verfluchte die Schwerfälligkeit des Bootes, das trotz der auf Höchsttouren wirbelnden Schrauben so lahmarschig aus unserem Kurs schor! Endlich war es herum, ohne daß es knallte! Ein Stein fiel mir vom Herzen.

»Recht so! Ruder komm auf! Auf Torpedolaufbahnen achten!« warnte ich trotzdem.

Das Boot preschte auf den Punkt zu, wo sich das getauchte Boot meiner Schätzung nach jetzt befinden mußte, und zwang mich zum Handeln. Der fremde Kommandant hörte uns kommen. Was würde er tun? Auftauchen und den Kampf aufnehmen? Unwahrscheinlich, dazu reichte ihm die Zeit nicht mehr. Naheliegender war, daß er in die Tiefe flüchtete.

Während das Boot die Entfernung fraß, als giere es nach einer Kollision, wog ich unsere Möglichkeiten ab. Natürlich, wir konnten das Boot rammen, ihm mit einigem Glück den Turm mit den Sehrohren demolieren und dem Feind damit blind machen. Aber um was für einen Preis! U 115 war dafür nicht konstruiert. Möglicherweise beschädigten wir dabei unsere Tiefenruder, so daß wir tauchunfähig wurden und schleunigst den nächsten großen Hafen anlaufen mußten. Eine Vorstellung, bei der sich mir die Haare sträubten, denn damit ging unsere eigentliche Mission den Bach runter.

Dann schon lieber tauchen und versuchen, ihm einen Torpedo zu verpassen. Aber das war ein ebenso fragwürdiges Unterfangen. Das setzte nämlich voraus, daß der unbekannte Kommandant nicht vor uns in die Tiefe flüchtete, sobald er unsere Absicht erkannte.

»Starke Schraubengeräusche aus drei-sechs-null nach drei-fünf zwo!« riß mich der BÜ aus meinen Überlegungen. »Klingen nach einem U-Boot, das mit E-Maschinen schnell Tiefe gewinnt! Entfernung etwa ...«

Den Rest hörte ich schon gar nicht mehr. Was interessierte mich jetzt noch die Entfernung! Er floh in die Tiefe, das war die Hauptsache. Er nahm mir damit die Entscheidung ab. Jetzt wußte ich, was ich zu tun hatte.

»Ruder Backbord zehn! Auf die Peilung eindrehen! BÜ,

das GHG soll am Ball bleiben und Schraubengeräusche laufend melden! Beide Maschinen Umdrehungen für zehn Knoten! Klar zum Alarmtauchen!« Ich drehte mich zu Störmer herum. »Übernehmen Sie, II WO. Wir wollen sehen, daß wir über ihn kommen. Der Knabe soll das Fürchten lernen! Uns so diesen schönen Tag zu versauen!«

Wir verstanden uns ohne Worte. Geleitet von den Horchpeilungen, nahm Störmer die Verfolgung auf, kam dem flüchtenden Tommy oder Franzmann unaufhaltsam näher und näher. Wir waren über Wasser eben viel schneller als er unter Wasser. Für ihn mußten sich unsere hochtourigen Schraubengeräusche wie die Posaunen des Jüngsten Gerichts anhören, als wir ihn einholten und ihn überliefen.

Wir gingen sofort mit der Fahrt herunter und paßten uns seiner Geschwindigkeit an. Prompt schlug er Haken und sackte tiefer und tiefer. Er fürchtete offenbar, daß wir neben Granaten und Torpedos auch Wasserbomben mit uns führten, die ihm gefährlich werden konnten. Der II WO und ich grinsten einander verständnisinnig an, denn genau das war beabsichtigt.

»Dem geht jetzt die Muffe eins zu fünfhunderttausend, Herr Kaleu«, triumphierte er. »Scheint ein blutiger Anfänger zu sein, der uns allerlei zutraut.«

»Um so besser, wenn es so ist.« Er floh vor uns in die Tiefe und schlug Haken, das war normal. Sein Verhalten gab mir jedoch Rätsel auf, je länger wir seinen Ausweichbewegungen folgten. »Ist Ihnen eigentlich aufgefallen, daß der zwar einen Haken nach dem anderen schlägt, dann aber seltsamerweise immer wieder auf einen nördlichen Generalkurs zurückkehrt? Das sieht fast nach Absicht aus. Wenn ja, was bezweckt er damit?«

Störmer sah mich überrascht an. »Komisch, darüber zerbreche ich mir gerade ebenfalls den Kopf.«

»Wenn's Absicht ist, dann ist das kein Anfänger, sondern ein ganz ausgekochter Hund, der uns in diese Richtung lokken will.« In meinem Kopf schrillten plötzlich die Alarmglocken. »Dafür kann es nur eine Erklärung geben, II WO. Der operiert hier mit seinem Boot nicht alleine und will uns damit vor die Torpedorohre eines anderen U-Bootes lokken.«

»Uff!« stieß der II WO die Luft aus. »Das ist es, Herr Kaleu! Der ist Teil eines Auffangstreifens aus mehreren Booten entlang der norwegischen Küste, um den deutschen Nachschub über See zu unterbinden, und will uns jetzt reinlegen!«

»Und jetzt reibt er sich vermutlich die Hände, weil wir ihm auf den Leim gegangen sind. Aber den Spaß werden wir ihm versalzen. Auf Tauchstation!«

Blitzschnell leerte sich die Brücke. Störmer sauste vor mir die Leiterholme hinunter. Ich stieg in das Turmluk, knallte über mir den Lukendeckel zu und kurbelte ihn dicht.

»Alarmtauchen! Turmluk ist dicht! Fluuuten!«

Schon kippte das Boot über den Bug ab und schor in die Tiefe.

Der II WO fing U 115 auf vierzig Meter ab und blieb dem flüchtenden Boot mit sieben Knoten im Nacken. Ich warf indessen einen Blick in die Seekarte. Stimmte unsere Annahme, daß britische U-Boote entlang der Küste operierten, dann war zu überlegen, ob wir wieder der Postroute folgen oder lieber in die offene See ausweichen sollten, um ein Zusammentreffen mit ihnen zu vermeiden. Ich ließ die Entscheidung darüber noch offen. Sie hatte Zeit und hing von der weiteren Entwicklung ab.

»Dran bleiben, Herr Störmer! Der hört unsere E-Maschinen und weiß jetzt, daß auch wir getaucht sind. Noch läuft er ja mit äußerster Kraft vor uns her, aber er wird auf Schleichfahrt umkuppeln, sobald wir in den Bereich eines anderen U-Bootes kommen, um mit dessen Hilfe den Spieß umzudrehen.«

»Vermute ich auch, Herr Kaleu. Wär' ich allerdings an seiner Stelle, hätt' ich schon längst auf Schleichfahrt umgekuppelt, um mich hinter meinen Verfolger zu setzen oder mich mit gutem Wind aus dem Staub zu machen. Der dagegen läuft stur weiter auf seinem nördlichen Generalkurs und hält uns für so doof, daß wir sein Verhalten nicht zu deuten wissen.«

»Vorsicht, II WO. Vielleicht ist er gerissener, als wir denken. Gehen Sie höher rauf und dann auf Schleichfahrt, denn tun können wir ihm sowieso nichts. Der ist viel zu tief unten. Mal sehen, wie er darauf reagiert.«

Der II WO nickte. »Beide Maschinen – stopp! Auf Schleichfahrt umkuppeln! Auf Sehrohrtiefe anblasen! Schleichfahrt! Absolute Ruhe im Boot!«

Im Boot erstarb jedes noch so leise Geräusch. Das leise Sirren unserer Schrauben verstummte. Wir verloren Fahrt. In Schleichfahrt wurde das vertraute Summen unserer E-Maschinen selbst in der Zentrale zu einem kaum wahrnehmbaren Flüstern. Sacht schwebte das Boot empor und pendelte auf Sehrohrtiefe ein.

Ich tappte auf Zehenspitzen zum Horcherschapp, gespannt auf die Reaktion des anderen Bootes. Grauert horchte so intensiv in seinen Zauberkasten hinein, daß er mich erst bemerkte, als ich ihm die Hand auf die Schulter legte.

»Gut, daß Sie kommen, Herr Kaleu«, flüsterte er und reichte mir sofort einen Hörer. »Das muß ein Idiot sein, der zickzackt noch immer mit Voll-voraus, als wäre er allein auf weiter Flur. Da ist jedoch in drei-vier-null noch jemand mit von der Partie, etwas weiter ab. Muß gestoppt gelegen haben, denn erst jetzt höre ich seine Dieselmotoren. Kein Trawler, das typische Rumpeln fehlt. Auch keine größere Einheit. Könnte ein Schnellboot sein.«

Ich brauchte eine ganze Weile, um mich in die Unterwasserwelt hineinzuhören. Doch dann vernahm ich es auch. Tatsächlich, zu den hellen Schraubengeräuschen des fliehenden Bootes hatten sich weitere gesellt. Ob sie von Dieseln angetrieben wurden, vermochte ich nicht zu sagen, dazu fehlte mir die Erfahrung. Von einem Frachter oder Trawler stammten die jedoch auf keinen Fall, die klangen anders, das hörte sogar ich heraus. Aber von einem Schnellboot?

Zweifel kamen in mir auf. Ein einzelnes Schnellboot hier draußen, so weitab von der Küste? Unwahrscheinlich. Aber wer sonst mit Dieselmotoren? Ein Verdacht schoß durch meinen Kopf. Mensch, am Ende war das ein aufgetauchtes U-Boot!

»Ein Schnellboot, Grauert? Kann es nicht auch ...«

Ich brach ab, denn die Schrauben des fliehenden Bootes verstummten plötzlich. Die Geräusche des anderen waren in dem hochempfindlichen GHG auf einmal viel deutlicher zu vernehmen.

»Schleichfahrt, Herr Kaleu! Der ist bei seinem letzten Zack nach Backbord auf Schleichfahrt gegangen und nicht mehr zu fassen.« Grauert drehte an den Knöpfen des GHG und lauschte angestrengt nach draußen. »Und der andere? Mmmm, muß kein Schnellboot sein, es könnte auch ein ...«

Er schwieg abrupt. Der Grund lag auf der Hand. Eine Kette schneller Schläge hallte durch die Tiefe, abgehackt im Rhythmus von Morsezeichen. Unverkennbar ein Signal des getauchten Bootes, wie auch wir es zwischen getauchten

U-Booten verwendeten, allerdings niemals in einer solchen Situation. Nach einer kurzen Pause klackerte eine Antwort in einer ähnliche Folge von rhythmischen Schlägen zurück. Codiert, denn vergeblich versuchte ich, aus den Morsezeichen einen Sinn herauszulesen.

»Ein zweites U-Boot, Herr Kaleu!« Grauert vergaß vor Überraschung alle Vorsicht, er flüsterte nicht mehr. »Die beiden verständigen sich durch ein Unterwassersignalgerät! Zwei U-Boote! Eins davon aufgetaucht, etwa zwo Seemeilen entfernt!«

»Genau!« Ein aufgetauchtes U-Boot in zwo Seemeilen Entfernung, das war günstig. Vielleicht konnten wir das Boot noch erwischen, bevor es ebenfalls abtauchte. Ich riß mir den Hörer vom Kopf. »Bleiben Sie an dem aufgetauchten Boot dran, Grauert! Ich muß in die Zentrale zurück.«

Ich jumpte in die Zentrale und eilte an das Sehrohr, fuhr es aus und richtete es in Grauerts Peilung.

»Tatsächlich ein aufgetauchtes U-Boot in drei-vier null, II WO! Keines von uns, eines der großen britischen T-Klasse! Ansonsten ist die See leer. Nehmen Sie Kurs auf die Peilung! Rohr eins bis vier: Achtung! Klar zum Unterwasserangriff!«

Das fremde Boot tuckerte in einen so günstigen Schußwinkel für uns hinein, wie er nicht günstiger sein konnte. Es machte auch unverständlicherweise nicht die geringsten Anstalten, vor uns wegzutauchen, während wir näher schlichen und ich im Fadenkreuz Maß nahm. Jedenfalls riß die Verständigung durch Klopfzeichen nicht ab, wie Grauert meldete, und seine Brücke blieb voll besetzt.

»Mündungsklappen sind geöffnet, Rohre bewässert«, kam die Rückmeldung. »Rohr eins bis vier sind klar zum Unterwasserangriff!«

»Rohr eins und zwo: Achtung!« Ich zählte die Sekunden,

bis wir auf achthundert Meter heran waren, bekam ganz feuchte Hände. Was, wenn die Aale auch jetzt wieder versagten? Bloß das nicht! »Rohr eins und zwo ... los!«

Ein spürbarer Ruck ging durch das Boot.

»Rohr eins und zwo sind los! Torpedos laufen!«

In die Tommies auf der Brücke kam plötzlich Bewegung, als ahnten sie das zweifache Verhängnis, das jetzt auf sie zujagte. Ihre Köpfe verschwanden hinter der Turmbrüstung. Ein untrügliches Zeichen dafür, daß die Mannschaft auf die Tauchstationen eilte. Das Boot erhöhte die Fahrt, der Bug schnitt mit einer aufschäumenden Bugwelle unter. Zu spät!

Noch ehe der sprudelnde Schwell den Turmfuß umspülte, detonierten unsere beiden Torpedos fast gleichzeitig vor und hinter dem Turm. Donnernd stiegen zwei gewaltige Wassersäulen hoch in die Luft und hüllten den Turm unseres Opfers ein. Sekundenbruchteile später erreichten uns die Druckwellen. Sie schüttelten unser Boot wie einen nassen Lumpen durch. Der Sehrohrkopf schnitt unter, ich sah nur noch grünes Wasser.

Als er wieder aus dem Schwell freikam, war die See leer. Keine Spur von im Wasser treibenden Überlebenden. An der Stelle, wo der Brite von unseren Torpedos getroffen worden war, breitete sich lediglich eine zähe schillernde Ölschicht aus, von aufsteigender Luft zu zerplatzenden Blasen aufgewölbt.

»Gratuliere, Herr Kaleu!« schrie der II WO und führte einen Indianertanz auf. »Volltreffer! Diesmal keine Versager!«

Lauter Jubel brandete durch das Boot. Ich brachte es allerdings nicht über mich, in dieses Triumphgeschrei einzustimmen. Ich hatte einen dicken Kloß in der Kehle. Die Tatsache, daß ich dort soeben ein vollbesetztes U-Boot mit Mann und Maus auf seine letzte Reise in die Tiefe geschickt hatte, beschwor Erinnerungen in mir herauf. Erinnerungen an die britische U-Boot-Falle *Flying Lady*, die seinerzeit U-E 2 in den Grund gebohrt hatte, das Boot, auf dem ich als I WO gefahren und versenkt worden war.

Aber das war es nicht allein. Ich fand, daß wir keinen Grund hatten, diese Versenkung als einen Sieg zu feiern. Anders als bei den Geleitzugschlachten im Atlantik, wo wir uns mit gleichwertigen Gegnern herumschlagen mußten, war dies hier kein fairer Kampf, sondern eher eine regelrechte Hinrichtung gewesen, bei der ich den Henker abgegeben hatte. Und das bedrückte mich. Ich war allerdings sicher, daß meine Besatzung dafür nicht das geringste Verständnis aufbrachte. Kein Wunder, von ihnen hatte ja bisher auch noch keiner die Versenkung des eigenen Bootes erlebt, wie ich aus ihren Personalakten wußte.

»Sinkgeräusche in drei-fünf-sieben! Bullernder Luftaustritt!« riß mich die Meldung Grauerts aus meinen Gedanken. »Das zweite Boot ist nicht zu orten!«

»Das wird sich auch hüten, uns in die Quere zu kommen oder gar aufzutauchen«, kommentierte der II WO die Meldung.

»Trotzdem sollten wir nicht leichtsinnig werden, Herr Störmer. Wo Tauben sind, fliegen Tauben zu. Zwei britische U-Boote – da können sich vor der Küste durchaus noch mehr herumtreiben«, sagte ich und kam zu einem Entschluß. »Wir werden nicht wieder auf die Postroute einschwenken. Neuer Kurs drei-drei-null! Sobald wir Alden an Steuerbord querab haben, nehmen wir Kurs auf die Lofoten. Bis dahin bleibt das Boot auf Schleichfahrt. Alarm beendet!«

»Kurs auf die Lofoten?« fragte der II WO, als habe er nicht recht gehört.

»Auf die Lofoten, Herr Störmer. Haben Sie vergessen,

daß die Flottille versuchen will, die Ärztin gegen einen Arzt auszutauschen? Wenn überhaupt, dann dürfte das erfolgen, noch bevor wir Spitzbergen erreichen. Darum! Lassen Sie nachladen.« Die Anspannung in mir ließ nach. Ich hatte auf einmal einen Mordskohldampf und war hundemüde. Eine verständliche Reaktion, denn ich hatte ja bisher kaum etwas essen und noch weniger schlafen können. »Ich will sehen, daß ich im Offizierslogis etwas zwischen die Zähne bekomme und dann eine Mütze voll Schlaf nehmen kann.«

Der I WO löste sich nach einem Blick auf die Borduhr vom Kartentisch und trat vor den II WO: »Wachablösung, Herr Störmer! BÜ, Steuerbordwache auf die Stationen!«

»Na fein, dann bekomme ich ja beim Essen Gesellschaft«, sagte ich und jumpte durch das Mannloch, um mir beim Smut' eine kräftige Portion zu bestellen.

Ich bekam tatsächlich Gesellschaft, aber anders, als ich es erwartet hatte. Noch bevor der II WO zu mir in das Logis kam, wo der Smutje mir gerade seinen zünftigen Labskaus aufbackte, erschien die Ärztin am Schott.

»Oh, ich sehe, ich komme ungelegen«, sagte sie mit einem verlegenen Lächeln. »Dann komme ich lieber etwas später wieder, denn was ich auf dem Herzen habe, hat ja auch noch Zeit. Guten Appetit, Herr Kaleu!«

Ehe ich etwas erwidern konnte, machte sie auf dem Absatz kehrt. Dabei blieb sie jedoch irgendwo hängen und fiel dem II WO buchstäblich in die Arme. Der nutzte natürlich prompt die Gunst des Augenblicks. Strahlend zog er sie an seine Brust und verdrehte verzückt seine Augen.

»Welche Freude, Doktorin, Sie können Gedanken lesen! Das habe ich mir nämlich schon die ganze Zeit gewünscht, seit wir uns hier an Bord das erste Mal begegnet sind! Was für ein herrliches Gefühl, so eine süße attraktive Frau in meinen Armen! Ich bin ganz hingerissen! Jetzt fehlt bloß noch ein Kuß, und ich bin im siebenten Himmel!« Mit einem schmachtenden Blick spitzte er den Mund und näherte ihn dem ihren, als wollte er sie küssen.

Ich mußte an mich halten, um nicht laut loszulachen. Sie war angesichts des so dicht vor ihrem reizvollen Gesicht gespitzten Mundes so überrumpelt, daß sie gar nicht auf die Idee kam, er treibe mit ihr nur ein frivoles Spiel. Im Gegenteil, sie nahm seine Worte und die daraus unschwer zu erratende Absicht glatt für bare Münze.

»Wagen Sie es nicht, mich zu küssen, Sie ... Sie unverschämter Mensch!« fauchte sie ihn an und wurde zornrot. Ihre Arme gegen seine Brust stemmend, versuchte sie sich aus seiner Umklammerung zu befreien. Drohend fletschte sie die ebenmäßigen Zähne. »Lassen Sie mich sofort los, oder ich beiße Ihnen die Nase ab!«

Doch einmal in seinem Element, ließ sich unser Filou dadurch nicht schrecken. Er packte nur noch fester zu. »Wundervoll, eine Wildkatze! Genau der Frauentyp, auf den ich fliege! Woher wußten Sie das, meine Liebe? Gleichklang der Herzen – wer hätte das gedacht! Wir werden uns beide blendend verstehen!«

»Von wegen! Loslassen, sage ich, oder ich trete Ihnen in die Eier, daß Sie die Engel im Himmel singen hören und im Falsett mitsingen können!« geriet sie in Rage und verlor alle Contenance. »Möchte mal sehen, ob Sie dann immer noch von Gleichklang der Herzen faseln, Sie Westentaschen-Casanova!«

Es blieb eine leere Drohung. Sie bekam ihre Knie nicht hoch, weil er ihre Beine so geschickt gegen den Süllrand des Schotts drückte, daß daraus nur ein hilfloses Zappeln wurde. Das stachelte sie zu noch heftigerer Gegenwehr an.

Voller Wut trommelte sie mit ihren beiden Fäusten auf seine Brust ein. »Loslassen oder ich schreie!«

»Hei, eine Massage von zarter Frauenhand!« Er lächelte ihr in das empörte Gesicht. »Nur zu, immer feste drauf!«

Der Smut', der mit einem Spiegelei für den Labskaus auf dem Bratenwender über meinem Teller herumjonglierte, erstarrte zum Standbild. Er war von diesem Schauspiel so fasziniert, daß ihm das Ei unbemerkt auf das Deck klatschte. Für mich war das ein Alarmsignal.

Spaß hin, Spaß her, der Smutje sorgte unter Garantie dafür, daß sein Erlebnis durch das Boot die Runde machte. Von Mund zu Mund weitergetragen, bekam dieser an sich harmlose Spaß dann möglicherweise in der ohnehin schon angeheizten Phantasie der Männer einen ganz anderen Anstrich. Das konnte unerwünschte Folgen haben.

»Aber, aber, Doktorin, wo bleibt denn da Ihre gute Erziehung? So eine rabiate Drohung mit so fürchterlichen Folgen aus dem Munde einer Dame?« griff ich ein und schüttelte tadelnd den Kopf, obwohl sie das in ihrer Rage vermutlich gar nicht wahrnahm. »Sie nehmen diesen harmlosen Jux, den sich unser II WO da mit Ihnen erlaubt, doch nicht etwa ernst? Doch? Du lieber Himmel, Herr Störmer, das können Sie doch nicht wollen! Da machen Sie man schleunigst Schluß mit dem frivolen Spiel. Am Ende denkt unsere reizende Doktorin auch noch, Sie wollten sie vor unseren Augen vergewaltigen!«

Er gab sie augenblicklich frei, brachte sich aber vorsichtshalber vor ihr mit ein paar schnellen Schritten in Sicherheit. Man konnte ja schließlich nicht wissen. Doch sie warf ihm nur einen vernichtenden Blick zu und strich ihre Kleidung glatt, als habe er sie zu entkleiden versucht, um sie tatsächlich zu vergewaltigen.

»Einen Jux nennen Sie diesen geschmacklosen Unfug,

Herr Thomsen?« nahm sie mich mit bitterböser Miene aufs Korn. »Na, ich danke für Backobst! Treiben Sie mit Frauen hier an Bord immer solche ... solche infamen Spielchen?«

Ich zuckte bedauernd die Schultern. »Selten, Doktorin, ganz, ganz selten. Wir haben ja leider kaum Gelegenheit dazu. Und wenn doch, dann verstehen die Damen allerdings Spaß und machen das Spiel mit. In Ihrem Fall scheint mir ist das jedoch leider gründlich in die Hose ... Verzeihung ... schiefgegangen zu sein. Das tut mir leid.«

Ich sah ihrem Gesicht an, daß sie nicht recht wußte, was sie aus meinen Worten machen sollte. Noch ehe sie die Sprache wiederfand, legte der II WO die rechte Hand theatralisch auf sein Herz und hob die linke wie zum Schwur in die Höhe.

»Ein Spaß, meine Gnädigste, denn nichts liegt mir ferner, als Ihnen zu nahe zu treten. Obwohl«, er grinste verschmitzt, »es hat mir ein diebisches Vergnügen bereitet. Ich müßte lügen, wollte ich das Gegenteil behaupten. Können Sie mir noch einmal verzeihen?«

Er unterstrich seine Entschuldigung mit einem albernen Kratzfuß und schwenkte dabei einen imaginären Dreispitz wie ein friderizianischer Kavalier. Das gab den Ausschlag. Ihre Stimmung schlug um.

Sie warf den Kopf in den Nacken und lachte hell auf. »Männer, baaah! Kein Wunder, wenn so viele Frauen lieber ledig bleiben!«

Ein guter Abgang, aber ich hielt sie auf. »Moment, Doktorin! Sie hatten doch etwas auf dem Herzen. Wollen Sie sich nicht doch zu uns setzen? Oder sind Sie etwa so verärgert, daß Sie ...«

»Verärgert? Sollte ich das sein?« unterbrach sie mich. Schalk blitzte in ihren Augen auf. »Nein, Herr Kaleu, ich höre nur nicht gern anderen Leuten beim Essen zu. Deshalb komme ich lieber etwas später wieder.«

Sprach's und verschwand. Einen Augenblick sahen der II WO und ich uns verdutzt an, dann brachen wir in lautes Gelächter aus.

»Alle Wetter!« holte der II WO schniefend Luft. »Die Frau imponiert mir! Die ist nicht nur bildhübsch, die ist ja auch nicht auf den Mund gefallen!«

Den Smutje weckte unser Gelächter aus seiner Erstarrung. Mit einem Löffel machte er sich daran, das zerplatzte Spiegelei vom Deck wieder auf den Bratenwender zu schieben.

»Holla, nix da, Smut'! Dieses Ei soll ich ja jetzt wohl nicht mehr essen – oder?« sagte ich. »Beseitigen Sie schleunigst die Schweinerei, und dann bringen Sie auch für den II WO 'nen Teller und jedem von uns 'n frisches Ei für den Labskaus, klar?«

Eine halbe Stunde später erschien sie wieder am Schott. Inzwischen hatte der Smut' das Eßgeschirr abgeräumt und uns eine Kanne frischgebrühten Kaffees gebracht. Außerdem waren der LI und Leutnant Eisenberg zu uns gestoßen.

»Darf ich?« fragte sie, diesmal allerdings nicht verlegen, sondern eher irgendwie kokett. »Ich hoffe, es hat Ihnen auch ohne meine Anwesenheit geschmeckt?«

Überrascht legte Leutnant Eisenberg den zerfledderten Krimi aus unserer Bordbücherei zur Seite, in dem er gelesen hatte, und starrte sie mit unverhohlener Bewunderung an. Aber nicht nur wegen ihrer kecken Frage, vielmehr wegen der hellen Bluse, die sie gegen den dicken Rollkragenpullover gewechselt hatte, mit dem sie an Bord gekommen war. Die stand ihr nämlich viel besser, außerdem hob sie ihre Fraulichkeit noch stärker hervor und brachte ihre ohnehin schon attraktive Figur noch aufreizender zur Geltung.

»Bitte!« Ich grinste. »Eine Gegenfrage: Sie erinnern sich an das Lutherwort ›Hat es euch nicht geschmecket‹? – Es hat uns geschmecket, aber nicht trotz, sondern wegen Ihrer Abwesenheit. Wir konnten uns mithin entsprechend ungenierter benehmen, Fräulein Doktor.«

»Das habe ich mir beinahe gedacht!« versetzte sie trokken und rümpfte die Nase. »Deshalb also dieser schreckliche Mief hier im Boot. Das ist nämlich auch einer der Gründe, weshalb ich mit Ihnen sprechen möchte.«

»Na, dann man los!« Ich machte eine einladende Handbewegung zur Backskiste hin. »Bitte, nehmen Sie Platz!«

Sie ließ sich neben dem II WO auf das Polster sinken und blitzte ihn herausfordernd an. »Das ist Ihnen doch hoffentlich nicht unangenehm, Herr Störmer? Oder war Ihr Eingeständnis vorhin nur eine leere Floskel?«

Hatte sie gedacht, ihn damit in Verlegenheit zu bringen, so sah sie sich enttäuscht. Er lächelte und rückte noch näher an sie heran.

»Im Gegenteil! Ich kann mir nichts Schöneres als einen möglichst engen Hautkontakt mit Ihnen vorstellen.« Er wollte den Arm um sie legen. »Sie gestatten?«

»Stopp, II WO, genug der Turtelei!« bremste ich ihn. »Deshalb ist unsere Ärztin ganz sicher nicht zu uns gekommen. Was haben Sie denn auf dem Herzen, Doktorin?«

»Hmmm!« Sie zögerte einen Augenblick. »Das Klo, Herr Kaleu. Es ist schon schlimm genug, daß es für fünfzig Personen nur ein WC gibt, das dauernd besetzt ist. Aber diese heimtückische Klo-Mechanik setzt dann allem die Krone auf. Ich komme damit einfach nicht zurecht, und das ist mir peinlich.«

Ich winkte ab. »Das muß Ihnen nicht peinlich sein, diese Erfahrung hat nämlich anfangs jeder von uns gemacht. Da ist lediglich ein Trick bei, und den wird Ihnen am besten unser technischer Fachmann, der LI, demonstrieren. Nicht wahr, Herr Becker?«

Der nickte. »Mit Freuden!«

Sie atmete erleichtert auf. »Danke! Und dann wüßte ich gern, wo hier der Waschraum ist und wann ich ihn ungestört benutzen kann. Sie verstehen, ich kann ja schlecht ...« Sie stockte und lief rot an.

Ich hatte Mühe, ein Grienen zu unterdrücken. »Ich muß Sie leider enttäuschen. Sie können ihn nicht ungestört benutzen, weil es hier an Bord keinen gibt.«

Sie sah mich entgeistert an. »Es gibt keinen? Ja, aber ...«

Ich schüttelte den Kopf. »Tut mir leid, aber das ist eines unserer Probleme auf Feindfahrt. Wir haben zwar genügend Wasser um uns herum, doch das ist Salzwasser, zum Waschen ungeeignet. Bei sechs Wochen auf See ist das Süßwasser so knapp, daß es nicht einmal für eine Rasur vergeudet wird. Deshalb rasieren wir U-Bootfahrer uns nicht. Das wissen Sie aber doch bestimmt aus der Wochenschau.«

Es verschlug ihr die Sprache, ungläubig musterte sie unsere Gesichter. »Und das ist jetzt nicht wieder einer der Scherze, mit denen man hier als sogenannter Badegast rechnen muß, Herr Kaleu? Nicht? Du lieber Himmel, das hieße ja ... Sechs Wochen, wenn ich mir das vorstelle!«

»Ach, so schlimm ist das gar nicht«, meinte der II WO mit einer wegwerfenden Handbewegung. »Das Waschen wird eben durch stramme Haltung ersetzt, bis wir an Land unter die Dusche gehen können. Langstreckenduschen, was meinen Sie, was das dann für ein herrliches Gefühl ist!«

Fassungslos schüttelte sie den Kopf. »Aber das ahnt ja gar keiner! Wo bleibt denn da die allgemeine Körperhygiene?«

»Na, die Wäsche wechseln wir schon gelegentlich, Doktorin. Aber das ist auch ein zweifelhaftes Vergnügen. In der allgemeinen Feuchtigkeit hier in unserer Ölsardinenbüchse bekommt die Ersatzwäsche meist die Masern, wie wir die Schimmelpilze nennen. Und die machen sich dann nicht gut auf der Haut«, schockte der LI sie noch mehr. »Da lassen wir den Wechsel dann lieber, bis wir wieder im Hafen sind.«

»Die Masern«, wiederholte sie und schüttelte sich bei dem Gedanken. »Pfui Teufel! Das ist ja schier unglaublich!«

Es gab noch einen, dem es ähnlich erging, den Leutnant Eisenberg. »Da habe ich immer gedacht, die Marine habe es besser, während wir mit der Schnauze im Dreck liegen müssen, wenn es dicke kommt. Sechs Wochen eingesperrt in diese eiserne Kiste, umgeben von diesem penetranten Dieselmief, nach dem sogar das Essen schmeckt! Daß Sie das aushalten!«

Die Ärztin sattelte noch eins drauf. »Wenn man dann wenigstens ab und an mal nach oben dürfte, um frische Luft zu schnappen, Herr Kaleu.«

»Auf die Brücke? Sonst gern, aber hier in diesem gefährlichen Seegebiet?« Ich schüttelte den Kopf. »Unmöglich! Beim Alarmtauchen kommt es auf Sekundenbruchteile an, deshalb geht es im freien Fall an den Leiterholmen hinab in die Zentrale. Sie haben darin keine Übung, könnten nicht mithalten. Sie würden uns behindern und somit das Boot gefährden. Da müssen Sie sich schon bis in das Seegebiet um Spitzbergen gedulden, vorausgesetzt, uns sind da die Tommies inzwischen nicht zuvorgekommen.«

Sie machte ein so betrübtes Gesicht, daß sich der II WO sofort veranlaßt sah, sie zu trösten. Am liebsten hätte er ihr dabei vermutlich auch noch die Hand gestreichelt. »Nun lassen Sie man den Kopf nicht hängen. Es sind ja nur noch knapp vier Tage, wenn wir gut vorankommen.«

Der LI stand auf und griente. »Und damit Sie bis dahin nicht zu Harnverhaltung und zu totaler Unterdrückung Ihrer leiblichen Notdurft gezwungen sind, möchte ich Sie jetzt – wenn es recht ist – in die Geheimnisse unserer Toilettenmechanik einführen, Fräulein Doktor. Fortan werden Sie dann keine Schwimmweste mehr benötigen, um die zauberhaften Wasserspiele zu bewundern, die unter Ihrer zarten Hand entstehen.«

Sie erhob sich ebenfalls und deutete einen Knicks an. »Ich werde Ihre beispielhafte Hilfsbereitschaft zu schätzen und allen Orts zu rühmen wissen, Herr Becker. Auf denn, bringen wir's hinter uns!«

Der II WO sah den beiden hinterher. Dann erinnerte er sich jedoch an meine Absicht, die ich in der Zentrale geäußert hatte, und stemmte sich von der Backskiste hoch. »Kommen Sie, Herr Eisenberg. Dem Kommandant fallen die Augen vor Müdigkeit zu. Wir sollten uns daher auch verkrümeln, damit er ungestört 'ne Mütze voll Schlaf nehmen kann. Wer weiß, wie lange.«

Die beiden schoben ab. Dankbar dafür, streckte ich mich auf der Backskiste aus, zog mir die Mütze über das Gesicht und versuchte zu schlafen. Allein, der Schlaf wollte nicht kommen. Erst geisterten die Erlebnisse der letzten Stunden in meinem Kopf herum, dann blieb ich an Störmers Prognose hängen.

»Nur noch knapp vier Tage, wenn wir gut vorankommen.« Ich war nicht so optimistisch. Alles hatte Zeit verschlungen, seit wir Bergen nächtens verlassen hatten. Erst die verspätete Abreise, dann die erste Phase des Trimmens, der Granatwerferüberfall vor Kjellodden, die zweite Trimmphase, die Verfolgung des ersten und die Versenkung des zweiten U-Bootes und jetzt die Schleichfahrt, um einen eventuellen Verfolger abzuschütteln.

Wir hinkten schon jetzt unserem ursprünglichen Zeitplan hinterher, und was die Zukunft für uns noch an Überraschungen parat hielt, wußte keiner von uns. Es war, als setze diese Erkenntnis den Schlußpunkt hinter meine Grübelei, denn endlich übermannte mich der Schlaf.

Von dem Augenblick an, als wir die Insel Alden in einem weiten Abstand passiert hatten und auftauchten, um Kurs auf die Lofoten zu nehmen, kamen wir nicht nur gut, sondern vor allen Dingen auch ungehindert voran. So brauchten wir nur eineinhalb Tage, bis die Lofoten vor unserem Bug aus dem Nordmeer stiegen.

Um bei diesem ungewöhnlich schönen Wetter nicht von Land aus gesehen zu werden, blieben wir so weit von der Küste ab, daß sie sich nur als dunkle Inselkette vor der Kimm abzeichnete. Trotzdem wurden Erinnerungen wach, als wir den Vestfjord passierten, an dessen Ende der für Deutschland so wichtige norwegische Erzhafen Narvik lag.

»Ich weiß nicht, wie es Ihnen geht, Herr Kaleu.« Der I WO ließ sein Glas sinken, mit dem er die See vor der fernen Küste abgesucht hatte. »In mir quillt noch immer die Enttäuschung darüber hoch, daß uns ausgerechnet hier unsere miesen Torpedos im Stich gelassen haben. Zerstörer und ein Schlachtschiff wie auf dem Präsentierteller in einem so günstigen Schußwinkel vor den Rohren, wie er nicht günstiger hätte sein können, und dann versagen diese Scheißaale!«

»Es ergeht mir nicht anders, Herr Bernau.«

Es waren bittere Erinnerungen, die uns allen anhingen. Deshalb hatte auch ich die Enttäuschung darüber noch lange nicht verwunden, daß uns die britischen Kriegsschiffe durch die Lappen gegangen waren, die nach der Besetzung Narviks über die deutschen Zerstörer hergefallen waren, die die deutschen Gebirgsjäger nach Narvik gebracht hatten.

Es war ein schwacher Trost gewesen, daß bis auf wenige Ausnahmen die Magnettorpedos aller deutschen U-Boote vor Norwegen versagt hatten. Angeblich sei der starke Erdmagnetismus schuld daran gewesen, wurde uns Kommandanten später erklärt. Der habe die Magnetköpfe der Torpedos so beeinflußt, daß sie zu früh oder überhaupt nicht detonierten. Anschließend hatten wir eine Tabelle erhalten, mit deren Hilfe wir die Torpedos so einstellen sollten, daß diese Fehlfunktionen verhindert wurden.

Das Mißtrauen gegenüber unseren Torpedos hatte das dennoch nicht auszuräumen vermocht. Auch jetzt noch nicht, obwohl die Torpedierung des aufgetauchten U-Bootes doch diesmal bewiesen hatte, daß die Aale richtig detoniert waren.

»Hoffen wir, daß die Versenkung des U-Bootes nicht 'n bloßer Zufall gewesen ist, I WO!« blieb ich skeptisch.

»Backbordwache klar zum Wachwechsel!« meldete der BÜ.

Wachwechsel, der gefährlichste Augenblick für das Boot. Während die neue Brückenwache nämlich aufenterte und ihre Stationen übernahm, räumte die nach vier Stunden endlich abgelöste Wache erleichtert die Brücke. Ein Vorgang, in dem die Wachsamkeit auf der Brücke zwangsläufig in einer Wooling unterging. Kurzzeitig nur, aber mitunter entging gerade dadurch die eine oder andere böse Überraschung ihrer rechtzeitigen Entdeckung.

Der I WO vergewisserte sich durch einen Rundblick, ob die Luft rein war, ehe er das Kommando zum Wachwechsel gab. Sie war es, wie ich mich überzeugen konnte. Vier Augen sahen nun einmal viel mehr als nur zwei.

»Brückenwache klar zum Wachwechsel! Wachwechsel!«

Blitzschnell wechselten die Wachen, kehrte Ruhe auf die Brücke zurück. Der II WO trat zu mir und salutierte. »Backbordwache auf Station, Herr Kaleu. Kurs null-zwo-zwo, beide Maschinen machen Fahrt für zwozehn Knoten!«

Ich erwiderte den Gruß. »Danke, Herr Störmer! Wie sieht's unter Deck aus?«

»Die Wetterfrösche unken, Herr Kaleu. Unsere beiden Steuerleute haben bei der Auswertung der Wettermeldungen Verstärkung durch den Profi, Professor Masilius, bekommen. Von dem habe ich mir mal die Wetterkarte erklären lassen.«

»Und was ist dabei herausgekommen? Ich meine, die Wetterfrösche unken doch immer.« Ich deutete mit einer Rundumbewegung auf die Kimm, an der sich lediglich im Südwesten eine kompaktere Wolkenwand abhob. »Das da hinten kann uns doch gar nicht kratzen.«

»O doch, dort kündigt sich ein Wetterumschwung an. Ein Tiefdruckgebiet über den briti...«

»Fliegeralarm!« unterbrach ihn der Schrei des Signalmaats. Dessen ausgestreckter Arm wies nach Steuerbord. »Drei nicht zu identifizierende Flugzeuge im Anflug dicht über der Wasserfläche aus null-vier-neun! Schnell näherkommend!«

Wir fuhren herum und richteten die Gläser in die angegebene Peilung. Tatsächlich, drei Flugzeuge im Anflug, noch zu weit entfernt, um sie identifizieren zu können, aber das änderte sich mit jeder verstreichenden Sekunde. Ganz gleich, wer es auch war, mit einem konnten wir es schlimmsten Falls aufnehmen, aber nicht mit dreien.

Ich schlug auf den Alarmknopf. »Auf Tauchstation! Klar zum Alarmtauchen! Vorfluten!«

Die Männer ließen sich in den Turm fallen. Als letzte folgten der II WO und ich.

»Turmluk ist dicht! Fluuten! Ruder hart Backbord! Neuer Kurs drei-drei-acht! Beide E-Maschinen dreimal AK voraus!«

Mit optimal gelegten Tiefenrudern und aller Maschinenkraft schoren wir aus unserem Kurs hinunter in die schützende Tiefe. Wir mußten weg von dem schäumenden Schwell, der in der ruhigen See mit seinen Blasen möglicherweise den Flugzeugen unseren Tauchpunkt verriet.

»Na, das war ja ein kurzes Vergnügen! Diese Schlipssoldaten gönnen einem auch gar nichts, nicht mal dieses herrliche Wetter!« moserte der II WO. »Keine Liebe mehr unter den Menschen.«

Schlipssoldaten, das war der Spottname für Hermann Görings Luftwaffe, die im Gegensatz zu Heer und Marine bei der Ausgehuniform »die Wäsche vorn«, sprich Hemd und Schlips, trug.

»Schlipssoldaten, weil die von Land anfliegen, Herr Störmer? Nur keine voreiligen Schlüsse! Das können ebensogut Tommies sein, die entlang der Küste Aufklärung fliegen und dabei Jagd auf deutsche Schiffe machen. Ich hoffe nur, die haben uns nicht gesehen.«

»Kurs drei-drei-acht liegt an!« meldete der Rudergänger.

Der LI schloß sich an: »Beide Maschinen machen Umdrehungen für dreimal AK voraus. Vierzig Meter gehen durch, Boot gewinnt schnell Tiefe.«

Wir hatten sie so spät entdeckt, weil sie flach über dem Wasser anflogen und die dunkle Inselkette im Rücken hatten. Sie aber hatten uns gesehen, und es waren auch keine deutschen Schlipssoldaten, wie wir ganz schnell zu spüren bekamen. Das Boot unterschritt gerade die 70-Meter-Marke auf der Tiefenanzeige, als achteraus die ersten Bomben detonierten. Verdammt nahe, aber mit so geringer Tiefenwirkung, daß sie uns nicht gefährlich werden konnten. Nur ihre Druckwellen holten uns ein und schüttelten das flüchtende Boot durch. Beides verriet mir die Art der Bomben.

»Keine Wasserbomben, sondern Fliegerbomben, II WO. Spreng- oder Splitterbomben, die beim Aufschlag auf die Wasseroberfläche detonieren.«

Eine neue Detonationswelle röhrte durch die Tiefe. Noch näher zwar, so daß wir unwillkürlich die Köpfe einzogen, aber die Tiefenwirkung blieb aus. Wir waren vermutlich schon zu tief dafür.

»Tommies, die es halt versuchen. Frage Tiefe, was geht durch?«

»Achtzig Meter gehen durch, Boot fällt weiter!«

»Das reicht! Stopp, Tiefe! Auf achtzig Meter einpendeln! Beide E-Maschinen Umdrehungen für sechs Knoten.«

Eine dritte Bombenreihe detonierte nicht minder harmlos in unserem Kielwasser.

Der LI grinste. »Viel Lärm um nichts, Herr Kaleu. Das müssen Anfänger sein, sonst würden die ihre Bomben nicht unnötig opfern.«

»Abwarten, Herr Becker«, mahnte ich, weil der Fähnrich, unser Wachoffizierschüler, die Ohren spitzte. »Noch ist alles drin. Die wissen, daß es uns hier gibt. Vielleicht hat uns das U-Boot avisiert, das wir vergeblich verfolgt haben, und nun haben sie uns hier oben entdeckt. Was würden Sie denn jetzt an deren Stelle tun, Fähnrich Lehmann?«

»Als britischer Pilot würde ich nach Rache dürsten, Herr Kaleu, weil ich inzwischen wüßte, daß Sie eines unserer U-Boote zu den Fischen geschickt haben. Und dann natürlich eine U-Jagdgruppe herbeirufen, falls eine hier in der Nähe steht. Falls nicht, würde ich in der Hoffnung kreisen, daß Sie so leichtsinnig sind, mit Ihrem Boot irgendwann aufzutauchen.« Er griente ganz unmilitärisch. »Dann würde ich Ihnen gehörig eins auf den Deckel geben.«

Ich hatte Mühe, ein Schmunzeln zu unterdrücken. Sah man einmal von seinem gelegentlich recht kessen Berliner Mundwerk ab, dann war der Fähnrich ein ganz cleveres Kerlchen. Der hatte seine bisherige Zeit hier an Bord jedenfalls nicht verschlafen, er hatte ja bereits eine Feindfahrt bei uns mitgemacht. In ihm steckte das Zeug zu einem guten Seeoffizier, deshalb nahmen wir ihn bei jeder sich bietenden Gelegenheit in die Mangel.

»Gut, Fähnrich, und als Wachoffizier oder Kommandant dieses Bootes, was würden Sie da tun?«

»Unten bleiben und horchen, Herr Kaleu«, kam es wie aus der Pistole geschossen. »Eine Jagdgruppe verrät sich durch ihre Schraubengeräusche. Bleiben die aus, würde ich erst auftauchen, wenn ich sicher sein könnte, daß denen da oben der Sprit knapp wird. Das kann nicht lange dauern, denn der Heimweg nach England ist weit.«

»Gut gebrüllt, junger Löwe!« Ich fand, ein Lob in dieser Form war jetzt angebracht und konnte vor den Zuhörern in der Zentrale nicht schaden, im Gegenteil. »Dann fragen Sie doch mal nach, ob sich die Jagdgruppe möglicherweise schon ankündigt.«

»Brauchte ich an sich nicht, Herr Kaleu. Am GHG sitzt der Manske, und der macht sich Hoffnungen, nach dieser Feindfahrt zum Maat aufsteigen zu können. Dem habe ich neulich klar und unmißverständlich klargemacht, was ein Kommandant oder Wachoffizier von einem Horcher an Eigeninitiative erwartet, dessen Beförderung er befürworten soll. Aber das Fragen kost' ja nischt! Horchraum, Frage von Zentrale, was erzählen die Fische?«

Die Antwort kam prompt: »Keine Schraubengeräusche!«

Ich konnte nicht anders, ich klopfte ihm lobend auf die Schulter, zumal auch meine Offiziere anerkennend schmunzelten. »Eins zu null für Sie, Fähnrich! Ich bin überzeugt. Übernehmen Sie bitte wieder, Herr Störmer. Gehen Sie auf unseren alten Kurs zurück und auf Umdrehungen für vier Knoten. Eine Stunde genügt. Wir müssen mit unseren Batterien haushalten, sonst reißt uns der LI noch den Kopf ab. Ich will mir indessen mal die Wetterkarte ansehen.«

»Sieht nicht gut aus, Herr Kaleu. Das Wetter schlägt in den nächsten vierundzwanzig Stunden um. Das meint auch Professor Masilius.« Steuermann Sigmund tippte mit dem Kurslineal demonstrativ auf die Druckverteilung in der Wetterkarte von sechs Uhr früh. »Das Hoch über Skandinavien zieht sich nach Norden zurück und verliert zunächst seinen Einfluß auf unser Wetter. Gleichzeitig ist über der Nordsee der Luftdruck extrem stark gefallen. Das bedeutet nichts Gutes.«

»Mmmm«, brummte ich zustimmend, denn das sah ich. Die Isobaren lagen dicht beieinander. Ein bißchen verstand ich schließlich auch von der Meteorologie. »Zu deutsch, das Tiefdruckgebiet über der Ostküste Englands mausert sich zu einem Sturmwirbel und setzt sich mit seinem Starkwindfeld und einem ausgedehnten Niederschlagsgebiet in Richtung Skandinavien in Bewegung.«

Sigmund nickte und schob die Karte zur Seite, darunter kam eine zweite zum Vorschein. »Das ist die Karte mit den Wetterdaten von fünfzehn Uhr, Herr Kaleu. Der Wirbel hat sich schon mit Windgeschwindigkeiten in Böen bis zu Stärke elf in Bewegung gesetzt und mit Sintflut ähnlichen Regenfällen bereits Norddeutschland, Dänemark und Südskandinavien überzogen.«

»Sturm aus Südwest also, keine schönen Aussichten, was?«

»Das ist es jedoch nicht allein, Herr Kaleu«, meinte

Obersteuermann Wegner, der neben uns stand. »Wenn die Fronten durch sind, dürfte der Wind über West auf Nordwest bis Nord drehen. Dann kann es nördlich des Polarkreises selbst um diese Jahreszeit Schnee und dichten Nebel geben.«

»Das heißt also, daß dann auch noch die vom Südwest-Sturm aufgewühlte Dünung gegen die aus dem Norden anlaufende See trifft? Na, ich danke, das kann ja ein herziges Vergnügen werden!« Ich drehte mich zum II WO herum. »Du lieber Himmel, haben Sie das gehört, Herr Störmer? Die beiden können einem aber Mut machen, was?«

Der hörte mich jedoch offensichtlich nicht. Seine ganze Aufmerksamkeit schien sich auf das Mannloch im Kugelschott zwischen Zentrale und Vorschiff zu konzentrieren. Als ich seinem Blick folgte, entdeckte ich den Grund. Durch das Mannloch lugte der Kopf der Ärztin zu uns herein.

»Kriegen Sie Besuch, Herr Störmer?« stichelte prompt der I WO. »Aber doch nicht etwa während Ihrer Wache?«

»Nein, nein, natürlich nicht!« Der II WO lief vor Verlegenheit rot an. Doch er fing sich schnell. »Der Besuch gilt unserem Kommandanten, nicht mir. Aber er erinnert mich an etwas. Die Doktorin und ich hätten Sie gern allein gesprochen, Herr Kaleu.«

»Ei, nun gugge mal da!« sächselte der LI. »Man hat gemeensame Geheemnisse, und die soll geener hier her'n, ne wahr?«

Der II WO lachte laut auf. »Geheimnisse, so 'n Quatsch! Die Doktorin möchte erst mit dem Kommandanten darüber sprechen, und ich soll meinen Senf dazugeben, bevor Sie erfahren, worum es geht.«

»Sie machen mich neugierig, II WO. Gehen wir ins Offizierslogis, wenn's recht ist.«

»Und?« Ich sah die beiden fragend an, nachdem sie sich gesetzt hatten. »Worum geht's denn, Herr Störmer?

»Um den seltsamen Krankenstand seit gestern, von dem weder der Smadding noch wir Offiziere etwas wissen.«

»Krankenstand?« fragte ich verblüfft. »Davon weiß auch ich nichts. Wer ist krank, und was ist das für eine Krankheit?«

Mit einer einladenden Handbewegung überließ der I WO der Ärztin das Wort. »Seit gestern früh könnte ich eigentlich hier an Bord eine gutgehende Praxis eröffnen, Herr Kaleu. Es fing mit dem Smutje an. Der kam mit leidgeprüfter Miene zu mir und klagte über Übelkeit und Leibschmerzen schwer zu lokalisierender Art. Als ich ihn untersuchte, schließlich ist man ja als Arzt immer im Dienst, strahlte er mich an und behauptete, allein die Berührung meiner Hände täte ihm unendlich wohl. Ein Kompliment, das man als Ärztin häufig hört, deshalb habe ich darauf nichts gegeben. Ich habe ihm für ein paar Tage absolute Diät und Kamillentee verordnet, davon schien er gar nicht begeistert zu sein.«

»Na, ist das ein Wunder, Doktorin? Diät für den Smut', das ist ja so, als wollten Sie einer Fledermaus das Fliegen verbieten.«

Sie lachte auf. »Es war halt so eine Eingebung, Herr Kaleu. Irgendwie kam mir sein ... sein Krankheitsbild ein wenig eigenartig vor.«

»Eigenartig? Was heißt das? Gespielt?«

»Nicht direkt, eben irgendwie ... ach, ich weiß nicht. Stutzig wurde ich erst, als dieser Maschinengefreite Neumann aus Schlesien-Ober bei mir aufkreuzte und mir in seinem komischen Deutsch erklärte, er befürchte, er habe sich bei einem der Mädchen aus dem Norske Bakken in Bergen den ... den ...«, sie kam vor Verlegenheit ins Stottern, »seinen Schniedelwutz verbrannt, wie er sich ausdrückte.«

»Der Neumann?« Auch ich wurde hellhörig. Bei diesem schlitzohrigen Spaßvogel aus einem grenznahen Ort in Oberschlesien war immer dann Vorsicht geboten, wenn er sich des kurios verdrehten Dialekts dieses deutsch-polnischen Grenzgebietes bediente. Der Kerl sprach nämlich ansonsten ein einwandfreies Hochdeutsch. »Norske Bakken, was ist das überhaupt? Eine Spelunke?«

Der II WO verkniff sich nur mühsam verhüllt das Grinsen über meine begriffsstutzige Frage. »Auch, Herr Kaleu, zugleich aber auch ein Puff in der übelsten Gegend Bergens. Das mit der Geschlechtskrankheit ist natürlich absoluter Kohl und wieder einmal typisch Neumann. Wie aus dem Wachbuch hervorgeht, hat der Kerl nämlich nach jedem Landgang ordnungsgemäß saniert.«

Saniert, das hieß, er hatte nachweisbar jene Sanierstäbchen angewandt, die im nachhinein vor Ansteckung und zugleich vor Bestrafung schützten, hätte er sie nicht benutzt.

»Sie wurden also stutzig, Doktorin. Warum?«

»Weil ...«, sie zögerte, »weil er mir als Beweis unaufgefordert seinen erigierten Penis zur Untersuchung präsentierte.«

Ich stellte mir die Szene in meinem Kabuff vor, da ging es mit mir durch. Ich pruschte laut los: »Grundgütiger Himmel, dieser verrückte Hund! Wie haben Sie denn darauf reagiert?«

»Zunächst gar nicht. Ich war über diese unverfrorene Frechheit so verblüfft, daß mir die Luft wegblieb. Doch dann habe ich ihm mit dem Bleistift ... zack! ... auf seinen steifen Penis geschlagen. Prompt fiel der in sich zusammen.« Ein leichtes Lächeln huschte über ihr Gesicht. »Sehen Sie, habe ich zu diesem Frechdachs gesagt, das ist ein ganz probates Mittel. So leicht läßt sich diese Art von Geschlechtskrankheit kurieren. Ich glaube, der kommt damit nie wieder zu mir.«

Jetzt verlor auch der II WO die Beherrschung. Er lachte laut los.

»Das hat den Andrang der hilfesuchenden Patienten mit allerlei seltsamen Wehwehchen nicht stoppen können«, fuhr sie fort. »Mir fiel dann allerdings auf, daß der Strom plötzlich abriß, als Sie von der Brücke herunterkamen, und dann wieder schlagartig zunahm, als Sie auf die Brücke gerufen wurden. Und das ging heute früh munter so weiter. Komisch, nicht?«

»Da hat sich dann die Doktorin an mich gewandt.« Der II WO griff in seine Brusttasche und fischte einen Zettel daraus hervor. »Das hier ist die Liste mit den Namen der Patienten und deren Beschwerden, die sie sich notiert hat, Herr Kaleu.«

Ich ging die Liste durch und lachte. »Dacht' ich mir's doch! Diese Saubande! All die Hallodris, die nichts auslassen, wenn es um Frauen geht! Alles Simulanten, Doktorin! Aber nehmen Sie es trotzdem als Kompliment. Die meinen Sie als Frau und nicht als Ärztin.«

»Und was bringt mir das? Sobald wir wieder auftauchen und Sie auf der Brücke sind, steht wieder die ganze Freiwache bei mir am Schott und dann?«

»Dann eifern Sie einfach dem Doktor Eisenbart nach, wie Sie es schon bei dem Neumann gemacht haben. Verordnen Sie den Simulanten etwas, wovon ihnen schlecht wird oder sie eilige Hosen bekommen. Damit werden Sie die Bande ganz schnell los. Meine Genehmigung haben Sie jedenfalls dazu.«

»Hmmm, das ist gut gesagt, Herr Kaleu, bloß wie trenne ich die Spreu vom Weizen? Was sind übrigens eilige Hosen?«

»Ein flotter Heinrich oder Spritzputz«, kam mir Störmer zuvor. »Zu deutsch Durchfall.«

»Die Spreu vom Weizen zu trennen, muß ich schon Ihrem medizinischen Sachverstand überlassen. Da kann ich Ihnen nicht helfen, Doktorin.«

»Nun gut, auf Ihre Verantwortung, Herr Kaleu?« Sie stand auf.

Ich nickte, denn ich ahnte ja nicht, auf was ich mich da einließ.

Als wir auftauchten, waren Himmel und See leergefegt. Keine Flugzeuge, kein Schiff, nur wir allein, so weit die Sicht reichte. Achteraus stieg allerdings die kompakte dunkle Wolkenwand mit einer geradezu atemberaubenden Geschwindigkeit über die Kimm und breitete sich aus. Gleichzeitig nahm der leichte Wind von Südwest spürbar an Stärke zu.

»Da kommt's, Herr Kaleu!« Störmer glich die Bewegungen des Bootes in der langen Dünung in den Knien aus und deutete nach achtern. »Nicht mehr lange, dann geht's rund.«

»Das ist nicht zu übersehen, aber alles noch kein Grund, schon jetzt die Ohren anzulegen.«

Dabei war ich selbst nicht weit davon entfernt. Ich wog nämlich schon im stillen die Möglichkeiten ab, die uns blieben, um dem aufkommenden Sturmwirbel ein Schnippchen zu schlagen. Abreiten konnten wir ihn, doch das verwarf ich. Es war ein Martyrium für Boot und Besatzung. Also vor ihm wegtauchen. Unsere Batteriekapazität war jedoch begrenzt, sie reichte maximal für etwa fünfundsechzig Seemeilen und das auch nur bei vier Knoten. Eine Fahrtzeit von rund sechzehn Stunden also, dann mußten wir auftauchen, um nachzuladen, und wie es dann oben aussah, wußte keiner.

Vermutlich war dann der Wind auf Nord umgesprungen, und uns stand der Kampf mit einer hochgehenden See bevor, weil die vom Südweststurm aufgetürmte Dünung auf die aus dem Eismeer anrennende rauhe See traf. Blieb nur eine Möglichkeit: Wir konnten unter Land gehen, um auf die verhältnismäßig geschützte Postroute zwischen den Inseln und der Küste auszuweichen, wenn uns der Sturm voll erreichte. Das war das kleinere Übel.

»Gehen Sie dichter unter Land, Herr Störmer. Neuer Kurs null-drei-fünf. In vierzehn Stunden sollten wir Tromsø querab haben, wenn wir unsere Geschwindigkeit beibehalten können. Bis dahin dürfte uns jedoch der Sturmwirbel eingeholt haben. Wird es zu dicke, verkrümeln wir uns in den Windschatten der Inseln. Ich will mir mal die Karte ansehen, wo und wie das am besten möglich ist.«

»Wahrschau, ein Mann von Brücke in Zentrale!«

Kaum in der Zentrale auf den Füßen gelandet, jumpte ich durch das Mannloch, um einen Blick auf die vor meinem Kabuff wartenden »Patienten« zu werfen. Ich wurde enttäuscht. Keine Warteschlange, nichts. Ich trat an mein Kabuff und klopfte an das Schott.

»Ja, bitte?«

»Darf ich eintreten, Doktorin?«

»Aber immer, Herr Kaleu! Bitte, kommen Sie herein, ich bin ja hier nur Gast.«

Ich schob den Vorhang zur Seite. Sie richtete sich von der Backskiste auf, auf der sie gelegen hatte, und legte ein Buch zur Seite, in dem sie gelesen hatte.

»Auch gesundheitliche Beschwerden, Herr Kaleu?« Sie lächelte. »Doktor Eisenbart steht Ihnen gern zur Verfügung.«

»Nein, danke, bemühen Sie sich nicht. Ich bin extra von der Brücke ohne Verzögerung hier in den Gang geeilt, um mir mal die Prozession der Simulanten anzusehen, bevor die vorgewarnt werden konnten. Und jetzt erlebe ich einen totalen Reinfall. Wie haben Sie denn das bewerkstelligt, sich die Bande vom Hals zu schaffen?«

»Mit Prontosil und ein paar Löffeln Rizinusöl. Die Wirkung war verblüffend.«

»So schnell schon?«

»War reine Glückssache. Der Smut' muß Ratschläge gegeben haben, denn die ersten kamen mit Leibschmerzen. Mit denen habe ich kurzen Prozeß gemacht. Nix da von wegen Untersuchung mit zarten Frauenhänden! Ich kann auch anders: ›Nase zuhalten! Mund auf!‹ Schwapp, eine ordentliche Portion Rizinusöl rein. ›Mund zu und schlucken!‹ Und die schluckten! Ehe sie mitbekamen, was das für ein Zeug war, war es zu spät!«

»Und das haben die mitgemacht?« Ich schüttelte den Kopf. »Donnerwetter, Sie haben ja das Zeug zu einer Militärärztin.«

Sie lachte. »Nur die ersten fünf, die anderen waren gewarnt und hatten es angeblich mit der Blase. Dachten wohl, sie kämen so leichter davon. Denen habe ich gesagt, das könne gefährlich werden, besonders dann, wenn Blut im Urin auftrete. Dem könne ich aber vielleicht noch abhelfen. Damit habe ich jedem eine Tablette Prontosil eingetrichtert. Sie kennen die Wirkung von Prontosil, Herr Kaleu? Dieses Angina-Mittel färbt den Urin blutrot. Das habe ich denen selbstverständlich nicht verraten. Ich schätze, die halbe Freiwache wird sich wundern, wenn es da plötzlich blutrot sprudelt.«

»Nicht schlecht, eine gerechte Strafe!« lobte ich, doch mir kamen mit einmal Bedenken, als ich an den nahenden Sturm dachte. »Aber, bitte, von nun an kein Rizinusöl mehr. Sie wissen doch, wir haben nur ein Klo. Im Augenblick können diese Simulanten die Bresthaftigkeit ihres Leibes noch an Deck loswerden, wenn es gar zu arg pressiert. Wir fahren jedoch in einen dicken Sturmwirbel hinein, da wären noch mehr eilige Hosen von Übel.«

»Aye, aye, Sir!« Sie legte lächelnd die Faust mit den Knöcheln an die Stirn, wie sie es offensichtlich beim Smadding gesehen hatte, der diesen Gruß britischer Seeleute nur zu gern nachahmte.

Während ich zurück in die Zentrale jumpte, um wieder auf die Brücke zurückzukehren, gestand ich mir ein, daß ich den II WO vollauf verstehen konnte. Auch mir wurde diese Frau zunehmend sympathischer. Ich lächelte bei dem Gedanken still in mich hinein, auf welche wirksame Weise sie sich der zudringlichen Simulanten entledigt hatte. Die kamen bestimmt nicht wieder.

Laute Stimmen, die durch das Mannloch in die Zentrale drangen, ließen meinen Fuß stocken, den ich schon auf die untere Leitersprosse gesetzt hatte. Die Männer in der Zentrale grienten.

»Was ist da los, Obersteuermann?« fragte ich und ging zum Mannloch hinüber. »Klingt nach Streit.«

»Das Klo, Herr Kaleu. Da werden einige mit renitentem Innenleben ungeduldig.« Aus dem Grienen wurde ein schadenfrohes Grinsen. »Fürchten wohl zu Recht, daß der Schuß vorzeitig nach hinten losgehen könnte.«

Du meine Güte, das Rizinusöl! Ein Blick durch das Mannloch belehrte mich, daß es offensichtlich eine ganz gewaltige Menge Rizinusöl gewesen sein mußte, die die Doktorin den Männern verpaßt hatte, die vor dem Klo fluchend von einem Fuß auf den andern traten und ungeduldig mit den Fäusten gegen die Klotür ballerten.

»Was ist denn hier los?« fuhr ich sie an. »Nehmen Sie sich gefälligst zusammen! Haben Sie die goldene Regel vergessen: Fünf Minuten scheißt der Hund, ’n normaler Mensch ’ne halbe Stund’? Wenn Ihnen das zu lange dauert, dann rauf an Deck! Dann brauchen Sie wenigstens kein Papier, und der Hintern wird Ihnen auch noch kostenlos gewaschen!«

Ich trat schleunigst vom Mannloch zurück, denn ihr Abgang nach oben glich einer Flucht.

»Was ist denn in diese Brüder gefahren?« fragte mich der II WO leise, als ich ihnen auf die Brücke folgte. Er wies auf die Männer, die die Hosen herunterließen und sich in Lee auf die Relingsstreben um den Turmfuß hockten. »Warum gehen die Kerle nicht unter Deck aufs Klo? Die werden doch naß wie die Katzen.«

Der Wind hatte noch mehr aufgefrischt. Erste weiße Wellenköpfe zeigten sich auf der langen Dünung. Sprühwasser fegte über das Achterschiff, nicht mehr lange, dann wurde daraus eiskalter Gischt.

»Rizinusöl, Herr Störmer, die Rache der Doktorin. Und es schadet denen gar nichts, wenn die dabei auch noch ’n nassen Hintern kriegen.« Ich lachte leise in mich hinein. »Eine heilsame Lehre, die angesichts dieser Fuzzis keiner an Bord so schnell vergessen wird.«

Der II WO lächelte. »Was machen die eigentlich, wenn erst der richtige Sturm einsetzt und die See hochgeht? Das sind doch wandelnde Zeitbomben!«

»Die Doktorin wird sich schon was einfallen lassen, um die eiligen Hosen zu stoppen. Kohlekompretten oder so.« Ich musterte den Himmel. »Sieht bedrohlich aus. Die Sicht wird allgemein auch immer schlechter. Wir sollten ’ne Horchpause einlegen, II WO.«

»Wollte ich auch gerade vorschlagen.« Er blickte hinüber zur Küste, die im Dunst zu verschwimmen begann. »Es hieß ja, daß die Tommies Harstad inzwischen geräumt hätten, aber man kann ja nie wissen. Beide Maschinen stopp! Horchrunde!«

Das Vibrieren der Gräting im hämmernden Takt der Diesel erstarb unter unseren Füßen. Langsam verlor das Boot Fahrt. Ich suchte indessen mit meinem Glas mißtrauisch die zerrissene Küstenlinie ab, ob sich dort irgend etwas regte.

Der II WO hatte ja recht. Harstad lag zwar etwa neunundachtzig Seemeilen weit von uns entfernt hinter einer mächtigen Inselkette inmitten einer zerklüfteten Fjordlandschaft und war nach unseren letzten Informationen angeblich feindfrei. Aber diese Angaben boten noch lange keine echte Sicherheit.

Ich hatte bei solchen Informationen immer ein ganz flaues Gefühl im Magen. Zu oft hatten sie sich als nur örtlich begrenzt erwiesen. Die Stadt mochte von den Briten geräumt worden sein, das bedeutete jedoch noch lange nicht, daß es auch die vorgelagerten Inseln waren. Gerade die boten so entschlossenen und zähen Kämpfern, wie es die Briten waren, ideale Schlupfwinkel, von wo aus sie operieren konnten, bis sie auch dort von deutschen Einheiten vertrieben wurden. Nach Lage der Dinge konnte das jedoch dauern, denn bisher hatte sich die Besetzung Norwegens in der Hauptsache auf strategisch und wirtschaftlich wichtige Zentren beschränkt.

»Schraubengeräusche aus zwo-zwo-fünf!« schreckte mich die Meldung des BÜ auf und ließ mich herumfahren. »Ein größerer Verband aus Dickschiffen und Zerstörern oder Fregatten!«

»Frage, wer sitzt am GHG?« wollte ich wissen.

»Funkmaat Grauert, Herr Kaleu!«

Mir fiel ein Stein vom Herzen, der hatte mehr Erfahrung als der Manske. »Frage Entfernung!« hakte ich nach und richtete mein Glas in die Peilung. Doch ich entdeckte nichts, Dunst verhüllte die Kimm, als habe dort schon starker Regen eingesetzt.

»Entfernung etwa fünfzehn Seemeilen, aufkommend!« kam die Rückmeldung.

Dann brauchen wir den Verband noch nicht zu fürchten, falls es Briten sind, fuhr es mir durch den Kopf. Trotzdem!

»Nehmen Sie wieder Fahrt auf, II WO, und gehen Sie auf Umdrehungen für achtzehn Knoten! Mir ist lieber, wir geben Fersengeld, solange das noch möglich ist.«

»Wahrschau! Ein Mann aus Zentrale auf die Brücke!« scholl es aus dem Turmluk.

Wenig später tauchte der Kopf des Funkobergefreiten Pepke darin auf.

»Ein Funkspruch, Herr Kaleu! Offiziersschlüssel, vom I WO bereits entschlüsselt.«

»Geben Sie her, Pepke!« Er reichte mir das Formular. Ich überflog den an uns gerichteten Text: *»Deutsche Kampfgruppe aus Schlachtschiffen, einem Kreuzer und vier Zerstörern operiert Planquadrat AF/AB gegen vermutete britische Flotteneinheiten. Kontakt vermeiden.«*

Also keine Briten, ich atmete erleichtert auf. Der II WO sah mich neugierig an.

Ich reichte ihm das Blatt und sagte leise: »Planquadrate AF/AB, das ist unser Seegebiet hier, Herr Störmer. Ungemein beruhigend, was?«

Er nickte und deutete nach achtern. »Die stecken schon mitten in dem Mist drin. Da werden die ihre Bordflugzeuge wohl nicht mehr in die Luft bringen, um die Tommies zu suchen, Herr Kaleu.« Er gab mir das Blatt zurück.

Eine Bö fegte heran. Der Turm wirkte auf einmal wie ein Segel. Schwer holte das Boot über und brachte uns ins Torkeln. Die am Turmfuß hockenden Männer dippten fast mit ihren nackten Hinterteilen in die kalte See.

»Unter Deck mit euch, ihr Nacktärsche!« schrie der II WO zu ihnen hinunter. »Schapp, schapp, die Standortlatrine wird wegen Überflutung geschlossen!«

Laut fluchend rappelten sie sich aus den Relingsstreben frei und zogen sich eiligst die Hosen hoch. Unter dem Gelächter der Brückenwache turnten sie die Turmklampen empor und verschwanden durch das Turmluk nach unten.

Der Steuermann nutzte die Bö zu einer Windmessung. Hoch hielt er den Windmesser in die Luft. Die Bö fuhr in die Schalen und wirbelte sie so um ihre Achse, daß er das Gerät mit beiden Händen halten mußte, um es ablesen zu können.

»Hallo, das fängt ja gut an! Schon jetzt Stärke sieben bis acht, Herr Kaleu. Und das sind nur die Vorboten!«

»Wir werden sehen, Steuermann. BÜ, unter Deck alles seefest zurren. Ölzeug und Sicherheitsgurte auf die Brükke.«

Zwei Stunden später ließen uns die tobenden Elemente die Rizinusepisode ganz schnell vergessen. Die Böen hatten sich zu dem angekündigten Südweststurm entwickelt, in dem die Windgeschwindigkeiten kontinuierlich weiter zunahmen. Er war schneller als erwartet über uns gekommen und mit ihm eine kräftige Regenfront. Gegen deren Wassermengen gab es auf der offenen Brücke keinen Schutz. Mit dem heulenden Sturm fegten sie fast waagerecht über den Turm. Wie Geschosse brannten ihre dicken Tropfen auf der Haut und drangen unter das Ölzeug, alles durchnässend und sich in den Seestiefeln sammelnd.

Mit atemberaubender Geschwindigkeit rollten die vom Sturm getriebenen gewaltigen Wellenberge der schaumgekrönten Dünung heran, wuchsen in unserem Kielwasser zu turmhohen Brechern, bis sie überkippten und mit ihren tonnenschweren Wassermassen auf unser Achterdeck niederdonnerten. Tosend umbrandeten sie den Turmfuß und schwappten, begleitet von mächtigen Gischtfahnen, über den Wintergarten und die Brücke, uns jedesmal bis zum Bauch umspülend.

Die entfesselte See machte das schwere Boot zu ihrem Spielball. Von einem Wellental in das nächste taumelnd, versuchten wir, vor dem Sturm zu lenzen und mit aller Maschinenkraft aus diesem brodelnden Hexenkessel in das schützende Lee der großen Insel Andøy zu entkommen.

Der Gefechtsrudergänger Meier, ein überaus erfahrener Mann, schwitzte Blut und Wasser. Er hatte alle Mühe, das tanzende Boot auf Kurs zu halten, denn durch das Anrennen der Brecher gegen das Achterschiff lief es ihm ständig aus dem Ruder und war nur schwer wieder auf seinen Kurs zurückzuzwingen. Und den mußte er halten, damit wir nicht irgendwo auf die Schären aufbrummten, denn es gab keine Navigationshilfe durch Leuchtfeuer oder blinkende Bojenreihen, um in die riesige, von den Inseln Andøy, Grytøy und Senja umrahmte Bucht zu gelangen.

Im Augenblick verdrängte der Kampf mit den Naturgewalten jeden Gedanken an die Gefahr aus unseren Köpfen, die uns möglicherweise gerade dort von noch nicht evakuierten britischen Einheiten drohen könnte. Es war allerdings inzwischen auch so dunkel geworden, daß wir in der aufgewühlten See eine Entdeckung nicht zu befürchten brauchten. Selbst wenn uns ein anderes Schiff in unmittelbarer Nähe passieren sollte, verschmolz unsere schmale Silhouette dank ihres dunklen Anstrichs mit dem alle Konturen verwischenden Dunst der niederprasselnden Regenmengen und wurde zu einem wesenlosen Schatten, den man bestenfalls für einen Felsen hielt, gegen den die Brandung schäumte.

Wir waren auch nicht besser dran, sahen wir doch kaum die Hand vor Augen. Die brannten uns ohnehin schon von dem angestrengten Starren in die Dunkelheit und dem Salz, das sich auf den Augenmuscheln der Nachtgläser abgesetzt hatte. Der Gischt überkippender Brecher täuschte uns in unseren Gläsern immer wieder Brandung vor, die sich an Unterwasserfelsen und Schären brach, wo sich nach unseren Berechnungen die Insel Andøy den anstürmenden Wellenbergen entgegenstemmte.

»Eine beschissene Seefahrt ist das, Herr Kaleu! Ein Königreich für ein trocknes, warmes Bett und einen heißen steifen Grog!« schrie mir der I WO ins Ohr, anders war eine Verständigung nicht möglich. »Ich muß besoffen gewesen sein, als ich mich zur Marine gemeldet habe.«

Ein Schrei enthob mich der Antwort. Der Signalmaat packte den I WO am Arm und wies aufgeregt nach Steuerbord voraus, gegen den Sturm laut anschreiend: »Zahlreiche Lichtpunkte in null-zwo-fünf, Herr Oberleutnant! Könnte ein Ort sein!«

Ich hob ebenfalls das Glas an die Augen. Tatsächlich, durch den Regendunst blinzelten die Lichtpunkte einer Ortschaft. Mit ein paar Schritten war ich am Peildiopter und drehte ihn auf die verschwommenen Lichter ein. Die Kompaßschreibe unter dem Diopterschlitz schwankte zwar im Takt des torkelnden Bootes, aber es gab für mich keinen Zweifel: Was da in siebenundsechzig Grad Kompaßpeilung im Dunst schwamm, das konnte nur Andenes, der Ort auf der Nordspitze Andøys, sein. Ich kontrollierte unseren Kurs und atmete erleichtert auf.

»Wir liegen genau richtig, Herr Bernau! Die Einfahrt in

die Bucht!« schrie ich ihm zu. »Das können nur die Lichter von Andenes auf Andøy sein!«

Es war, als sei damit plötzlich irgendein Bann gebrochen. Auch in einundsiebzig Grad und zweiundneunzig Grad traten auf einmal weitere Lichtpunkte aus dem Dunst hervor. Ich ließ den BÜ die Kompaßpeilungen an den Obersteuermann in der Zentrale durchgeben. Postwendend bekam ich die Antwort. Laut Karte konnten es nur die Orte Bleik und Nordmjele auf Andøy sein.

Hatte ich mich eben noch über unser navigatorisches Kunststück gefreut, so wich meine anfängliche Erleichterung angesichts der durch die Dunkelheit flimmernden Lichter ganz schnell nüchternen Überlegungen und machte dem Gefühl einer unmittelbar drohenden Gefahr Platz. Nach der Besetzung Norwegens war von der deutschen Besatzungsmacht umgehend die kriegsmäßige Verdunkelung aller Orte und Gehöfte angeordnet worden, um gegnerischen Flugzeugen oder – wie hier an der offenen See – Schiffen die Orientierung zu erschweren.

Hier auf Andøy setzte man sich jedoch einfach über diese Anordnungen hinweg. Das konnte nur heißen, daß man die für Zuwiderhandlungen angedrohten Strafen nicht fürchtete. Die Gründe dafür waren unschwer zu erraten. Man kannte die kompromißlose Härte noch nicht, mit der die deutschen Behörden solche Anordnungen durchzusetzen pflegten, weil es hier noch keine deutschen Soldaten gab. Oder aber – dieser Gedanke löste das Gefühl der drohenden Gefahr aus – sie fühlten sich absolut sicher, weil sich die Insel noch in britischer Hand befand.

Der Gedanke war noch nicht zu Ende gedacht, da alarmierte uns der Schrei des Fähnrichs: »Schiffsschatten in drei-drei-sieben!«

Meine Augen brauchten eine erschreckend lange Zeit,

bis auch sie Steuerbord voraus die schattenhaften Umrisse eines Schiffes ausmachten. Es verriet sich eigentlich nur durch seine hohe, hell durch den Regen schimmernde Bugwelle, denn es führte keine Positionslaternen und fuhr voll abgeblendet. In schneller Fahrt kam es uns entgegen und rauschte wenig später wie eine Geistererscheinung gefährlich nahe an uns vorüber. Kein großer Frachter, er mochte bestenfalls seine 5000 oder 6000 BRT haben.

»Verdammt, da hat ja nicht viel gefehlt!« schrie ich dem I WO ins Ohr. »Ein Frachter ohne Positionslichter und voll abgeblendet!«

»Ein Tommy?« schrie er zurück.

»Kann sein, kann nicht sein! Er will nicht gesehen werden, und das ist eine ganz faule Kiste!«

Ich blickte dem in den Regenflagen verschwindenden Pott hinterher. Gott sei Dank, er hat uns nicht entdeckt, dachte ich, denn auf seiner Brücke und an Deck hatte sich nichts geregt.

Der BÜ trat an uns heran und überschrie das Jaulen des Windes in den Antennenverspannungen. »Das Funkschapp meldet starken Funkverkehr in unmittelbarer Nähe, Herr Kaleu! Verschlüsselt nach einem fremden Code!«

Ein Funkspruch in einem fremden Code aus nächster Nähe? Dann konnte der nur von dem Frachter stammen. Der Schreck fuhr mir in die Glieder. Hatte der uns etwa doch gesehen und alarmierte jetzt irgendwelche Kriegsschiffe? Unbewußt schüttelte ich den Kopf. Unmöglich, wir hatten ja selbst nicht mehr als seine schemenhaften Konturen erkennen können.

Mir fiel der Inhalt des Funkspruchs über den deutschen Kampfverband ein, der gegen vermutete britische Kriegsschiffe operierte. Traf diese Vermutung zu, dann hatte sich der Frachter möglicherweise mit diesen Tommies in Verbindung gesetzt, um nicht von den eigenen Leuten auf die Hörner genommen zu werden.

Vielleicht war es aber auch gar kein Brite, sondern ein Norweger? Ein Norweger, der deshalb abgeblendet fuhr, weil er sich mit norwegischen Soldaten nach England absetzen und darum von deutschen Kriegsschiffen nicht entdeckt werden wollte? Das hatten ja polnische Soldaten nach der Niederlage Polens ebenfalls gemacht, um gegen uns weiterzukämpfen.

Aber egal, was auch immer, diese Begegnung war eine nicht zu unterschätzende Warnung. Wir mußten auf der Hut sein, denn der Frachter war aus Andenes oder gar aus der Bucht gekommen, in der wir vor dem Sturm Schutz suchen wollten.

Gegen Mitternacht rundeten wir die Nordspitze Andøys. Der Sturm hatte noch nichts von seiner Kraft verloren, und es goß noch immer in Strömen. Durch den Regen gedeckt, steuerten wir an Andenes näher heran, um einen Blick auf den hell beleuchteten Ort und den Hafen zu werfen. Es mußte einen besonderen Grund für diese Festbeleuchtung geben. Normalerweise schalteten nämlich solche Nester ab Mitternacht die Beleuchtung auf Sparflamme.

»Nichts«, enttäuscht ließ der I WO das Glas sinken. »Keine Menschenseele, nicht einmal ein paar räudige Katzen. Sieht aus, als hätten die sogar die Bürgersteige hochgeklappt.«

»Vorausgesetzt, die haben in dem Kaff überhaupt welche.« Ich ließ das Glas über die Hafenanlagen wandern. Mit haushohen Wellenbergen rannte die See gegen die schützende Hafenmole an, staute sich daran zu gigantischen Brechern auf und wusch mit ihren herabstürzenden Wassermassen über die kahlen Betonflächen. Riesige

Gischtfahnen stiegen dabei in die Höhe und fegten mit dem Sturm zerfasernd über das Hafenbecken hinweg bis in die schmalen Gassen hinein. Ich stutzte. »Seltsam, sogar der kleine Hafen ist leer. Das ist aber absolut ungewöhnlich. Normalerweise fährt doch bei diesem Wetter keine Sau zum Fischen raus.«

Das war eher für mich selbst bestimmt, aber Bernau hatte es trotz des Sturmes gehört. »Hmmm! Vielleicht haben die gerade wegen des Sauwetters ihre Nußschalen nach Lee in den Schutz der Insel verholt, Herr Kaleu? Wenn ich das hier so sehe – großen Schutz bietet der Hafen den Kuttern und Trawlern bei Orkan ja nun wirklich nicht.«

Ich nickte und schrieb gleichzeitig meine Vermutung ab, der Frachter könne aus diesem so wenig Schutz bietenden Hafen gekommen sein. Aber woher dann? Laut Seekarte wies die Insel Andøy nur auf ihrer Westseite größere Orte mit Fischerhäfen auf, auf der Ostseite gab es zwar eine gut ausgebaute Straße und lange einsame Strandabschnitte, aber lediglich einzelne Gehöfte. Ganz am anderen Ende der weitläufigen Bucht lag allerdings Harstad, der einzige wirklich große Hafen. War der Frachter von dort gekommen?

Ich gab das Rätselraten auf und wandte mich ab. »Nehmen Sie Kurs auf die Ostseite der Insel, Herr Bernau. Vielleicht finden wir dort in Lee eine einsame Bucht, wo wir, vor diesem Sauwetter geschützt, neue Kräfte sammeln können. Neuer Kurs eins-sieben-fünf!«

Die Leeseite der Insel wartete mit einem weiteren Rätsel auf. Auf der Küstenstraße, die auf der Ostseite Andøys entlangführte, geisterten in beiden Richtungen zahlreiche Autoscheinwerfer durch den Regenschleier.

»Mich laust der Affe! Auf der Straße herrscht ja ein Betrieb wie auf der Reeperbahn!« entfuhr es mir überrascht.

»Wußte gar nicht, daß die auf der Insel so gut motorisiert sind. Die ganze Inselbevölkerung scheint ja auf dieser Straße unterwegs zu sein! Ist denn da zu dieser späten Stunde und trotz dieses Sauwetters noch irgendwo ein Volksfest im Gange?«

Das war natürlich übertrieben, aber der Unterschied zu Andenes war tatsächlich frappierend. Was jedoch noch erstaunlicher war, es schienen hauptsächlich Lastwagen zu sein, die dort verkehrten, und nicht nur das sprach gegen ein Volksfest.

»Komisch«, meinte der II WO, der inzwischen die Hundewache übernommen hatte. »Ich kenne mich zwar nicht mit den norwegischen Fahrzeugtypen aus, vielleicht täuschen auch die schlechten Lichtverhältnisse, aber ich möchte wetten, das sind keine zivilen Lastwagen, Herr Kaleu. Das sind meiner Meinung nach Militärfahrzeuge.«

Der Verdacht war auch mir schon gekommen, obwohl man sie immer nur für wenige Augenblicke als Schattenriß im Scheinwerferlicht der entgegenkommenden Fahrzeuge sah. Es waren Lastwagen, bei denen vor der Fahrerkabine sonderbarerweise die bei uns übliche lange Motorhaube fehlte. Sie bogen aus der von Nordmjele kommenden Nebenstraße in die Küstenstraße ein und steuerten nach Süden oder kamen aus der entgegengesetzten Richtung.

»Bleiben Sie auf Kurs, Herr Störmer. Irgendwann werden wir schon dahinterkommen, was sich da abspielt.«

Wir kamen dahinter, allerdings anders, als wir es erwartet hatten. Die einsame Bucht, in die wir uns zurückziehen wollten, bis der Sturm abflaute, war gar nicht so einsam, wie sie auf der Karte ausgesehen hatte. In ihr lag ein Frachter vor Anker, umschwärmt von zahlreichen Kuttern, deren Positionslichter durch den Regenschleier schimmerten. Und damit nicht genug. Vor der Bucht entdeckten wir ein paar der Trawler, nach denen wir vor Andenes vergeblich Ausschau gehalten hatten. Es mochten Norweger an Bord sein, sie fischten jedoch nicht, und die Männer, die sich an Deck aufhielten, waren bestimmt keine Norweger. Wir sahen zwar nur ihre Silhouetten vor den Scheinwerfern der Laster, wenn die auf den Strand einbogen, doch das genügte. Sie waren bewaffnet und trugen merkwürdig flache, Suppentellern ähnliche Helme. Und die entlarvten sie: Es waren Tommies.

Sie patrouillierten ganz offensichtlich vor der Bucht, um die Vorgänge an Land und um den Frachter gegen unerwünschte Zuschauer abzuschirmen, denn der Frachter wurde ganz eindeutig beladen. An seinen Ladebäumen schwebten schwere Lasten über das hell erleuchtete Deck ein und verschwanden in den Frachträumen. Das machte mich neugierig.

»Tommies, Herr Störmer. Noch haben sie uns nicht bemerkt. Sieht aus, als räumten sie die Insel. Wollen wir mehr wissen, müssen wir dichter ran. Und ich habe auch schon eine Idee, wie wir das deichseln können.«

»Und was, wenn sie uns dann entdecken? Wir können uns ja wohl kaum als Vergnügungsdampfer ausgeben, Herr Kaleu«, meinte er skeptisch.

»Das brauchen wir auch gar nicht. Wir spielen denen einfach ein dänisches U-Boot vor, das der deutschen Kriegsmarine bei der Besetzung Dänemarks entkommen ist, hier vor der norwegischen Küste auf deutsche Schiffe gelauert hat und jetzt vor dem Sturm Schutz sucht. Anschließend wollen wir nach England, um von dort gegen die Deutschen zu kämpfen und Dänemark zu befreien. Klingt doch plausibel – oder?«

Er schwieg. Schade, wegen der herrschenden Dunkelheit konnte ich sein Gesicht nicht sehen. Ich war jedoch sicher, er sperrte über diese abenteuerliche Idee Mund und Nase auf. Dabei brauchte er sich doch bloß zu erinnern, daß wir schon einmal mit einer ähnlichen Verschleierungstaktik operiert hatten.

»Ja aber haben die Dänen denn überhaupt U-Boote?« fand er das Haar in der Suppe. »Und wie soll das überhaupt gehen?«

»Das weiß ich doch nicht, ob die U-Boote haben. Das da sind britische Stoppelhopser, wenn mich diese komischen Helme nicht täuschen, die wissen es garantiert auch nicht.« Insgeheim schüttelte ich den Kopf über seine Begriffsstutzigkeit. Der lebte doch sonst nicht hinter dem Mond. »Und wie es gehen soll? Wir drehen ab, laufen ein Stück zurück und setzen Positionslichter. Wenn wir ihnen nicht zu dicht auf den Pelz rücken, gehen wir bei diesen Sichtverhältnissen zunächst als Fischtrawler durch. Kommen sie uns auf die Schliche, spielen wir ihnen die waschechten Dänen vor. Sie werden sehen, die fallen darauf herein.« Ich war zwar selbst nicht so hundertprozentig von diesem Trick überzeugt, wie ich tat, aber das konnte ich ihm ja schlecht auf die Nase binden. »Beide Maschinen stopp! Auf E-Maschinen umkuppeln! Ruder hart Backbord! Backbordmaschine Halbe Fahrt zurück, Steuerbord Volle voraus!«

Wir backsten mit den E-Maschinen, damit uns der Lärm der Diesel nicht verriet. Gehorsam schwenkte der Bug herum.

»Recht so! Ruder komm auf! Beide Maschinen stopp! Beide Maschinen Kleine Fahrt voraus.«

Während wir wie auf Samtpfötchen zur nächsten Bucht zurückschlichen und dort drehten, ließ ich unseren ehemaligen Krabbenfischer Jensen und den Oberfeldwebel Christiansen purren und im neutralen Ölzeug auf die Brücke rufen. Beide waren unsere Geheimwaffe. Sie kamen von der nordfriesischen Insel Föhr, Jensen aus Wyk, Christiansen aus Nieblum, hatten im deutsch-dänischen Grenzgebiet Verwandte und sprachen perfekt dänisch. Die Briten würden sie zwar nicht verstehen, wohl aber die Norweger auf den Trawlern, die konnten dolmetschen. Schließlich war das Dänische mit dem Norwegischen verwandt.

Die beiden machten vor mir Männchen.

Ich setzte ihnen genau auseinander, worum es mir ging und was davon abhing. »Noch Fragen?«

»Ja, Herr Kaleu«, sagte Jensen. »Namen machen sich in einem solchen Fall immer gut. Wie heißen wir, und woher kommen wir?«

»Nennen Sie irgendeinen dänischen Fischnamen, Jensen, und als Heimathafen Kalundborg. Darüber stolpert garantiert keiner. Alles klar?«

Vorsichtig tasteten wir uns erneut an die Bucht heran. Meine Rechnung ging auf, wir liefen bei den Bewachern ganz offensichtlich als harmloser Fischtrawler durch, niemand nahm von uns Notiz. Das änderte sich erst schlagartig, als der Regen plötzlich nachließ und die Sicht besser wurde. Doch da war es zu spät.

Ich hatte genug gesehen. Die Briten hievten tatsächlich schweres militärisches Gerät an Bord des Frachters und bestätigten damit meine Vermutung, daß sie die Insel räumten, um nach England zurückzukehren. Das galt vermutlich auch für den Frachter, der uns abgeblendet und ohne Positionslichter in Sturm und Regen passiert hatte.

»Die türmen, aber das werden wir ihnen versalzen, Herr Störmer.« Ich löste stillen Alarm aus. »Rohr fünf: Achtung! Klar zum Überwasserangriff! Das UZO auf die Brücke!«

Während wir drehten und dem Frachter das Heck zukehrten, wurde uns das Zielgerät auf die Brücke gereicht.

Die Zielansprache war ein Kinderspiel. Der Frachter lag ja vor Anker und kehrte unserem achteren Torpedorohr geradezu einladend seine Breitseite zu. Das war eine so günstige Gelegenheit, die durfte ich mir nicht entgehen lassen. Aus dem Heckraum kamen die Klarmeldungen.

»Auf Tauchstation! Klar zum Alarmtauchen!«

Die Brückenwache ließ sich in das Turmluk fallen.

»Rohr fünf: Achtung! Rohr fünf los!«

Ein kaum spürbarer Ruck zuckte durch das Boot.

»Rohr fünf ist los! Torpedo läuft!«

In diesem Augenblick hörte der Regen auf. Die verwaschenen Konturen wurden klarer. Vorbei war es mit unserer Maskerade als harmloser Fischtrawler. Geschrei hallte über das Wasser, Gewehrschüsse alarmierten die Bewacher. Einer der Trawler drehte auf uns ein.

»Ab in die Tiefe, Herr Störmer! Alarmtauchen!«

Das Turmluk war dicht. Über uns schlug das Wasser der Bucht zusammen. U 115 schor in die Tiefe und strebte von dem verräterischen Schwell weg. Deutlich hörten wir den Bewacher auf unseren Tauchpunkt zujagen, ein zweiter kam mit aufheulender Schraube hinzu. Vermutlich wollten sie uns rammen.

Der II WO tippte auf seine Stoppuhr und triumphierte. »Zu spät, der Frachter ...«

Ein Donnerschlag fetzte ihm die Worte vom Mund, verschlang die Schraubengeräusche, löste im Boot lautes Jubelgeschrei aus. Der II WO hielt mir die Uhr hin.

»Gratuliere, Herr Kaleu! Genau auf die Sekunde!« Er lauschte nach oben. »Aufgetaucht hätten sie uns vielleicht rammen und noch mit ihren Gewehren und ein paar Handgranaten zusetzen können. So aber wird es ihnen nichts mehr nutzen.«

Ich nickte. Er ging also auch davon aus, daß die Trawler

keine Wasserbomben an Bord hatten. Bei Zerstörern oder Fregatten würde es jetzt ganz anders zugehen, aber die hatten wir in der Bucht nicht ausmachen können. Über dem wütenden Herumkurven der Trawler hörten wir, wie der Frachter starb. Laut bullernd entwich die Luft aus seinem Innern. Irgendwann trat plötzlich Ruhe ein.

»Weg is' er, Herr Kaleu«, sagte Steuermann Sigmund. »Weit kann er es ja nicht gehabt haben, dafür lag er zu dicht unter Land.«

Das erinnerte mich daran, daß das ja im gewissen Sinne auch für uns galt. »Stimmt! Stopp Tiefe! Was ist durchgegangen?«

»Vierzig Meter, Herr Kaleu!« kam es vom LI. »Boot läuft mit Umdrehungen für sieben Knoten vom Tauchpunkt ab.«

»Danke, Herr Becker.« Ich trat an den Kartentisch. »Auf fünfundvierzig Meter einpendeln! Wir werden uns schleunigst verkrümeln. Die Trawler brauchen wir nicht zu fürchten. Möglicherweise treiben sich aber in den Fjorden doch noch ein paar Tommies herum, die Wabos an Bord haben. Übernehmen Sie bitte wieder, II WO. Neuer Kurs null-zwozwo!« Mein Blick fiel auf Jensen. »Was machen Sie denn für ein Gesicht, Jensen? Zahnschmerzen oder was?«

»Keine Zahnschmerzen, Herr Kaleu. Zu schade, daß wir den Tommies nicht das dänische U-Boot vorgespielt haben. Hätte ihnen die Überraschung gegönnt, wenn ihnen später aufgegangen wäre, daß ihnen dadurch ein deutsches U-Boot durch die Lappen gegangen ist.« Ein verschmitztes Lächeln glitt über sein Gesicht. »Meines Wissens haben die Dänen nämlich überhaupt keine U-Boote.«

Als wir uns weit genug von unserem Tauchpunkt entfernt hatten, ließ ich auf Sehrohrtiefe anblasen, um einen Blick auf unser Opfer zu werfen. Der Frachter war zwar gesunken, daran hatten die Geräusche keinen Zweifel gelassen. Die Wassertiefe war jedoch laut Karte dort so gering, daß er vermutlich noch mit einem Teil seiner Aufbauten aus dem Wasser ragte.

Mein Blick durch das Sehrohr wurde eine Enttäuschung. Der Regen hatte zwar aufgehört, und die Dunkelheit war dem nächtlichen Dämmerlicht gewichen, wie es hier nördlich des Polarkreises für diese Jahreszeit typisch war, ich sah dennoch nichts.

»Unser Angriff ist denen ganz schön in die Hose gegangen, meine Herren«, sagte ich zu den Offizieren, die mich erwartungsvoll umstanden. »Die spielen scheues Kaninchen. Keine Autoscheinwerfer mehr, keine Positionsleuchten, der Strand duster wie im Sack. Lediglich die Trawler suchen noch mit Scheinwerfern die Wasseroberfläche nach uns ab.«

»Die unterschätzen uns, Herr Kaleu«, meinte der I WO. »Reichlich leichtsinnige Stoppelhopser, die gar nicht ahnen, in welche Gefahr sie sich damit bringen. Die sind uns doch haushoch unterlegen. Ein paar gezielte Schüsse mit der Acht-acht, und sie bekommen Flügel.«

»Vielleicht ist das Absicht, Herr Bernau?« gab der II WO zu bedenken. »Möglicherweise will man uns damit zum Auftauchen verleiten, damit uns ein Zerstörer oder eine Fregatte auf die Hörner nehmen kann?«

»Die hätten wir doch aber längst gehört – oder?«

»Dann fragen wir doch einfach mal nach, I WO«, machte ich der Debatte ein Ende, denn die brachte nichts. »Horchraum, was erzählen die Fische?«

»Nur die Schraubengeräusche der Trawler, sonst nichts!« kam die Rückmeldung.«

»Trotzdem ist das keine Garantie. Was nicht ist, kann

noch werden«, sagte ich nachdenklich. »Sobald die in England wissen, daß wir ihren Stoppelhopsern den fahrbaren Untersatz unter dem Hintern weggeschossen haben, wird man alles unternehmen, um sie hier herauszuholen.«

»Und nicht nur das«, fügte der II WO hinzu. »Die werden sich an fünf Fingern abzählen, daß wir genau das von ihnen erwarten und hier auf die nächste günstige Gelegenheit warten. Deshalb werden sie alles versuchen, um uns zu erwischen, damit wir nicht noch einmal zum Schuß kommen.«

»Zu deutsch, sobald es hell genug ist, werden sie uns ein paar Flugzeuge oder Zerstörer auf den Hals schicken.« Ich blickte auf die Borduhr. »Und die werden nicht mehr lange auf sich warten lassen.«

»Starker Funkverkehr!« meldete der Mann aus dem Funkschapp. »Code ist nicht zu knacken, Sender befindet sich in nächster Nähe.«

»Na bitte, meine Herren, sie funken!« Ich trat an den Kartentisch und prüfte die Wassertiefenangaben in der Seekarte. Sie gefielen mir gar nicht. »Getaucht sind wir vor Flugzeugen sicher, aber um einer Verfolgung durch eine U-Jagdgruppe entgehen zu können, dazu reicht die Tiefe hier in der Bucht nicht aus. Dann sitzen wir in der Falle. Wir sollten schleunigst verschwinden, bevor sie zuschnappen kann.«

»Ich schlage vor, wir bleiben getaucht, damit unseren Badegästen nicht gleich wieder das Essen aus dem Gesicht fällt«, meinte der I WO. »Die sind ja jetzt noch halbtot.«

»So schlimm?« fragte ich. »Und alle?«

»Wie man's nimmt, Herr Kaleu. Bis auf die Ärztin und den Christiansen haben sich alle anderen die Seele aus dem Leib gereihert.« Er grinste. »Am schlimmsten hat es dabei den Leutnant Eisenberg von der reitenden Gebirgsmarine erwischt, nachdem ihm unsere Leute das streng geheime Marinespezialrezept gegen die Seekrankheit verraten hatten.«

Das konnte ich mir gut vorstellen, denn ich erinnerte mich nur zu gut an meine Schulschiffszeit, als man uns diese Mär auftischte. Dieses sogenannte Rezept gegen die Seekrankheit war nämlich so alt wie die Marine selbst. Es bestand darin, daß man dem jeweiligen Opfer möglichst anschaulich einzureden versuchte, es werde für alle Zeiten gegen Seekrankheit dadurch gefeit, wenn es ein an Takelgarn gebundenes Stück Speck immer wieder schlucke und heraufhole, sobald sein Magen den Aufstand wage. Es war eine ausgemachte Gemeinheit gegenüber dem Opfer, das ohnehin schon mit seinem renitenten Magen kämpfte. Allein die phantasievolle Beschreibung dieser ekelerregenden Prozedur reichte schon aus, um das Opfer vollends seekrank zu machen.

»Na schön, gewähren wir ihnen eine Galgenfrist!« Ich ließ das Sehrohr in den Schacht gleiten. »Neuer Kurs drei-sechs-null, Herr Störmer! Marschgeschwindigkeit vier Knoten in zwanzig Meter Tiefe.«

Unseren Badegästen war nur eine kurze Verschnaufpause vergönnt. Der Südweststurm hatte an Kraft verloren und war auf Nordwest bis Nord umgesprungen. Die vom Sturm aufgewühlte Dünung rollte jedoch noch immer ungebrochen aus Südwest heran und stieß auf die vom steifen Nordwind aufgeworfenen Wellenberge aus dem Eismeer. Dadurch hatte sich eine üble Kreuzsee gebildet, die wir bis in die Tiefe zu spüren bekamen, als die offene See zunehmend in die Bucht zu drängen begann.

»Kann ja heiter werden, wenn wir erst frei von Land sind und wieder auftauchen«, unkte der I WO und glich die Bewegungen des Bootes in den Knien aus. »Da werden einige wieder die ganze christliche Seefahrt lauthals verfluchen.«

Der LI feixte. »Wenn ihnen ihr Magen die Zeit dazu läßt, Herr Bernau. Und das glaube ich ...«

Er fuhr zusammen und verstummte, denn ein dumpfer Stoß traf unser Vorschiff und schreckte uns auf. Von einem Poltern begleitet, schrammten und schurrten irgendwelche Kabel, oder was es sonst war, über unsere Außenhaut.

Diese undefinierbaren Geräusche lösten in meinem Kopf sekundenlang eine regelrechte Panik aus. Mein Magen krampfte sich zusammen, mir war auf einmal speiübel, denn für dieses rätselhafte Schleifen und Schurren fand ich nur eine Erklärung.

»Beide Maschinen stopp! Verflucht, sind wir in ein Ankerminenfeld geraten?«

An den Gesichtern meiner Offiziere und Deckoffiziere konnte ich das gleiche Rätselraten ablesen. Obersteuermann Wegner schüttelte nach einem Blick in die Karte allerdings den Kopf.

»Was immer es auch sein mag, Herr Kaleu, Ankertauminen sind es ganz bestimmt nicht. Nicht bei einer Wassertiefe von einhundertsechzig Meter.«

Ich nickte und haderte zugleich mit mir selbst über meine unüberlegte Frage. Es gab nämlich noch einen zweiten Grund, der dagegen sprach: Die zerbrechlichen Säurezünder in den Hörnern dieser Teufelseier.

»Sie haben recht, Wegner. Außerdem wäre 'ne Ankertaumine bei diesem Anprall sofort detoniert. Was aber ist es dann, ein Wrack?« Diesmal schüttelte ich den Kopf. »Unwahrscheinlich, der Stoß wäre dann heftiger ausgefallen.«

Wir lauschten nach oben. Das Boot verlor unerwartet schnell die Fahrt. Dennoch blieb dieses seltsame Poltern und Schurren auf der Außenhaut. Nicht so heftig wie vorher, aber unüberhörbar und in dem Rhythmus, mit dem sich die Bewegungen der See über uns auf das Boot übertrugen.

Bei dem Fähnrich fiel plötzlich der Groschen. »Kann das ein Netz sein, Herr Kaleu?«

»Mensch, na klar, das kann nur ein Netz sein, Fähnrich!« Ich hätte mich ohrfeigen mögen, daß ich nicht gleich darauf gekommen war. »Wir müssen rauf, um den Scheiß loszuwerden! Die Zeit drängt! In Kürze ist es oben so hell, daß wir mit Flugzeugen rechnen müssen. Klar zum Auftauchen!«

Mit feindlichen Seestreitkräften brauchten wir tatsächlich nicht zu rechnen, die hätte das GHG längst gehört, wohl aber mit Flugzeugen. Die konnten sich möglicherweise schon im Anflug auf unser Seegebiet befinden. Ich machte jedoch gar nicht erst den Versuch, das Luftzielsehrohr zu einem vorsichtigen Rundblick auszufahren. Das verhakte sich am Ende in dem vermuteten Netz und komplizierte dadurch auch noch unsere Befreiungsversuche. Außerdem kostete es Zeit, die wir nicht hatten.

»Brückenwache und Flak in den Turm! Und Sie, LI und Nummer Eins, kommen mit rauf, um die Arbeiten zu koordinieren, mit denen wir uns dieses Drecks schleunigst entledigen werden! Anblasen!«

Kaum hatte der Turm die Wasseroberfläche durchbrochen, offenbarte sich uns die ganze Gefahr, in der das Boot schwebte. Nicht feindliche Flugzeuge bedrohten uns, sondern das dichtmaschige Schleppnetz, von dem das ganze Vorschiff überdeckt war. Ein Netz, das sich zu beiden Seiten des Bootes mit Scherbrettern, Grundrollen und Oberflächenglaskugeln ausbreitete und noch völlig intakt zu sein schien. Lediglich das dicke Kabel, das vom Netzabweiser zum Turm führte, hatte verhindert, daß sich unsere 8,8cm-Kanone darin verhedderte und das ganze Boot davon umhüllt worden war.

»Ach du Scheiße!« entfuhr es dem ehemaligen Krabbenfischer Jensen beim Anblick der Wooling an Deck. Als Fachmann interessierte ihn natürlich zunächst die Herkunft dieses herrenlosen Netzes. »Das kann ein Fischer nur im aufziehenden Sturm verloren oder in höchster Not gekappt haben, Herr Kaleu. Da zappeln ja noch die Fische im Stert.«

Das stimmte zwar, aber was interessierten mich denn jetzt noch solche Nebensächlichkeiten. »Das ist mir scheißegal, Jensen! Seht lieber zu, daß ihr uns von diesem Netz befreit, bevor wir die Tommies auf dem Hals haben!«

»Das kriegen wir schnell in den Griff, Herr Kaleu!« behauptete der Smadding, obwohl das Boot in den Kreuzseen einen irrwitzigen Tanz vollführte und ihre Brecher über dem Vorschiff zusammenschlugen. Er wandte sich an den LI. »Wir brauchen Kabelscheren, um die Taue zu kappen, Herr Oberleutnant. BÜ, Leinenkommando mit Schwimmwesten und Sicherheitsleinen an Deck!«

Es war dennoch für die Männer ein Himmelfahrtskommando, bei dem leicht der eine oder andere in die rauhe See gewaschen werden konnte. Das wollte ich nicht unnötig riskieren. Während das Werkzeug auf die Brücke gereicht wurde und die Männer des Leinenkommandos aus dem Turmluk krochen, befahl ich deshalb: »Beide Maschinen Kleine Fahrt zurück, Herr Bernau! Vielleicht kommen wir dadurch schon von einem Teil des Netzes frei. Wir sollten außerdem versuchen, das Boot so zu drehen, daß die Brecher nicht mit voller Wucht über das Vorschiff waschen.«

Wir kamen tatsächlich von einem Teil des Netzes frei. Vom eignen Gewicht gezogen, glitt es bis zur Netzabweisersäge hinunter. Der zweite Teil des Manövers erwies sich jedoch als äußerst schwierig. Das tänzelnde Boot machte es nahezu unmöglich. Bis zu den Hüften standen die Männer im Wasser. Sie mußten das Netz jedesmal fahrenlassen, wenn sie von den überkommenden Brechern von den Beinen gerissen wurden.

Es gehörte schon ein enormes seemännisches Können dazu, den richtigen Augenblick abzupassen, um an den vorsorglich gespannten Strecktauen Halt zu suchen. Den Obermaat Schneider, der neu an Bord war, erwischte es dennoch. Der Brecher wusch ihm die Beine weg und riß ihn über Bord. Nur noch von der eingepickten Sicherungsleine gehalten, schmetterte ihn die auflaufende Kreuzsee mit dem Kopf voran gegen den Bootskörper. Aus einer Kopfwunde blutend, wurde er an Bord geholt und unter Deck gebracht. An seine Stelle trat oder – besser – schwamm sofort einer der Freiwächter.

Flakbedienung und Ausguck hatten für diese Vorgänge indessen keine Augen. Der bedeckte Himmel wurde immer heller, und damit wuchs die Gefahr, daß plötzlich ein feindlicher Jagdbomber durch die niedrige Wolkendecke auf uns herunterstieß. Ich atmete daher auf, als das letzte Tau durchtrennt war und uns das Netz endlich freigab.

»Leinenkommando unter Deck! Für jeden Mann Besanschot an! Ein Glas Rum und eine Flasche Bier! Klar zum Tauchen!« Ich wollte kein Risiko eingehen, denn suchen würden uns die Tommies in der Bucht. Deshalb wollte ich unter Wasser ablaufen, bis wir die große Insel Senja weit genug hinter uns gelassen hatten und eine Entdeckung nicht mehr zu befürchten brauchten. »Beide Maschinen Halbe Kraft zurück!«

Unter meinen Füßen begann die Brückengräting zu vibrieren, während sich die Männer in den Turm fallen ließen. Aufmerksam verfolgten der I WO, der LI und ich, wie das Boot Fahrt achteraus aufnahm und das Netz, nur durch die Glaskugeln für uns sichtbar, in unserem Kielwasser zurückzubleiben begann.

»Na bitte, wir sind es los!« sagte ich zufrieden. »Alle Mann auf Tauch ...«

Das Wort blieb mir im Halse stecken, denn ich traute meinen Augen nicht. In die an der Wasseroberfläche schwimmenden Glaskugeln war Bewegung gekommen, sie folgten plötzlich unserem zurückgleitenden Bug.

»Verdammte Scheiße, das Ding hängt noch irgendwo bei uns fest!« machte der LI seiner Enttäuschung Luft. »Dabei war ich sicher, daß die Männer alle Tampen gekappt haben!«

»Haben sie auch!« begehrte der Smadding hinter uns auf. »Das verfluchte Mistnetz muß sich irgendwo unter der Wasserlinie verhakt haben, wo keiner meiner Männer rangekommen ist. Und das schleppen wir jetzt mit!«

In meinem Schädel ratterte meine Denkmaschine los, ging den Bauplan durch und suchte nach der Stelle, an der sich das Netz verhakt haben könnte. Indessen nahm das Netz mit uns immer mehr Fahrt auf.

»Die Torpedorohrverschlüsse? Was meinen Sie, LI? Sie sind der technische Fachmann, kann es dort hängen?«

Der schüttelte den Kopf und verzog das Gesicht zu einer Leichenbittermiene. »Kaum, Herr Kaleu, die bieten keine Ansatzpunkte. Ich fürchte, es ist eines der vorderen Tiefenruder.«

»Grundgütiger Himmel, ist es Ihr Ernst?«

»Ich wüßte nicht, wo es sonst so viel Halt finden sollte, daß es bei dieser Fahrt achteraus nicht abgleitet.«

Mir erging es wie einem, der plötzlich einen Tiefschlag verpaßt kriegte. Mir blieb die Luft zunächst weg. Doch dann erwachte in mir der Widerstand. »Und wie läßt sich das lösen, Herr Becker? Wie werden wir das Ding los?«

»Bei diesem Seegang überhaupt nicht, Herr Kaleu. Ich muß einen oder zwo Taucher hinunterschicken, dazu brauche ich ruhige See.«

»Na, die suchen Sie hier mal, Sie Witzbold!« entfuhr es dem I WO ohne Rücksicht auf die Zuhörer. »Getreu der Bibel: Und er ging hin, und das aufgewühlte Meer beruhigte sich, was? Vielleicht funktioniert das auch bei Ihnen.«

»Und wenn wir unter Land gehen und uns eine versteckte Bucht suchen, wo ich in Lee ruhiges Wasser für die Taucher finde?« Der LI überging die höhnische Bemerkung des I WO und sah mich fragend an.

»Dafür käme nur Senja in Frage, die Insel ist so zerklüftet, daß wir dort eine stille und vor allen Dingen unbewohnte Bucht finden könnten. Aber wie stellen Sie sich das mit diesem vertrackten Netz am Bug vor?« Ich überschlug im Kopf die Entfernungen. »Zwo-zehn Seemeilen mit Fahrt achteraus?«

»Vielleicht sollten wir einfach den Versuch machen, es loszuwerden, wenn wir mal kurz vorwärts über das Netz laufen, bis Zug darauf kommt und es von allein abgleitet?« schlug der Smadding hoffnungsvoll vor.

»Damit uns das Scheißding auch noch in die Schrauben kommt? Den Teufel werden wir tun! Beide Maschinen dreimal AK zurück!«

»Fliegeralarm! Zwo Maschinen im Anflug aus null-vierdrei!« schrie der Signalmaat. Sein Arm wies in die Peilung. »Typ noch nicht zu identifizieren!«

Da kamen sie dicht über dem Wasser. Für mich sahen sie wie zwei deutsche HE 111 aus, aber wußte man's? Wir hatten denkbar schlechte Karten. Die 2cm-Feuerspritze war auf sich allein gestellt, denn die Bedienung der Acht-acht befand sich unter Deck, und an Tauchen war unter diesen Umständen nicht zu denken.

»Fordern Sie ES, Signalmaat! Flak, einen warnenden Feuerstoß in den Himmel! Feuer frei, wenn die darauf nicht reagieren und uns direkt anfliegen!«

Die Signalpistole knallte und schickte rote und weiße Leuchtkugeln in den Himmel, das Erkennungssignal für diesen Tag fordernd. Die 2cm-Feuerspritze knatterte los. Im selben Augenblick überschlugen sich die Ereignisse.

Vom Sog der mit äußerster Kraft rotierenden Schrauben nach unten gezogen, schnitt das Heck unter, die See wusch über das Achterdeck, brandete schäumend gegen den Turm und schwappte bis zu uns auf die Brücke, uns alle mit ihrem Schwall fast ertränkend. Gleichzeitig türmte sich am Bug eine mächtige Kreuzsee auf und wuchtete das schwere Boot wie ein Kinderspielzeug empor. Sekundenbruchteile lang ritten wir auf den zusammenprallenden Wassermassen, dann schleuderten sie uns mit gefährlicher Schlagseite in das nächste Wellental.

Während das Boot sich taumelnd aufrichtete, erhaschte ich gerade noch einen Blick auf das verglühende Antwortsignal und die Balkenkreuze auf den Flügeln der in den Himmel hochziehenden Maschinen. Es waren tatsächlich zwei deutsche HE 111-Bomber.

Erneut begruben Brecher das Vorschiff unter sich. Ein scharfer Ruck lief durch das Boot. Der starke Zug der Schrauben und die tonnenschwere Wucht der Kreuzseen rissen endlich das verhakte Netz los. Der Bug kam von ihm frei und ließ es hinter sich zurück. Doch zum Jubeln ließen uns die Kreuzseen keine Zeit.

»Beide Maschinen stopp!« Ich wartete, bis das Boot so viel an Fahrt verlor, daß das Achterschiff nicht mehr unterschnitt und das Turmluk kein Wasser mehr nehmen konnte. »Ausguck und Flak auf Tauchstation! Ruder Backbord zwanzig! Beide Maschinen Halbe Kraft voraus! Klar zum Tauchen!«

Erlöst ließen sich die Männer in das Turmluk fallen und sausten hinunter in die trockene Wärme. Zurück blieben nur wir drei Offiziere und der Smadding. Über uns schlugen die beiden Maschinen einen Bogen und wackelten mit den Flügeln einen Abschiedsgruß, bevor sie Kurs auf die Insel Andøy nahmen.

Ich beobachtete die Kompaßscheibe, bis der Bug hinaus auf die offene See wies. »Ruder komm auf! Recht so! Dann wollen wir mal, meine Herren! Ab in die Tiefe!«

In der Zentrale streifte ich das nasse Ölzeug erleichtert ab und trat an den Kartentisch. Wie ich aus unserem eingezeichneten Kurs ersah, hatten wir den Gryllefjord von Senja fünfundvierzig Grad an Steuerbord voraus und standen weit weniger von Land ab, als ich ursprünglich angenommen hatte.

»Da hätten wir ja tatsächlich unter Land gehen können, wenn es mit dem Abstreifen des Netzes nicht geklappt hätte, LI.« Ich blickte auf die Tiefenanzeige und wandte mich an den wachhabenden I WO. »Auf dreißig Meter einpendeln! Kurs drei-vier-eins, beide Maschinen Umdrehungen für vier Knoten Marschgeschwindigkeit, Herr Bernau. War ein ganz schöner Schock, als Hermanns Schlipssoldaten da mit einmal aufkreuzten, was?«

»Stimmt! Ich war allerdings im nachhinein mehr als überrascht, daß es die hier oben schon gibt, Herr Kaleu. Sonst glänzen die doch eigentlich eher durch vornehme Abwesenheit, wenn es um die Unterstützung der Marine geht.«

Der LI spielte auf die allgemein bekannten Meinungsverschiedenheiten an, die zwischen der Seekriegsleitung und dem Oberbefehlshaber der Luftwaffe, Hermann Göring, bestanden. Der »Fettsack Hermann Meier«, wie der beleibte und gefallsüchtige Göring in der Kriegsmarine genannt wurde, wachte eifersüchtig darüber, daß der Einsatz seiner gehätschelten Luftwaffe allein seinen Entscheidungen vorbehalten blieb. So scheiterte die an sich notwendige Zusammenarbeit der beiden Waffengattungen der Wehrmacht meist an den Eifersüchteleien Görings.

»Ich war nicht minder überrascht. Die schienen aus Tromsø zu kommen und Aufklärung entlang der Küste zu fliegen. Das legt allerdings die Vermutung nahe, daß es gar nicht Hermanns Schlipssoldaten, sondern Marineflieger waren.« Mir fiel plötzlich der verletzte Bootsmaat Schneider ein. »Zentralemaat, wo ist Bootsmaat Schneider untergebracht worden?«

»Die Doktorin verarztet ihn im U-Logis, Herr Kaleu, wo er ja auch seine Koje hat.«

Ich sah den II WO an, der sich auf den Wachwechsel vorbereitete, und feixte. »Scheint ja doch nicht bloß 'ne Augenweide für einsame Herzen, sondern auch ganz nützlich zu sein, daß wir sie an Bord haben, was?«

Er quittierte meine Stichelei mit einem Lächeln. »Beides, Herr Kaleu. Gut fürs Herz und die anfallenden Malessen des Krieges, wie sich zeigt.«

»So, so, gut fürs Herz. Hoffentlich nur im Sinne Platons.« Damit verließ ich die Zentrale durch das Mannloch.

Auf der andern Seite des Kugelschotts roch es im Unteroffizierslogis wie im Behandlungszimmer eines Krankenhauses. Zumindest hatte hier für kurze Zeit der typische Arztgeruch nach Desinfektionsmitteln und medizinischen Substanzen gegenüber dem allgegenwärtigen Dieselmief die Oberhand gewonnen. Und wie in einem Operationssaal ging es hier auch zu.

Offensichtlich betäubt, lag der Bootsmannsmaat reglos ausgestreckt auf der Back, während die Doktorin, assistiert von unserem Fähnrich und dem Smutje, gerade dabei war, seine klaffende Kopfwunde zu vernähen. Ärztin, Assistenten und Patient waren mit Blut besudelt.

Die Doktorin nahm meine Anwesenheit nur mit einem flüchtigen Blick zur Kenntnis und ließ sich nicht stören.

»Sieh da, der Herr Kommandant persönlich!« spottete sie und zog die Nadel mit einer Pinzette durch die blutigen Hautlappen. »Eine schöne Schweinerei, was? Nichts für schwache Nerven, jedenfalls nicht für Ihre angeblich sonst so nervenstarken Seemänner. Die habe ich nicht einmal rausschmeißen müssen, die sind schleunigst von allein getürmt.« Ungerührt schlang sie einen Knoten und ließ den Fähnrich den Faden durchtrennen, um die Nadel ein Stück weiter durch die Haut zu stoßen. »Da sind die beiden hier aus einem anderen Holz. Bessere Assistenten, als man sie sonst in mancher Arztpraxis antrifft. Und Sie – kein revoltierendes Innenleben?«

»Noch nicht, aber vielleicht kommt das noch, wenn ich Ihrem blutigen Handwerk noch 'ne Weile zusehe?« ging ich auf ihren flapsigen Ton ein. »Wird er Ihr Schlachtfest überleben?«

Sie kicherte. »Blutiges Handwerk, Schlachtfest – Sie haben ja Humor, Herr Kaleu! Natürlich wird er's überleben. Es sieht bloß so schlimm aus. Er hat Glück gehabt, muß 'nen steinharten Schädel haben. Kein Schädelbruch, nur 'ne Gehirnerschütterung.« Ein letzter Knoten. Sie legte Nadel und Pinzette zur Seite und streifte die Gummihandschuhe ab. »Fertig! Wenn er aufwacht, wird ihm zwar noch 'ne Weile der Schädel brummen, aber in einer Woche ist alles vorbei. Dann kann ihm einer von den beiden hier die Fäden ziehen.« Der Fähnrich deckte die Wunde mit einer Kompresse ab und schlang ihm eine Binde wie einen Turban um den Kopf. Sie kramte ihr Arztbesteck zusammen. »Das andere könnt ihr beiden doch beseitigen – oder?«

Der Fähnrich strahlte sie voller Bewunderung an. »Selbstverständlich, Fräulein Doktor! Kleinigkeit!«

Du lieber Himmel, dachte ich, noch einer, den es erwischt hat! Hoffentlich desertiert nicht die halbe Mannschaft, wenn sie auf Spitzbergen von Bord geht.

Nach dem Mittagswachwechsel ging ich mit dem I WO die Eintragungen für das Kriegstagebuch und den Funkspruch durch, den ich inzwischen an die Flottille abgesetzt hatte. Es ging darin nicht nur um das von uns versenkte U-Boot der Triton-Klasse und den Frachter, sondern auch um die Briten auf Andøy und vor allen Dingen um den eventuellen Austausch der Ärztin gegen einen Arzt.

Waren wir erst einmal auf dem Weg nach Spitzbergen, wurde dieser Austausch schwierig. Sobald wir nämlich Tromsø querab hatten, wollten wir direkten Kurs auf die fjordreiche Westküste Spitzbergens nehmen, und das waren immerhin rund fünfhundertvierzig Seemeilen.

»Seltsam, daß sie bisher darauf noch nicht reagiert hat«, meinte Bernau. »Sieht so aus, als ob sich noch immer kein Ersatz für die Ärztin gefunden hat.«

»Durchaus möglich«, erwiderte ich. »Masilius hat mir nämlich inzwischen erzählt, sie alle hätten erst einen extrem harten Vorbereitungslehrgang absolvieren müssen, ehe man sie für diesen Einsatz in Schnee und Eis ausgewählt habe. Das hatte nach einer scharfen Auslese geklungen. Nur die Ärztin habe sich diesem Verfahren nicht mehr unterziehen müssen, weil sie eine erfahrene und bestens ausgebildete Alpinistin sei.«

»Trotzdem, Herr Kaleu, die ticken doch nicht richtig!

Eine so attraktive Frau unter neun Männern, und das nicht nur für ein paar Tage! Das kennen wir doch. Keine vier Wochen, und die stellen ihr alle mit einem Samenkoller und vor Geilheit hechelnd nach.«

»Vielleicht ist das bei diesen furztrocknen Wissenschaftlern anders, abgeklärter sozusagen, Herr Bernau? Außerdem sind unsere Badegäste nur ein Vorkommando, das im Laufe des arktischen Sommers die örtlichen Gegebenheiten für die Errichtung einer ständigen Wetterstation sondieren soll. Und der arktische Sommer ist dort oben verdammt kurz. Ein zeitlich begrenztes Unternehmen also, so daß die gar keine Zeit haben werden, mit offenem Hosenlatz hinter 'ner noch so attraktiven Frau herzuhecheln.« Ich lachte bei dieser Vorstellung laut auf. »Und dann glaube ich, daß sich die Doktorin nicht so leicht rumkriegen lassen wird. Die wird sich die Kerle schon vom Leibe halten.«

»So, glauben Sie?« Er grinste. »Da wäre ich mir nicht so sicher. Es kommt immer darauf an, wer da hechelt.«

Ich horchte auf. »Was heißt denn das? Hat die Sie etwa anzumachen versucht?«

Er schüttelte den Kopf. »Mich nicht, aber ich habe ja Augen im Kopf. Wenn unser II WO mit ihr von Bord ginge, legte ich meine Hand dafür lieber nicht ins Feuer. Der scheint nämlich genau ihr Typ zu sein und sie seiner auch.«

Ich war baff. »Ehrlich, I WO? Ich meine, bei ihm kann man das ja nicht übersehen, aber sie auch? Irgend etwas scheint mit diesem Boot hier nicht zu stimmen. Kaum ist eine Frau an Bord, trifft Amors Pfeil nicht nur einen meiner Offiziere, sondern auch diese Frau. Die reinste Eheanbahnung. Jetzt fehlt eigentlich bloß noch der LI in diesem Kandidatenreigen.«

Bernau wußte genau, daß ich damit auch ihn meinte, deshalb feixte er: »Getroffen, Herr Kaleu! Aber Amor hat bei dem LI keine Chance, obwohl der aus Sachsen kommt, wo die schönsten Mädchen wachsen. Der ist geschieden und hat von Frauen die Nase gestrichen voll, vorläufig jedenfalls.«

In der Nacht fingen wir die Aufforderung der Flottille auf, umgehend unsere Position zu melden. Nur diese lapidare Aufforderung, sonst nichts. Wir hatten inzwischen auf der Höhe von Tromsø direkten Kurs auf Spitzbergen genommen. Mit jeder Seemeile, mit der wir nach Norden strebten, war es kälter geworden. Der eisige Wind aus Nordwest hatte zwar deutlich an Stärke verloren, dennoch rollte noch immer eine rauhe See mit ihren Wellenbergen gleichmäßig gegen uns an. Sie wusch mit ihren Brechern über das Vorschiff, wenn der Bug mit zwölf Knoten in die Wellenberge schnitt, und schickte jedesmal eine Gischtfahne über die Brücke. Rund hundert Seemeilen von der norwegischen Küste entfernt, steckten wir in einer unangenehm dichten feuchtkalten Nebelsuppe, die uns vergessen ließ, daß sich der Sommer in Deutschland längst angemeldet hatte.

»Ausgerechnet jetzt fällt diesen Sesselfurzern in Bergen möglicherweise ein, uns nach Tromsø zurückzurufen«, unkte der I WO und stampfte mit den Füßen auf, weil auch ihm die Kälte die Beine empor kroch. »Der Südatlantik wär' mir jetzt allerdings wesentlich lieber.«

»Jetzt, wo dort der Winter einsetzt? Nee, mir nicht, mein Lieber!« Ich zerbrach mir allerdings auch den Kopf, was dieser knappe Funkspruch zu bedeuten hatte. »Bestimmt hat die Anfrage nach unserer Position einen ganz anderen Grund, 'ne Warnung vielleicht, daß die Tommies uns zuvorgekommen sind. Nach der Besetzung Norwegens dürfte Spitzbergen auch für sie an strategischer Bedeutung gewonnen haben.«

Ein Gedanke, der ihm offenbar noch gar nicht gekommen war. »Uff, das wär' ja ein Ding! Dann platzt doch jetzt der ganze Laden! Mit sechs Stoppelhopsern gegen ein britisches Expeditionskorps? Da können doch die Wetterfrösche gleich einpacken und wir mit.«

»Nun mal langsam, I WO!« bremste ich seine Phantasie. »Das war lediglich die eine Möglichkeit. Warten wir also ab. Irgendwann werden wir erfahren, was wirklich dahinter steckt.«

Die Flottille spannte uns jedoch auf die Folter. Sie ließ sich volle zwölf Stunden Zeit, uns über den Grund der Anfrage aufzuklären. Indessen waren wir Spitzbergen um weitere hundertvierundvierzig Seemeilen näher gekommen und steuerten die Bäreninsel an, die verwaltungsmäßig schon zu dieser Inselgruppe gehörte.

Der steife Wind war inzwischen noch kälter geworden. Damit hatte sich die Sicht zwar gebessert, denn er riß den Nebel auseinander, geändert hatte sich dadurch für uns jedoch nur wenig. Der eisige Wind trieb in heftigen Böen immer wieder kräftige Schneeschauer vor sich her und drang mit der Zeit selbst durch die dicke Wachkleidung bis auf die Knochen. Das Stampfen der Brückenwache mit den Füßen, um der Kälte wenigstens halbwegs Herr zu werden, wurde mithin zur Begleitmusik jeder Seemeile, die wir in diesem arktischen Sommerwetter zurücklegten.

»Bin gespannt, was die Ärsche da im warmen Bergen ausbrüten, Herr Kaleu. Schon faul, daß die sich so lange Zeit lassen.« Der I WO schlug die Arme immer wieder um seinen Oberkörper, um die Kälte zu vertreiben. »Da haben wir nun Wetterfrösche an Bord, die von einem arktischen Hochdruckgebiet faseln, das Wetterbesserung bringen soll, und was kommt dabei heraus? So'n Scheißwetter!«

Ich blieb ihm die Antwort schuldig. Still in mich hinein

fluchend, tigerte ich auf der Brücke hin und her. Ich wurde mir zunehmend sicherer, daß dieser verdammte Funkspruch, auf den wir warteten, alles andere als einen Rückruf enthalten werde. Die Neugier fraß mich daher fast auf, als der BÜ endlich den Eingang eines doppelt verschlüsselten Funkspruches meldete.

Blitzschnell klappte ich das Turmluk auf, aus dem herrlich warme Luft nach oben stieg. »Wahrschau! Ein Mann von Brücke in Zentrale!«

Ich brauchte eine schier endlose Zeit, ehe ich mich mit meinen klammen Fingern aus den Wachklamotten geschält hatte, und noch länger, bis ich sie so warmgerieben hatte, daß ich damit die ENIGMA-Maschine bedienen konnte, um mit dem Offizierscode den Spruch zu entschlüsseln.

Ich hatte richtig vermutet, der Text enthielt keinen Rückruf. Statt dessen waren es detaillierte Anweisungen, wie die Operation EISBÄR abzulaufen hatte und welche Aufgaben uns anschließend zufielen, sobald wir unsere Badegäste an Land gesetzt hatten. Daß am Schluß sogar noch eine Warnung erfolgte, überraschte mich nicht sonderlich. Dagegen entlockte mir der Zusatz: »Es ist dafür Sorge zu tragen, daß dieser Befehl nicht in feindliche Hände fällt!‹« nur ein geringschätziges Lächeln.

»Idioten! Als ob wir nicht wüßten, auf wie dünnem Eis wir uns dabei bewegen«, murmelte ich und ging in die Zentrale. »Obersteuermann, ich brauche den I WO zu einer Besprechung. Lösen Sie ihn für deren Dauer auf der Brücke als Wachhabender ab, und bitten Sie ihn runter ins Offizierslogis. Zentralemaat, Sie bitten Herrn Leutnant Eisenberg und Professor Masilius ebenfalls dazu!«

Ich spürte, wie die Spannung in der Zentrale nach diesen

Befehlen sprunghaft anstieg. Auch der LI und der II WO blickten gespannt auf das Formular in meiner Hand.

»Die erwartete Antwort, Herr Kaleu?«

»Genau, Herr Störmer! Deshalb bitte ich Sie beide ebenfalls in das O-Logis.«

Ich jumpte ihnen voran durch das Mannloch und mußte mich auf dem Weg ins O-Logis bremsen, nicht aus alter Gewohnheit in mein Kabuff abzubiegen, in dem für die Dauer des Seetörns die Ärztin untergebracht war. Sie hörte offenbar die Schritte auf den Flurplatten und schob den Vorhang am Schott neugierig zurück.

»Was für ein unerwarteter Anblick! Wollen die Herren zu mir? Nur zu, auch wenn es ein bißchen eng wird!«

Die Behauptung des I WO trieb in meinem Kopf noch immer fröhliche Urständ'. So war es kein Wunder, wenn mein mißtrauischer Blick mir zu bestätigen schien, daß ihr einladendes Lächeln genaugenommen wohl doch nur einem galt, nämlich unserem II WO.

Dem schob ich einen Riegel vor. »Tut uns aufrichtig leid, meine Gnädigste, ansonsten gern; aber für sieben Personen reicht der Platz in meinem Kabuff nun wirklich nicht aus. Außerdem wollen wir Sie mit unseren dienstlichen Problemen nicht unnötig belasten. Vielen Dank!«

Gab es mir nur mein angestacheltes Mißtrauen ein, oder flog tatsächlich ein Ausdruck von Enttäuschung über ihr hübsches Gesicht? »Schade, Herr Kaleu, wir hatten bisher so wenig Gelegenheit, auch mal ein persönliches Gespräch miteinander zu führen. Ich komme mir dadurch irgendwie ein wenig isoliert vor. Aber, na ja ...«

Sie schob mir den Vorhang vor der Nase zu und verpaßte mir damit ein schlechtes Gewissen. Ich kam mir ihr gegenüber wegen meines Verdachtes auf einmal richtig schlecht vor. Es stimmte nämlich. Sah man einmal von meinem recht harschen Benehmen ihr gegenüber ab, so hatte ich bisher tatsächlich nur mit dem Professor mehr oder weniger dienstlichen Kontakt gehabt, mit ihr dagegen noch weniger. Bei den beiden anderen Wetterkundlern, dem Ozeanologen Dr. Dankwart Feldmann und dem Diplommeteorologen Dr. Julius Fleischer, war es noch weniger gewesen. Es war über die formelle Begrüßung an Bord nicht hinausgegangen.

Das lag nicht an mir und meinen Offizieren. Vielmehr erweckten die beiden durch ihr distanziertes Verhalten den Eindruck, als lebte jeder für sich, abgekapselt von unserer militärischen Umgebung, in einer anderen, weit entfernten wissenschaftlichen Welt, in der sie nicht gestört werden wollten. Mehr noch, als machten sie uns dafür verantwortlich, daß der Krieg sie dort herausgerissen und auf dieses U-Boot, diese enge, stinkende Eisenröhre, verdammt hatte.

Hinzu kam, daß Dr. Dankwart Feldmann, eine hoch aufgeschossene, dürre Gestalt mit einem hageren, asketischen Gelehrtengesicht, allein schon durch seine kalte, abweisende Miene jeden Versuch zur Kontaktaufnahme im Keim erstickte. Der II WO, unsere Spottdrossel, drückte es weit derber, aber durchaus treffend aus. Er nannte ihn den »meteorologischen Eiszapfen«, bei dessen Erscheinen im Puff die Nutten verständlicherweise sofort ihre Türen zusperrten und selbst die gewiß nicht wählerischen Filzläuse lieber die Flucht in die Kloschüssel ergriffen.

Worauf ihn der LI jedesmal im breitesten Sächsisch korrigierte: »Nuu, der weeß doch goor nich', was'n Buff is', Manne! Der glemmt'n in'nen Dürschpalt und haut mit 'nem Lootschen druff!«

Angesichts des Professors verkniffen sich allerdings beide derartige Kommentare und nahmen auf der Backskiste wortlos neben Masilius und Leutnant Eisenberg Platz.

»Ich möchte es kurz machen, meine Herren, und nur auf die Teile des Funkspruchs eingehen, die uns, das Boot, betreffen. Ihre Aufgaben, Herr Professor, und Ihre Befehle, Herr Eisenberg, werden dadurch nur insoweit berührt, daß sie mit den unserigen koordinert werden müssen.« Meine Hand glitt über die Karte von Spitzbergen, die ich auf der Back ausgebreitet hatte. »Wir haben Anweisung, Sie an einem der Fjorde hier an der zerklüfteten Westküste an Land zu setzen. Voraussetzung dafür ist, daß keine Siedlungen in der Nähe sind, der Landeplatz versteckt liegt und für die Versorgung über See geeignet und zugänglich ist. Danach werden wir uns also zuerst bis rauf an die nördliche Packeisgrenze umsehen. Je einsamer, desto besser.«

Der Text des Funkspruchs hörte sich vermutlich in den Ohren unserer Badegäste ganz einfach an. Deshalb griff ich einige der Punkte heraus und setzte ihnen ausführlich auseinander, daß es jedoch keineswegs so sei. Wir hatten ja keine Ahnung, was uns auf und um Spitzbergen wirklich erwartete. Deutsche Soldaten gab es dort nicht. Folglich waren Eisenberg und seine Männer die ersten Deutschen, die dort an Land gingen. Damit fingen ihre Schwierigkeiten jedoch schon an. Es konnte dort durchaus norwegische Einheiten geben, die die Kapitulation des Mutterlandes nicht akzeptierten. Sobald die von Eisenbergs Anwesenheit erfuhren, konnte es zu Kämpfen kommen, bei denen die Norweger wegen ihrer Ortskenntnis im Vorteil waren.

Ebenso ungewiß war es, ob es dort überhaupt noch eine norwegische Bevölkerung gab. Die lebte nämlich nicht nur vom Fischfang und von der Jagd, sondern war auf die Versorgung aus dem besetzten Mutterland angewiesen. Der regelmäßige Postschiff- und Frachtverkehr war jedoch seit dem Beginn der Besetzung eingestellt worden und mit ihm die Versorgung. Darum war es gut möglich, daß die Bevölkerung Hals über Kopf nach Norwegen geflüchtet war. Sicher konnte man aber trotzdem nicht sein, da es dort außerdem auch noch verstreut lebende Einsiedler gegeben hatte, die sich mit Fischfang und Jagd selbst versorgten.

Eines war allerdings gewiß: Obwohl die Inselgruppe norwegisch war, besaßen die Sowjets dort Schürfrechte, die sie in einem Kohlenrevier auch intensiv nutzten. Kontakt mit den Russen jedweder Art war unter allen Umständen zu vermeiden, weil dadurch die absolute Geheimhaltung dieser Operation gefährliche Löcher bekäme.

Die Gesichter unserer Badegäste waren zunehmend lang und länger geworden. Diese Informationen waren ihnen offensichtlich vorenthalten worden.

»Sie sehen, auf welch dünnem Eis wir uns dort bewegen. Wir haben daher allen Grund, größte Vor- und Umsicht walten zu lassen«, schloß ich.

Professor Masilius hob die Hand. »Und wie sieht es mit der Absicherung unserer Versorgung über See aus, Herr Kaleu? Was wir mit an Bord gebracht haben, soll uns ja zunächst nur das Fußfassen ermöglichen.«

»Sobald wir Sie an einem geeigneten Ort an Land gesetzt haben, gehen von Tromsø aus Trawler mit den Versorgungsgütern für Sie in See. Wir werden voraussichtlich entlang ihrer Route in einen Aufklärungsstreifen patrouillieren, um sie vor feindlichen Seestreitkräften abzusichern, falls die dort aufkreuzen sollten. Bisher haben die Briten allerdings wenig Interesse an Spitzbergen gezeigt, aber das kann sich schlagartig ändern, wenn ihnen unsere Operation irgendwie bekannt wird. Deshalb auch Trawler, die fallen weniger als Frachter auf.«

Eisenberg meldete sich zu Wort. »Das klingt gut, aber spielt nicht dabei auch das Wetter eine Rolle? Wenn das so ist, wie wir es bis jetzt erlebt haben, na, ich danke!«

»Es spielt natürlich eine ganz wesentliche Rolle, Herr Eisenberg. Das ist hier oben so eine Art Russisches Roulette, wenn Ihnen der Begriff etwas sagt. Wenn wir herrlich klaren Himmel haben, sind wir angeschmiert. In dieser Jahreszeit geht die Sonne nicht unter, das kann für uns von Vor-, aber auch von Nachteil sein. Nebelt oder saut es, sieht man uns zwar nicht, aber wir sehen auch nichts.«

Und das barg ähnliche Gefahren in sich, aber das sagte ich unseren Badegästen lieber nicht. Die Seekarten, die wir für Spitzbergen hatten, waren nämlich reichlich unzuverlässig, weil das Seegebiet wegen seiner Abgeschiedenheit noch nicht hundertprozentig genau kartographiert worden war.

Masilius hob erneut die Hand. »In meinen Anweisungen heißt es, wir sollten herausfinden, ob besonders das Gebiet des Liliehöckfjordes für den Aufbau einer ständigen Wetterstation geeignet ist. Wie sieht es damit aus?«

»Dieser Fjord wird auch in dem Funkspruch erwähnt, wir werden jedoch darauf nicht festgelegt. Prüfen werden wir die dortigen Bedingungen jedenfalls.« Ich schaute auf meine Uhr. »Noch Fragen? Nicht? Gut, dann werden wir sehen, wie sich alles entwickelt.«

In der folgenden Nacht trat genau das ein, was ich im Hinblick auf das Wetter als Russisches Roulett bezeichnet hatte. Die Schneeschauer ließen nach. In einem seltsam fahlen Dämmerlicht passierten wir die Bäreninsel. Wir sahen sie allerdings nur als dunkle Masse vor der dämmrigen Kimm, denn noch verhinderte eine dichte Wolkendecke ein Aufklaren. Gegen Ende der Hundewache riß sie jedoch zunehmend auf und gab einen blaßblauen Himmel frei, an dem die Sonne über die Kimm zu rollen schien.

»Na Prost Mahlzeit! Genau das habe ich befürchtet!«

sagte ich zum II WO und ermahnte den Ausguck: »Jetzt sperrt mir ja die Augen auf, Männer! Lieber ein Fehlalarm, als daß uns irgend so ein Fuzzi plötzlich kalt erwischt, klar?«

»Jawohl, Herr Kaleu!« antworteten die Männer wie aus einem Munde.

Trotz meiner Sorgen um die Sicherheit des Bootes war ich von diesem Schauspiel der sogenannten Mitternachtssonne fasziniert, die von West nach Ost über der nördlichen Kimm ihre Bahn zog und die Nacht zum Tage machte. Dabei gab es dafür eine ganz einfache Erklärung. Durch die Neigung der Erdbahn gegenüber der Sonne schien sie auf dieser nördlichen Breite im Nordsommer auch in der Nacht über den Nordpol hinweg, während sie der anderen Erdhälfte den Tag brachte. Es war allerdings eine kalte Sonne, weil ihre Strahlen auf dem langen Weg durch die Luftschicht über dem Pol erheblich an Kraft eingebüßt hatten.

Der II WO war von diesem Schauspiel nicht minder beeindruckt. »Phantastisch, Herr Kaleu! Das ist ja noch toller, als es mein Schwager nach seiner Nordlandreise geschildert hat!«

»Damals herrschte Frieden, II WO, vergessen Sie das nicht«, brummte ich und suchte mit dem Glas die Kimm nach verdächtigen Rauchfahnen oder Mastspitzen ab. »Bei aller Begeisterung für dieses Naturschauspiel ist dieser Anblick in unserer heutigen Situation bei mir mit reichlich gemischten Gefühlen verbunden.«

Die erwiesen sich jedoch als unnötig. Zwar löste der eine oder andere Ausguck im Laufe der Wache ein paarmal Alarm aus, die Alarme endeten jedoch jedesmal in einem befreienden Gelächter, wenn sich wieder herausstellte, daß die Männer auf die dunklen Rücken atemholender Wale und Schweinsfische hereingefallen waren.

Ansonsten blieb die Kimm leer, bis sich nach dem Morgenwachwechsel Steuerbord voraus eine dunkle felsige Küste aus dem leichten Dunst über der See zu schälen begann.

»Das Südkap Spitzbergens, Herr Kaleu!« meldete Obersteuermann Wegner vom Peildiopter. »Kann gar nichts anderes sein. Peilt null-null-sieben!«

Unsere Augen saugten sich an der Landmasse regelrecht fest, die über die Kimm stieg und in unseren scharfen Gläsern langsam wuchs und deutlich Formen annahm. Kahle dunkelgraue, fast schwarze Felswände, an denen sich die See schäumend brach, unwirtlich und abweisend, gekrönt von weißen zerklüfteten Flächen, die im milden Sonnenlicht glänzten.

»Eis, Schnee und kahle Felsen«, sagte ich. »Wie wär's mit einem Bad? Nicht sehr einladend, was?«

»Möchte nicht wissen, welche Temperatur die See hat.« Der I WO schüttelte sich bei dem Gedanken. »Die Kanarischen Inseln sind's jedenfalls leider nicht, Herr Kaleu.«

Auf der Spitze des Kaps entdeckte ich mit meinem Glas so etwas wie einen Turm oder eine einsame Felsnadel, die hoch aus der weiß aufschäumenden Brandung ragte. Von stumpfem Grau, hob sich das Gebilde kaum von seiner Umgebung ab.

»Sehen Sie das da in null-null-neun, Herr Bernau? Wofür halten denn Sie es?«

»Sieht aus wie ein Leuchtturm, Herr Kaleu. Glaube zwar nicht, daß sich dort jetzt noch jemand die Mühe macht, die See nach irgendwelchen Schiffen abzusuchen, wo die Verkehrsverbindungen mit dem Mutterland abgebrochen worden sind. Aber wissen kann man es nie. Wir sollten deshalb vielleicht vorsichtshalber weiter von Land abhalten, schlage ich vor.«

»Warum sollten wir? Selbst wenn es da jemanden gibt,

der neugierig herüberstarrt, was sieht er schon? Ein U-Boot unbekannter Nationalität, das an der Küste entlangläuft. Unser Lederzeug sieht nicht wie eine deutsche Uniform aus, und unsere Absichten sind nicht erkennbar.« Ich ließ mein Glas sinken. »Das Gegenteil werden wir tun, wir werden eher so dicht unter Land bleiben, daß wir uns einen Eindruck von den dortigen Verhältnissen machen können.«

»Aber ...«, suchte er nach einem Einwand.

»Nichts aber, I WO! Behalten Sie den Kurs bei. Mit Flugzeugen brauchen wir hier wohl kaum zu rechnen, und wenn da irgendein Trawler oder sonst wer auftauchen sollte, ziehen wir einfach unsere dänische Theaternummer ab.« Ich wandte mich an den Ausguck neben mir, der alles mitgehört hatte. »Was, Jensen?«

Jensen salutierte grinsend. »Met Vergnögen, Herr Kaleu!«

Schnell nahm die Entfernung zwischen uns und dem Südkap ab. Einzelheiten wurden deutlicher sichtbar, denn der Morgendunst stieg langsam auf, formte sich zu einem dünnen Wolkenkranz und kletterte an den dunklen Felswänden empor. Es war tatsächlich ein Turm, der sich aus einer Anhäufung von Felsbrocken erhob, die wie Wellenbrecher wirkten. Hoch aufgischtend, brandete die See darüber. Nichts deutete darauf hin, daß der Turm noch als Leuchtturm genutzt oder von einem Wärter bewohnt wurde. Auch das schmale Strandstück dahinter war mit feucht glänzenden Felsen übersäht, auf denen Unmengen von lärmenden Seevögeln hockten.

»Ablaufend Wasser, Herr Kaleu«, schloß der Obersteuermann daraus. »Bei Flut wird der Strand offensichtlich vollkommen überflutet, und die warten jetzt auf Niedrigwasser, damit sie die Felsbrocken nach Nahrung absuchen können.«

Ich nickte. »Sieht ganz danach aus. Eine einsame und unwegsame Gegend, oder sieht irgendwer einen Weg durch diese Felsbrocken oder gar ’ne menschliche Behausung?«

Das war eine rein rhetorische Frage, die sich allein schon durch bloßes Hinsehen beantwortete. Es gab ja selbst oberhalb der sich an den steilen Felswänden deutlich abzeichnenden Hochwasserlinie gar keinen Platz für eine Besiedlung.

»Gehen Sie mit der Fahrt auf sieben Knoten herunter, Herr Bernau. Ich möchte die Westküste bis zum Bellsund unter die Lupe nehmen. Die Seekarte sagt über die eventuelle Besiedlung entlang der Küste zuwenig aus.«

Das galt auch für die spärlichen Tiefenangaben in der Karte. Ebenso dürftig waren die Angaben im Segelhandbuch, ein Beweis dafür, welche geringe Bedeutung man Spitzbergen für die allgemeine Schiffahrt beimaß.

Die Erkundungsfahrt entlang der Küste führte mir mit erschreckender Deutlichkeit vor Augen, was die Meteorologen und die Gebirgsjäger auf Spitzbergen zu erwarten hatten. Für Arktisforscher, wie Amundsen und Nobile, die eine gewisse Zeit im weiter nördlich gelegenen Ny Ålesund verbracht hatten, mochten ja die eisgekrönten, ansonsten kahlen, steilen Felswände der düsteren Fjordlandschaft einen gewissen Reiz gehabt haben. Auf mich wirkten sie jedoch zutiefst deprimierend.

Kein Baum, kein Strauch, nirgendwo ein Hinweis auf menschliches Leben. Dafür allerdings Scharen von Seevögeln, die in den Felswänden nisteten. Auf der Futtersuche bevölkerten sie zu Tausenden kreischend die See und zeigten überraschenderweise nicht die geringste Scheu vor unserem stählernen Ungetüm, als es sich mitten durch die streitenden Schwärme hindurch seinen Weg bahnte. Aber vielleicht sah ich das aus einem falschen Blickwinkel? Möglicherweise wirkte das auf unsere Badegäste weit weniger deprimierend, weil sie dadurch endlich unserer schrecklich, engen Eisenröhre entkamen? Sah doch selbst unser II WO die Insel mit ganz anderen Augen.

»Wahnsinn, einfach atemberaubend!« begeisterte er sich. »Das habe ich ja noch nie gesehen! Und mein Schwager sicher auch nicht, denn er hat über die vielen Vögel und diesen eigenartigen Wolkenkranz kein Wort verloren!«

Ich mußte zugeben, daß dieser ungewöhnliche Anblick auch mich außerordentlich beeindruckte. Wie ein gefältelter Spitzenkragen säumte in halber Höhe ein schmales schneeweißes Wolkenband die aus der anbrandenden See himmelwärts strebenden Felswände. Darüber glänzten die Eismassen der Gletscher im Sonnenlicht, und darunter beschien die Sonne die vom Vogelkot weiß gesprenkelten grauen Wände.

Alles wirkte so friedlich, daß ich alle meine Bedenken gegen die Anwesenheit von Badegästen auf der Brücke über den Haufen warf. Sollten sie sich nur selbst ein Bild von der Insel machen, auf der sie den kurzen arktischen Sommer verbringen mußten.

»BÜ, bitten Sie Leutnant Eisenberg, Professor Masilius und«, setzte ich zögernd hinzu, »auch die Ärztin auf die Brücke.« Vielleicht geht ihnen dann der Arsch auf Grundeis, fügte ich in Gedanken hinzu, und sie verfluchen ihren Mut, sich auf so ein riskantes Unternehmen eingelassen zu haben.

Ich hätte es wissen müssen, das genaue Gegenteil trat ein. Nach den Tagen unter Deck machte der Anblick der Insel einen ganz anderen Eindruck auf sie als auf mich. Endlich aus der bedrückenden Enge befreit und an der herrlich frischen Seeluft, schlug die Ärztin hingerissen die Hände über dem Kopf zusammen.

»Was für eine beeindruckende Kulisse! Zauberhaft! Und dann die vielen Seevögel! So eine Artenvielfalt habe ich ja hier nie erwartet!«

Zugegeben, ich auch nicht. Ich war ja auch kein Ornithologe. Mein Wissen stammte allein aus dem Biologieunterricht meiner alten Penne und aus Büchern, da hatte die Fauna Spitzbergens kaum eine nennenswerte Rolle gespielt.

»Nun ja«, ließ sich Professor Masilius vernehmen, »hier stößt eben der warme Golfstrom auf kalte Polarströme und bildet ein Dorado an Fischreichtum nicht nur für die vielen Vögel, darum.«

»So'n Scheiß!« brummte Leutnant Eisenberg in seine Bartstoppeln. »Was interessieren mich denn Vögel und Fische! Sag mir lieber mal einer, wie wir da ohne Steigeisen und Haken raufkommen sollen!«

»Abwarten, Leutnant! Sehen Sie dort die Bucht, die sich an Steuerbord voraus vor uns auftut? Das ist die Einfahrt in den Hornsund. Vielleicht bekommen Sie da schon eine Antwort auf Ihre Frage«, sagte ich. »Ruder Steuerbord zehn!«

Gehorsam schwenkte der Bug herum und nahm Kurs auf den Sund.

»Recht so! Ruder komm auf!«

Wir mochten vielleicht eine Seemeile in den breiten Hornsund hineingelangt sein, als uns ein vielfach als Echo zurückgeworfener Knall aus einem der Fjorde zusammenzucken ließ, die in den Sund mündeten. Instinktiv zogen wir die Köpfe ein, erwarteten, jeden Augenblick die Kugel pfeifen zu hören. Doch der Schuß galt nicht uns.

»Beide Maschinen stopp!« reagierte ich trotzdem. »Ein Gewehrschuß! Es gibt hier also doch Menschen.«

In schneller Folge hallten zwei weitere Schüsse von den Felswänden wider. Unmöglich, ihre Herkunft festzustellen.

»Soldaten?« rätselte ich.

Eisenberg schüttelte den Kopf. »Kein normales Kaliber, Herr Kaleu, das höre ich trotz der Echos heraus. Ein Jagdgewehr schweren Kalibers, so eine Art Bärentöter für Explosivgeschosse, die im Körper explodieren und das Tier inwendig zerfetzen. Eine Donnerbüchse, in deren Mündung ich nicht blicken möchte, denn dagegen ist kein Kraut gewachsen, wenn man davon getroffen wird.«

»Sie meinen, es sei ein Jäger?«

»Mit Sicherheit. Das ist eine doppelläufige Waffe, die maximal nur zwei Schüsse zuläßt, dann muß nachgeladen werden. Deshalb wird sie nur von Jägern benutzt. Das heißt, im spanischen Bürgerkrieg ist sie von Heckenschützen der Republikaner auch gegen uns eingesetzt worden.« Sein Gesicht wurde hart. Die Erinnerung an seine Erlebnisse in der Legion CONDOR schien ihn zu übermannen. »Eine furchtbare Waffe, deren Klang ich seitdem noch immer im Ohr habe.«

»Wir sollten schleunigst die Beine in die Hand nehmen«, sagte der II WO in das nachdenkliche Schweigen hinein. »Nicht allein wegen der Waffe, Herr Kaleu. Aber wenn der uns hier entdeckt, geht unser Auftrag möglicherweise den Bach runter. Wer garantiert uns denn, daß es in Longyearbyen keine Garnison gibt, an die er seine Beobachtung melden kann?«

»Sie haben recht, Herr Störmer!« pflichtete ich ihm bei. »Warum sollen wir das riskieren? Gehen Sie auf Gegenkurs! Auf E-Maschinen umkuppeln, damit wir uns nicht durch die Diesel verraten. Umdrehungen für vier Knoten.«

Während das Boot Fahrt aufnahm und backste, um schneller auf Gegenkurs zu kommen, reifte in Eisenberg eine Idee. »Nur mal eine Frage, Herr Kaleu. Gibt es eine Möglichkeit, mich mit dem Jensen und dem Christiansen, die ja beide dänisch sprechen, an Land zu setzen, um der Ballerei nachzugehen? In Räuberzivil selbstverständlich.«

Ein Vorschlag, der mir wegen der Risiken gar nicht schmeckte, obwohl ich einen Augenblick lang auch schon daran gedacht hatte. »Und was versprechen Sie sich davon? Wollen Sie den Schützen umlegen, damit er nicht plaudern kann?«

Eisenberg lachte auf. »Dazu brauchte ich die beiden dänisch sprechenden Männer nicht. Nein, reine Neugier. Ich will nur mal sehen, was das für ein komischer Vogel ist, der hier in dieser Einöde lebt, und auf was der Jagd macht. Ich lerne von Einheimischen immer gern etwas dazu. Schließlich weiß man ja nie, ob man nicht irgendwann darauf angewiesen ist.«

»Hmmm, das ist natürlich ein einleuchtendes Argument, Leutnant.« Das fand ich wirklich. »Sie an Land zu setzen, das ist nicht das Problem. Wenn Sie mir sagen können, wo die Schüsse gefallen sind – warum nicht?«

Ich beschrieb mit der Hand einen Bogen entlang der zerklüfteten Küste des Hornsunds. Damit nahm ich ihm den Wind aus den Segeln. Mir aber auch, denn mit meinem spontanen Einfall legte ich mich unbedacht fest. Was dann, wenn er es tatsächlich herausfand?

»Na ja, da muß ich halt passen«, resignierte er. »War ja auch bloß so 'ne Idee, Herr Kaleu.«

»Eben!« atmete ich auf, weil ich noch einmal mit gutem Wind davonzukommen schien. Ich blickte auf unser schäumendes Kielwasser. »Wir werden ...«

Ein Schuß schnitt mir das Wort ab. Er galt auch diesmal wieder nicht uns. Wir sahen einander verblüfft an. Was spielte sich da in den Fjorden ab?

Der Signalmaat hob die Hand. »Bitte Herrn Kaleu stören zu dürfen.«

»Sie tun es ja bereits, Signalmaat. Nun los, was gibt's?«

»Ich bin sicher, der Schuß kam aus eins-sieben-zwo, Herr Kaleu.« Sein Arm zeigte nach achtern. »Die Vögel.«

Die Köpfe flogen herum. Gläser suchten in der Peilung, wurden fündig. Alles deutete darauf hin, daß dort ein Fjord von der Bucht abzweigte, denn dort kreiste aufgeregt kreischend ein Vogelschwarm, vermutlich durch den Schuß erneut aufgescheucht.

»Mensch, Signalmaat, dafür verdienen Sie ein Besanschot *an*!« lobte der II WO. »Warum fällt uns das erst jetzt auf?«

Mir fiel jedoch noch mehr auf. Auf dieser Seite der Bucht stiegen die Felswände nicht unmittelbar aus der See auf, vielmehr zog sich davor ein breiterer, allerdings auch mit Felsbrocken gespickter Uferstreifen bis zu dem vermuteten Fjord hin und, wenn nicht alles täuschte, sogar in ihn hinein. Ein idealer Landeplatz für einen Spähtrupp.

»Beide Maschinen stopp, II WO! Sie sollen Ihren Erkundungstrupp haben, Herr Eisenberg! Wir drehen, indessen kann der Smadding das Schlauchboot klarmachen lassen, und Sie können sich mit Jensen und Christiansen ins Räuberzivil stürzen. Nehmen Sie noch Stutz und Fischer mit. Die bleiben beim Schlauchboot, wenn Sie an Land sind. Bewaffnung für diese beiden Maschinenpistolen, für die anderen nur Pistolen. Alles klar? Dann ab unter Deck!«

Während der Smadding mit seinem Leinenkommando das Schlauchboot auf dem Achterdeck in Rekordzeit klarmachte, schoren wir auf das Strandstück zu, das uns am besten für eine Landung geeignet erschien. Ich musterte indessen den Leutnant und seine vier Männer in ihrem Räuberzivil.

Die blaue Seemannskleidung war im Grunde genommen

bei allen Nationen mehr oder weniger gleich. Darum war es nicht schwer, den Trupp mit den Teilen unserer legeren Bordkleidung auszustaffieren, die keinerlei Rückschlüsse auf ihre militärische Herkunft zuließen. Man mußte schon Hellseher sein, um in dem zivilen Haufen mit den Strickmützen und den dicken Wolltroyern deutsche Soldaten zu vermuten.

»Keine Heldentaten, Herr Eisenberg!« ermahnte ich ihn. »Wir wollen nur wissen, was da los ist, mehr nicht, klar? Kein Kontakt mit dem oder den Schützen, Schußwaffengebrauch nur, wenn es absolut unumgänglich ist!«

»Völlig klar, Herr Kaleu!«

»Dann los! Hals- und Beinbruch!«

Die Männer turnten hinunter zum Achterdeck, um in das Boot zu steigen. Als Jensen schon ein Bein über die Reling des Wintergartens schwingen wollte, hielt ich ihn zurück. Er war zwar nur Matrosenhauptgefreiter, besaß jedoch als ehemaliger Krabbenfischer ein Kapitänspatent und war ein umsichtiger und absolut zuverlässiger Mann. Wenn es einen gab, der den Leutnant vor voreiligen Handlungen bewahren konnte, dann war er das.

»Jensen, Sie übernehmen das seemännische Kommando. Wenn es zu einer direkten Begegnung mit diesem unbekannten Schützen kommt, dann spielen Sie ihm, wie besprochen, mit dem Christiansen die Seeleute eines dänischen U-Bootes vor. Technische Probleme haben uns gezwungen, diese einsame Bucht anzulaufen, um sie zu beheben. Erkundigen Sie sich möglichst besorgt, ob es deutsche Soldaten auf Spitzbergen gibt. Das wird jegliches Mißtrauen zerstreuen, wenn er solches hegt.«

»Alles klar, Herr Kaleu! Sie können sich auf mich verlassen.«

»Das weiß ich!« Ich klopfte ihm anerkennend auf die

Schulter. »Dann nix wie los! Die anderen sitzen schon im Boot und warten ungeduldig auf den Bootssteurer.«

Jensen deutete grienend mit der Hand an seiner Pudelmütze einen militärischen Gruß an und kletterte gewandt zu den anderen hinunter. Kaum saß er im Boot, zog sich der Smadding mit dem Leinenkommando zurück und hob die Hand. Das verabredete Zeichen, achtern zu fluten.

Langsam sackte das Achterschiff weg, das Schlauchboot schwamm auf und kam mit ein paar Paddelschlägen vom Boot frei. Geschickt steuerte es Jensen gegen den Seegang an, damit es nicht wieder auf den Schiffskörper zurückgeworfen wurde.

»Ein prima Kerl, der Jensen«, lobte ich ihn. Wir sahen dem davonpaddelden Boot nach. »Möchte bloß mal wissen, warum man den nur zum Hauptgefreiten gemacht hat, obwohl er ein Kapitänspatent hat.«

»Das kann ich Ihnen sagen, Herr Kaleu«, sagte der II WO so leise, daß es kein anderer auf der Brücke hören konnte. »Der hat als Offiziersanwärter irgend so einen hochrangigen Goldfasan windelweich geprügelt, der seinem Mädchen im Suff an die Wäsche gegangen ist. Damit war der Ofen aus, denn es hat 'nen Prozeß gegeben, bei dem der Parteibonze ausgesagt hat, es sei um defätistische Reden Jensens gegangen. Jensen hat Glück gehabt, er wurde freigesprochen. Aber nicht wegen erwiesener Unschuld, obwohl es die Aussagen des Mädchens und anderer Zeugen gab, sondern aus Mangel an Beweisen, weil die Behauptungen des Goldfasans stärker gewichtet wurden. So ist aus dem Offiziersanwärter ein Hauptgefreiter geworden. Der Verdacht hängt ihm ja noch immer an, er sei vielleicht doch ein verkappter Gegner des Regimes, und verbaut ihm den Weg.«

»Ehrlich?« fragte ich ungläubig. »War dieser Goldfasan denn in Uniform?«

»Eben! Sonst hätte man ja nicht so viel Wind darum gemacht. Sie kennen doch die Macht der Partei, Entehrung des Ehrenkleides der NSDAP und so. Da ist die Partei sehr empfindlich.«

»Nicht zu fassen!« sagte ich kopfschüttelnd. »So ein fähiger Mann! Hat ihm denn der Puttfarken in der Zwischenzeit nicht 'ne positive Beurteilung geschrieben und ihn wenigstens zum Bootsmannsmaat vorgeschlagen?«

»Bei so einem Verdacht, Herr Kaleu? Der doch nicht. Der dachte nur an sein eigenes Fortkommen und hätte ihm am liebsten noch ein paar Knüppel mehr zwischen die Beine geworfen. Er war der Kommandant, und dagegen kamen wir Offiziere nicht an.«

Abwarten, dachte ich, denn das hatte ich bisher nicht gewußt, das wollen wir doch mal sehen, ob man da wirklich nichts machen kann, wenn wir wieder zurück sind.

Indessen hatte Jensen das Schlauchboot an eine Stelle gesteuert, an der ein paar mächtige Felsbrocken in der Spülkante lagen. Das war genau der Ort, den auch ich für die Landung gewählt hätte. Eisenberg, Jensen und Christiansen sprangen in der Spülkante ins Wasser und wateten mit ihren Seestiefeln an Land. Innerhalb weniger Minuten waren sie zwischen den Felsbrocken verschwunden, während die beiden zurückbleibenden Seeleute das graue Boot in den Sichtschutz der Felsen zogen.

»Sehr umsichtig, Herr Kaleu«, meinte der II WO. »Man kann schließlich nicht wissen.«

Ich nickte beifällig. »Genau, Herr Störmer! Und damit sie für den Ernstfall nicht ohne unseren Schutz sind, sollten wir schleunigst unsere Flak besetzen.« Ich wandte mich an die Ärztin und den Professor. »Sie muß ich allerdings leider bitten, den Turm zu verlassen. Hier oben kann es ganz schnell blaue Bohnen geben, wenn unser Spähtrupp in Schwierigkeiten gerät. Wir müssen mit allem rechnen.«

Meine Sorge schien sich jedoch als unbegründet zu erweisen. Die Zeit verstrich, ohne daß es in der Ferne ein Feuergefecht gab oder der Trupp fluchtartig zum Schlauchboot zurückkehrte. Dennoch wurde ich zunehmend nervöser, malte mir aus, daß sie in eine Falle geraten sein könnten und wir in Kürze mit dem Erscheinen irgendwelcher wildverwegenen Norweger rechnen müßten, die mit uns Krieg zu spielen versuchten.

Die Wachen wechselten, nur meine Stimmung nicht, und das spürten die Männer auf der Brücke wohl. Jedenfalls vermied es jeder, mir in die Quere zu kommen, während ich auf der Brücke wie ein Raubtier im Käfig von der einen Seite auf die andere tigerte. Selbst der I WO mied meine unmittelbare Nähe.

Endlich, nach nahezu zwei Stunden, erlöste mich der Schrei des Ausgucks aus meinem Brüten: »Da sind sie! Sie kommen zurück!«

Ich fuhr zum Strand herum. Gott sei Dank, sie flüchteten nicht vor irgendwelchen Norwegern und waren offenbar auch unverletzt. Jedenfalls stiegen sie flink und behende in das Schlauchboot und nahmen mit schnellen Schlägen Kurs auf das wartende Boot.

»BÜ, wahrschauen Sie den Bootsmann! Das Boot kehrt zurück!« Auch der Stimme des I WO war die Erleichterung anzuhören. »Leinenkommando klar zum Aufnehmen des Schlauchbootes!«

Leutnant Eisenberg und seine Männer enterten zur Brücke auf und nahmen militärische Haltung an. Salutierend legte der Leutnant die Hand an seine Pudelmütze. »Melde mich gehorsamst mit vier Mann vom Spähtruppunternehmen an Bord zurück! Keine besonderen Vorkommnisse.«

Ich erwiderte den Gruß. »Danke, Herr Eisenberg. Was haben Sie herausgefunden?«

»Dort schlängelt sich tatsächlich ein enger Fjord weit ins Land hinein. An seinem Anfang sind wir auf eine wohnlich eingerichtete Hütte gestoßen, der wir uns vorsichtig genähert haben. Es war jedoch niemand darin, obwohl in ihrem Kamin ein Feuer aus Treibholz brannte und unter dem Vordach ein paar angefressene, erbärmlich stinkende Seehundkadaver hingen. Den vermutlichen Besitzer entdeckten wir dann später weiter drin im Fjord an einer Bucht, wo er sich gerade daranmachte, laut singend einen der beiden frisch erlegten Eisbären abzuhäuten.«

»Eines der Tiere muß eine Bärin gewesen sein, denn unweit davon kletterten zwei Jungtiere eine bis in den Fjord herunterreichende Gletscherzunge empor«, ergänzte Jensen.

»Daher also die Schüsse. Hat der den Trupp bemerkt?«

»Nein, dazu war der viel zu beschäftigt. Am Ufer lag so eine Art Kajak, wie ihn die Eskimos benutzen. Scheint ein Pelzjäger zu sein, denn in einem Schuppen fanden wir mehrere Fallen und zahlreiche Felle von Eisfüchsen, Bären und Robben. Die angefressenen Robbenkadaver sahen aus, als hätten sie die Bären angelockt.« Eisenberg schüttelte sich bei der Erinnerung an deren Gestank. »Ich nehme an, dieser Waldschrat war mit seinem Boot unterwegs und hat sie beim Schmaus an den Kadavern überrascht. Auf ihrer Flucht hat er sie dann erlegt.«

»Sonst noch irgendwelche wichtigen Beobachtungen, Herr Eisenberg?«

Er schüttelte den Kopf. »Keine. Es gab keinerlei Hinweise auf eventuelle Gefährten dieses Mannes. Deshalb hat es uns anfangs gejuckt, ihn anzusprechen und auszuhorchen. Wir haben es dann aber doch lieber gelassen. Jensen hat davor gewarnt, weil der dann möglicherweise aus reiner Neugier mit uns an unseren Landeplatz zurückgekehrt wäre, und das war ja nicht der Zweck des Unternehmens.«

»Gut so. Es ist zwar eine magere Ausbeute, aber trotzdem sind wir jetzt um einiges klüger«, stellte ich fest. »Wir wissen nun, daß die einsamen Fjorde keineswegs so menschenleer sind, wie wir es erhofft haben. Folglich müssen wir überall mit solchen Einsiedlern rechnen.«

»Es ist also richtig gewesen, den Trupp an Land zu setzen.« Der I WO blickte nach achtern. »Das Schlauchboot ist bereits unter Deck verschwunden, ebenso das Leinenkommando, und das achtere Versorgungsluk ist dicht. Fahrt aufnehmen, Herr Kaleu?«

»Ja, nehmen Sie Kurs auf die Ausfahrt aus dem Hornesund, Herr Bernau. Mal sehen, mit welchen Überraschungen die Westküste noch aufwartet.«

Auf unserer Fahrt entlang der Küste nach Norden verlor ich während der Brückenwache durch die Mitternachtssonne jegliches Zeitgefühl. Der nicht enden wollende Tag brachte meine auf den Wechsel zwischen Tag und Nacht programmierte innere Uhr völlig durcheinander. Ein Glück, daß sich wenigstens unter Deck der Tagesablauf im normalen Rhythmus bewegte.

Doch davon hatte ich wenig, weil ich die Brücke nur verließ, um zu essen oder das, was ich gesehen hatte, mit der Seekarte zu vergleichen, weil sich das Gesamtbild der Landschaft kaum änderte. Erst als wir den Bellsund passierten, traten die steilen Felswände weiter zurück und gaben ein geröllbedecktes Vorland mit dem spärlichen Pflanzenwuchs der arktischen Tundra frei.

Es war ein gewaltiger Sund, der mit mächtigen Buchten und Nebenarmen weit in das bergige Land hineinschnitt. Dunst lag über dem Wasser und verschleierte die Sicht auf die Gletscher, die in der Ferne die Hochtäler füllten und mit ihren Zungen bis in das Fjordwasser reichten. Vergeblich suchten unsere Gläser nach irgendwelchen Anzeichen einer menschlichen Anwesenheit.

»Rentiere«, sagte der I WO und deutete auf das von Wasserrinnen durchzogene Vorland. »Ein ganzes Rudel mit Jungtieren, fast schon eine Herde. Also sind doch Menschen in der Nähe.«

»Ist nicht gesagt, Herr Oberleutnant«, widersprach der Professor, der sich zu uns auf der Brücke gesellt hatte. »Das können auch wilde oder zumindest verwilderte Tiere sein. Die wilden Rentiere waren schon einmal fast völlig ausgerottet.«

»Heißt das, sie waren hier schon heimisch, bevor sich Menschen in dieser kargen Landschaft angesiedelt haben? Die finden hier doch kaum was zu fressen.«

»O doch! Die sind genügsam und werden mit dem Klima hier spielend fertig. Sobald der Dauerfrostboden an der Oberfläche auftaut, grünt und blüht die Tundra. Dann finden sie genügend Nahrung. Sie liefern übrigens ein sehr schmackhaftes Fleisch, deshalb sind sie so stark bejagt worden.«

Der II WO krabbelte aus dem Turmluk. Ich sah überrascht auf meine Uhr. Es war zwanzig Minuten vor dem normalen Wachwechsel. »Was denn, Herr Störmer, so früh schon? Oder wollen Sie einfach nur vorab ein bißchen frische Luft schnappen?«

»Das auch, Herr Kaleu. Wir haben Funkverkehr aufgefangen und die Sender eingepeilt. Einen verhältnismäßig starken Sender in null-vier-fünf und einen schwächeren in eins-fünf-sieben Kompaßpeilung. Der stärkere kommt demnach aus Longyearbyen oder zumindest aus dessen Nähe, der schwächere könnte in Tromsø oder auf der Bäreninsel stehen.«

Damit hatten wir rechnen müssen, dennoch brauchte ich einen Augenblick, um diese Meldung zu verarbeiten. Hatte uns etwa irgendwer entdeckt, ohne daß wir es gemerkt hatten?

Der II WO las die unausgesprochene Frage offenbar von meinem Gesicht ab. »Ein offener Funkverkehr, nicht verschlüsselt. Der Funker hat ihn nur durch puren Zufall mitbekommen, weil er die Frequenzen routinemäßig abgeklappert hat. Allerdings nur zum Teil, denn wer da mit wem, das war aus dem Funkverkehr nicht zu entnehmen. Es ging um die Anfrage, ob und wann der Postschiffverkehr wiederaufgenommen werde. Das sei noch ungewiß, war die Antwort, man solle weitere Informationen abwarten. So hat das Jensen jedenfalls übersetzt.«

Ich ließ mir meine Erleichterung nicht anmerken. Longyearbyen lag am riesigen Isfjord und war der Sitz der Verwaltung Spitzbergens und der Bäreninsel. Wenn man von dort mit Tromsø oder der Bäreninsel korrespondierte, war Vorsicht geboten. Das verriet uns, daß es dort Menschen gab, denen wir aus dem Weg gehen mußten. Es ersparte mir somit, den Isfjord anzulaufen, was ich ursprünglich vorgehabt hatte.

»Prima, das macht uns um einiges klüger.« Ich musterte den Himmel. »Die Schleierwolken dort oben, die gefallen mir gar nicht. Was halten Sie denn davon, Professor? Ich meine, ich habe nichts dagegen, wenn sich die Sonne dahinter verkrümeln würde.«

Er verzog das Gesicht. »Sie wird sich verkrümeln, allerdings anders, als Sie es sich wünschen. Ich fürchte, da braut sich etwas zusammen, was Ihnen keine reine Freude bereiten wird. Diese wässerigen Schleier ziehen gegen den Wind auf, sind also nur die Vorboten. Sehen Sie diese dunkle Wolkenschicht über die Kimm steigen? Eine Warmfront, das sieht nach einem Wetterwechsel aus.«

»Und was bedeutet das hier oben?«

»Sauwetter, Herr Kaleu. Der Wind wird drehen. Es wird zuziehen, und wenn die Warmfront hoch genug auf die hochreichende kalte Luftschicht aufgeglitten ist, dann geht's von einer Minute zur anderen rund. Regen, der ganz schnell in Schnee übergeht.«

Ich sah ihn mißtrauisch an. »Sind Sie sicher? Schnee mitten im Sommer?«

»So sicher, wie ich hier vor Ihnen stehe.«

Drei Stunden später zweifelte ich nicht mehr an seinem Sachverstand. Seine Prognose traf hundertprozentig zu. Der Wind war tatsächlich umgesprungen, er kam jetzt aus Südwest und frischte ganz erheblich auf. Dabei schob er eine kompakte, immer bedrohlicher aussehende bleigraue Wolkenwand vor sich her, die die Sonne schluckte und bald fast schwarz den ganzen Himmel überzog. Das Tageslicht wurde seltsam fahl. Die Sichtweite schmolz zusammen, denn Kimm und Küste verschwammen zunehmend im Dunst.

»Teufel, sieht das gemein aus! Ich werde nie wieder an den Vorhersagen des Professors zweifeln!« sagte ich zum II WO. »Wenn das runterkommt, sehen wir reichlich blaß aus.«

»Ich habe mal Aufnahmen von einem aufziehenden Blizzard gesehen. Wenn das da keiner ist, fresse ich 'nen Besen!« Der II WO klappte das Turmluk auf. »Ölzeug auf die Brücke!«

Ich sah ihn skeptisch an. »Ob das etwas nutzen wird, wenn es wirklich so dicke kommt? Nun gut, versuchen wir's. Wegtauchen können wir ja immer noch.«

Es kam so dicke. Der einsetzende Regen gab nur ein kurzes Gastspiel, war gleich von Anfang an mit Schneeflocken durchsetzt, bis er sich tatsächlich von einer Minute zur anderen in einen eisigen Schneesturm verwandelte. U 115 fuhr in einen so dichten Flockenwirbel hinein, daß die Sicht gleich null wurde. Schnee setzte sich auf allem fest, überzog das Boot und die Brückenwache mit einer schnell wachsenden Schneeschicht und drang in Mund und Nase und selbst unter das schützende Ölzeug, wo er eine Lücke fand. Anfangs fiel er bei jeder Bewegung noch in Placken von uns ab, doch dann wurde es zunehmend kälter. Die Schneekristalle schnitten uns wie spitze Nadeln ins Gesicht, froren fest und bildeten auf allem eine brettharte Eiskruste. Die Anwesenheit auf der Brücke wurde zu einer Tortur.

»Schluß, Männer!« schrie ich gegen den heulenden Sturm an. »Alle Mann auf Tauchstation! Klar zum Tauchen!«

Das war ein Befehl, dem sie nur zu gern nachzukommen versuchten. Das war jedoch leichter gesagt als getan. Ich war heilfroh, daß uns nicht ein Alarm zum Tauchen zwang. Das starre, eisverkrustete Ölzeug erwies sich im engen Turmluk als ein ernstes Hemmnis. Es verstrich eine für einen Alarmfall gefährlich lange Zeit, bis der I WO und ich das Luk über uns zukurbeln und auch in die warme Zentrale hinuntersausen konnten.

Der Professor grinste, während wir uns mit froststarren Fingern der tropfendnassen Klamotten entledigten. »Glauben Sie mir nun? Das war nur der Auftakt.« Er tippte auf die Wetterkarte auf dem Kartentisch. »Wenn diese Front durch ist, bekommen wir Rückfrontwetter. Es wird aufklaren und noch erheblich kälter werden. Aber kein'n Regen mehr, bloß noch Schneeschauer.«

Ich streifte mir trocknes Zeug über und schenkte ihm nur einen schiefen Blick. »Sie verstehen es ja vortrefflich, Trost zu spenden, Professor. Vielleicht sollten Sie uns dann mal auf der Brücke besuchen, um die Zuverlässigkeit dieser Prognose zu überprüfen? Sozusagen als Vorbereitung auf das, was an Land auf Sie zukommen wird?«

Er lachte. »Das kann ich mir gern verkneifen, Herr Kaleu! Nee, dazu habe ich an Land noch genug Zeit, einen ganzen beschissenen Sommer lang.«

»Achtung! Schraubengeräusche aus eins-eins-null!« meldete sich plötzlich der Horcher. »Klingen nach Trawler oder Kutter.«

Trawler war bei uns die gängige Bezeichnung für die hier üblichen Fischdampfer, die mit einem Grundnetz fischten, Kutter für die kleineren Logger, die beim Fischen oft noch mit einem Segel vor dem Treibnetz trieben. Beide waren allerdings inzwischen bei den kriegsführenden Nationen zu bewaffneten Vorpostenbooten, U-Jägern und/oder Minensuchern im Küstenvorfeld umgerüstet worden.

Ich trat an den Kartentisch und sah zu, wie der Obersteuermann die Peilung blitzschnell an unseren Kurs antrug. »Wenn die Peilung stimmt, kommen die aus dem Isfjord, Herr Kaleu.«

»Mensch, da haben wir ja Schwein gehabt, daß wir denen nicht vor dem Fjord begegnet sind!« rutschte es mir heraus.

»Glaube nicht, daß die Gefahr bestand, Herr Kaleu«, meinte Masilius. »Die haben vielleicht früher als wir die Informationen gehabt, daß ein Wettersturz bevorsteht, und sind deshalb gar nicht erst auf die offene See hinausgefahren.«

»Oder sie benutzen die Trawler und Kutter als Verkehrsmittel zwischen den Orten, die es ja außer Longyearbyen dort auch noch gibt«, fügte der Obersteuermann hinzu.

Ich nickte. »Alles richtig, zugleich aber auch eine Warnung für uns, nicht erneut so blauäugig durch die Gegend zu kutschieren.«

Wir blieben sechs Stunden unter Wasser und liefen mit vier Knoten durch den Forlandsund zwischen dem Prins-Karl-Forland und der Westküste Spitzbergens nach Norden, um uns nördlich von Ny Ålesund nach einem geeigneten einsamen Landeplatz umzusehen. Im Segelhandbuch wurde dieses Gebiet nahe dem Magdalenenfjord als besonders einsam erwähnt, und auch in der Seekarte trugen viele Buchten und Fjorde noch keine Namen.

Für mich waren diese sechs Stunden eine Gelegenheit, neue Kräfte zu sammeln. Ich verbrachte sie im Tiefschlaf, kaum daß ich mich auf der Backskiste ausgestreckt hatte. Ich hörte nichts, kein Alarm weckte mich, man ließ mich nach den vielen Stunden auf der Brücke ungestört schlafen.

Mein Unterbewußtsein schlief jedoch nicht. Zu sehr war ich mit meinem Boot inzwischen verwachsen. Irgendwann fuhr ich aus dem Schlaf hoch und war im gleichen Augenblick hellwach, weil da irgend etwas nicht stimmte. Ich horchte, vernahm das vertraute leise Summen der E-Maschinen, die üblichen Bordgeräusche und das laute Schnarchen der Freiwächter oder Badegäste aus dem O-Logis. Trotzdem war ich alarmiert, hatte auf einmal das Gefühl einer drohenden Gefahr.

Noch bevor ich die Schritte auf den Deckplatten hörte, die sich dem Offizierslogis näherten, hatte ich die Decke zurückgeworfen und fuhr in meine Bordschuhe. Der Fähnrich zog vorsichtig den Vorhang am Schott zur Seite und blickte herein.

»Kommen Sie rein, Fähnrich! Was ist los? Wieder Schraubengeräusche?«

»Nein, Herr Kaleu. Wir haben Schwierigkeiten mit dem Kreiselkompaß. Irgend etwas bringt ihn durcheinander, lenkt ihn ab. Der Erdmagnetismus, wie bei den Torpedos, kann es nicht sein. Der Kreisel funktioniert ja anders. Der I WO meint, ich solle Sie purren, denn das sei ein ernstes Problem.«

Einen Augenblick starrte ich ihn sprachlos an. Der Kreiselkompaß? Wie das denn? In meinem Kopf überschlugen sich Gedanken, suchten in meiner Erinnerung nach dem Faden aus dem Unterricht an der Marineschule, an dem sich abspulen ließ, was der technische Offizier uns damals über den Kreiselkompaß erklärt hatte. Sicherer sollte er sein als der herkömmliche Magnetkompaß, unempfindlich gegen jede Ablenkung durch den Erdmagnetismus, wenn seine Achse erst einmal auf den Polarstern ausgerichtet worden sei und der Kreisel rund lief. Es sei denn ...

»Abgelenkt?« erholte ich mich von meinem Schock. »Ist der Strom ausgefallen oder was?«

»Eben nicht, Herr Kaleu! Und das gibt nicht nur dem LI Rätsel auf.« Der Fähnrich machte ein ganz unglückliches Gesicht. »Ich hab' in meinem Gedächtnis gekratzt, um herauszufinden, was man uns in Mürwik darüber beigepult hat. Nichts, Herr Kaleu, totale Leere. Ich muß das glatt verpennt haben.«

Ich lachte laut auf, obwohl mir gar nicht danach war, und klopfte ihm tröstend auf die Schulter. »Kein Grund zur Panik, mir geht's nicht anders!«

Gute Ratschläge, wie mit diesem Eingeständnis, hatte ich anderen schon immer geben können, doch sie selbst zu beherzigen, das klappte bei mir selten oder nie. So war es auch jetzt wieder. Von wegen kein Grund zur Panik! Ausgerechnet der Kreiselkompaß, die einzige Möglichkeit, sich unter Wasser zu orientieren! Dann waren wir praktisch völlig blind und konnten jeden Augenblick irgendwo auf die Felsen aufbrummen!

Die Sorge um das Boot trieb mich so schnell in die Zentrale, daß der Fähnrich glatt auf der Strecke blieb. Der I WO stand hinter dem Rudergänger und beobachtete sichtlich beunruhigt die Kompaßscheibe, vom LI keine Spur.

»Sie haben mich purren lassen, Herr Bernau. Was ist los mit dem Kompaß? Er werde abgelenkt, sagte der Fähnrich. Wie das?«

»Nun, so sah es anfangs aus, Herr Kaleu. Das kann natürlich nicht sein. Eins steht aber fest, der Mutterkompaß reagiert verdammt langsam, wenn wir Ruder legen, als sei da etwas im Getriebe. Und Ruder muß der Meier legen. Hier im Forlandsund steht eine verdammt starke Gezeitenströmung, gegen die er ansteuern muß, um auf Kurs zu bleiben. Der LI und der Chief bemühen sich, den Grund zu finden.«

Zweimal »verdammt«, das zeigte, daß den I WO die gleichen Sorgen quälten. Der Grund dafür lag auf der Hand. Der Matrosenobergefreite Meier war der Gefechtsrudergänger, unser zuverlässigster, weil erfahrenster Rudergänger. Wenn der Schwierigkeiten mit dem Kompaß meldete, dann gab es die auch. Ich blickte ihm trotzdem über die Schulter.

»Steuerbord fünf, Meier!«

»Steuerbord fünf!« wiederholte er und drückte auf den Steuerknopf. »Ruder liegt Steuerbord fünf!«

Nichts, die Kompaßrose zeigte keinerlei Regung. Endlich, als stieße sie jemand an, setzte sie sich in Bewegung und folgte der Kursänderung.

»Recht so, Ruder komm auf! Backbord fünf!«

Meier wiederholte und legte Ruder. Wieder dauerte es, bis der Kompaß auf die Bewegungen des Ruders ansprach. Ich stand vor einem Rätsel. Das hatte ich in meiner ganzen Marinelaufbahn noch nicht erlebt, und das beunruhigte mich noch mehr. Meine erste Regung war, mich beim LI sachkundig zu machen. Dann siegte jedoch die nüchterne Überlegung, daß der jetzt ganz andere Sorgen hatte und ich ihn dadurch nur von der Suche nach der Ursache abhielt. Ich mußte handeln. Wir mußten rauf, damit U 115 inzwischen nicht irgendwo auflief.

»Gehen Sie auf den ursprünglichen Kurs zurück, Meier! Klar zum Auftauchen! Zieht euch warm an! Auf Sehrohrtiefe anblasen!«

Ich schleuderte die Bordschuhe von den Füßen und schlüpfte in meine Seestiefel. Der Zentralemaat half mir in die dicken Wachklamotten.

»Sehrohrtiefe ist erreicht, Boot pendelt auf Sehrohrtiefe ein!«

Ich ließ das Periskop aus dem Schacht fahren und klemmte mich hinter die Optik. Es schneite noch immer, wenn auch nicht mehr so kräftig. Offenbar ein Schauer, denn bei meinem langsamen Rundblick zeigte die Wolkendecke an einigen Stellen Lücken. Es war auch heller geworden. Gott sei Dank, keine Kollisionsgefahr, wir standen nach beiden Seiten noch weit genug von Land ab.

»Brückenwache in den Turm!« Ich klappte die Griffe an, ließ den Spargel in seinen Schacht gleiten und warf noch schnell einen orientierenden Blick in die Karte. »Auftauchen!«

Die Männer sammelten sich um die Turmleiter, eingemummelt wie die Nordpolforscher. Ich zog mir die Wollmütze über die Ohren und griff zu meinen Handschuhen.

»Achtung, Turm kommt frei! Boot ist aufgetaucht!«

Ein schneidender Eiswind empfing mich, als ich mich aus dem Turmluk schob, und trieb mir die Tränen in die Augen. Tief schnitt der Bug in den Wellenberg, Gischt stiebte über die Brücke. Ich wischte mir die tränenden Augen und hielt Ausschau nach der Bucht, die an Steuerbord voraus liegen mußte, wenn der Obersteuermann richtig mitgekoppelt hatte.

»Das soll Sommer sein?« moserte der I WO und wischte sich Tränen und Gischt aus dem Gesicht. »Die Leute, wie der Schwager des II WO, müssen doch was am Kopf gehabt haben, die hier zu ihrem Vergnügen raufgefahren sind!«

»Jedem Tierchen sein Pläsierchen! Außerdem wird es ja wohl nicht immer hier so zugehen, Herr Bernau.« Der Obersteuermann hatte richtig gekoppelt. Wenn mich nicht alles täuschte, lag dort die Bucht, von der laut Karte ein Fjord ohne Namen abging. Ich wies nach Steuerbord. »Nehmen Sie Kurs auf die Bucht, damit wir aus der Strömung rauskommen und sich der LI in aller Ruhe um die Behebung der Schwierigkeiten kümmern kann. Das muß sein, auch wenn wir dadurch unseren Zeitplan nicht einhalten können.«

Gehorsam schwang der Bug herum und nahm Kurs auf die Bucht. Leicht war das nicht, denn der Wellengang und die starke Strömung drückten ihn aus dem Kurs und zwangen zu kräftigem Gegensteuern. Doch Meier verstand sein Handwerk, geschickt brachte er uns in ruhiges Wasser.

Ich hatte mich nicht geirrt, es war tatsächlich die richtige Bucht. Ihre Wände rückten immer dichter zusammen, bis sie in den Fjord einmündeten, in einen Fjord mit einem vorgelagerten Strandstreifen, ähnlich dem am Hornesund.

»Wir sollten in den Fjord hineinlaufen, Herr Bernau. Da ist das Wasser noch ruhiger, und wir sind vor diesem eisigen Wind geschützter.« Ich rieb mir das Gesicht, weil ich das Gefühl hatte, die Haut sei regelrecht abgestorben.

»Mmmm«, brummte er, »ist das nicht zu gefährlich? Wir wissen doch gar nicht, ob da nicht wieder so ein Waldschrat alle möglichen Viecher abbalgt. Ny Ålesund liegt hinter diesen Buckeln. Wenn's hoch kommt, vielleicht zwanzig, möglicherweise auch weniger Kilometer Luftlinie von hier entfernt. Wenn ...«

»Stopp, Herr Bernau!« unterbrach ich ihn. »Sie vergessen unsere Geheimwaffe. Wenn der LI da unten mit seinen Mixern herumwerkelt, setzen wir unsere dänische Theatertruppe wieder mit dem Schlauchboot aus. Die soll sich in dem Fjord mal umsehen. Treffen die tatsächlich auf irgendwen, sind wir schon wieder auf und davon, bevor der Verdacht schöpft.«

Ich verriet ihm noch nicht, daß ich mich der Truppe diesmal anzuschließen gedachte, um mich selbst umzusehen. »So Gott will, wird das klappen. Und der will, sonst stünde doch auf unseren Koppelschlössern nicht: *GOTT MIT UNS*. Oder zweifeln Sie etwa daran?«

»Na, hoffentlich weiß er das auch, Herr Kaleu«, versetzte er trocken. »Hoffen und harren ...« Den Rest verschluckte er lieber.

Leutnant Eisenberg zog überrascht die Augenbrauen in die Höhe, wagte jedoch keinen Protest, als ich ihn ausbootete. Meine Männer grinsten, und selbst Christiansen, der Oberfeldwebel, schien seinem Vorgesetzten diese Abfuhr zu gönnen.

»Auf denn, Jensen! Alles so wie beim vorigen Mal«, sagte ich, als das Boot freikam. »Lassen Sie das Boot ruhig ein bißchen von der Flut in den Fjord hineintragen. Treffen wir wirklich auf einen Fischer oder Pelzjäger, sind Sie und Christiansen gefragt. Wir anderen bleiben schön im Hintergrund und halten den Schnabel, klar?«

Die Männer nickten. U 115 blieb hinter uns zurück. Diesmal brauchte nur Jensen das Steuerpaddel zu benutzen, alles andere besorgte die auflaufende Flut. Sie packte das leichte Schlauchboot und zog es langsam weiter in den Fjord hinein. Wir bekamen viel Zeit, um uns Einzelheiten einzuprägen. Lange weiße Kotstreifen bedeckten die kahlen, dunklen Felswände. Seevögel nisteten also auch hier oder hatten hier genistet. Jetzt waren sie offenbar in der Bucht oder auf der offenen See trotz der Schneeschauer auf Nahrungssuche. Zu sehen oder zu hören war von ihnen jedenfalls nichts.

Es war überhaupt eine seltsam stille Welt, die da langsam an unseren forschenden Augen vorüberglitt, so daß auch wir unsere Beobachtungen nur flüsternd austauschten. Nichts deutete darauf hin, daß wir hier Menschen begegnen könnten. Dessen wurden wir immer sicherer, je weiter wir in den einsamen Fjord vordrangen.

Der Augenblick einer möglichen Begegnung mit Einheimischen kam erst, als der Fjord sich öffnete und in einer Bucht zu enden schien. Da rechnete jedoch keiner von uns mehr so richtig damit. Bis auf einen Trampelpfad, vermutlich ein Wildwechsel, der sich vom Ufer in ein Tal emporwand, wirkte auch diese Bucht öd und leer. Die einzigen Geräusche, die die fast unheimliche Stille durchbrachen, rührten von dem Plätschern auflaufender Wellen und von einem Wasserfall her, der laut tosend und stäubend eine der Felswände herabstürzte.

Ein unbefriedigender Ausflug, dachte ich, und zupfte Jensen am Ärmel. »Drehen wir um, Jensen! Hier sagen ja selbst die Eisfüchse einander Gute Nacht.«

»Irrtum, Herr Kaleu«, flüsterte er zurück. Sein Arm wies auf ein Strandstück unweit des Trampelpfades. »Eine Hütte oberhalb der Hochwasserlinie.«

Ich mußte einen Moment suchen, bis auch ich sie sah. Tatsächlich! Eine Hütte aus dunkelgrau verwittertem Holz, die sich kaum von ihrer Umgebung abhob. Erst als ich mein Glas an die Augen nahm, unterschied ich Einzelheiten. Sie schien verlassen zu sein, denn die Fenster waren mit primitiven Fensterläden verbarrikadiert, aus dem Schornstein stieg kein Rauch, und am Ufer lag weit oberhalb der Spülkante kieloben ein Boot. Ich schwenkte das Glas die Bucht entlang.

»Kein Mensch, Jensen. Sehen wir uns dort mal um!«

Jensen nahm Kurs auf den Ufersaum, wir suchten indessen die Umgebung nach Anzeichen ab, daß der Besitzer der Hütte vielleicht doch irgendwo in einem Versteck saß und uns beobachtete. Je näher wir jedoch der Hütte kamen, desto eindeutiger wurde es, daß wir hier allein auf weiter Flur waren.

Noch bevor das Boot auf den geröllbedeckten Strand auflief, rief Jensen das Haus auf dänisch an. »Hallo! Ist da jemand im Haus?«

Laut warfen die Felsen seinen Ruf mit einem vielfachen Echo zurück. Nichts rührte sich, obwohl Jensen nochmals rief. Schlurfend lief das Boot auf. Wir sprangen auf den Strand.

»Christiansen, Sie bleiben mit Fischer beim Boot und halten die Augen offen.« Christiansen sah mich verwundert an. »Sie wundern sich? Eine reine Vorsichtsmaßnahme. Kann man denn wissen, ob hier am Ende nicht doch noch jemand aufkreuzt und Sie anquakt? Dann können nur Sie verhindern, daß er uns als Deutsche erkennt. Kapiert?«

»Wau!« machte er und kniff dabei ein Auge zu. »Ich sage niemals wieder etwas gegen die Marine, Herr Kaleu!«

»Das möchte ich aber auch stark hoffen!«

Nach allen Seiten sichernd, stiegen wir über den Strand aus Kies und losem Geröll zur Hütte empor. An dem kieloben liegenden Boot blieb Jensen stehen. Zersplitterte Planken und gebrochene Spanten sprachen eine eindeutige Sprache.

»Ein Wrack, Herr Kaleu. Mit voller Absicht unbrauchbar gemacht worden. Warum?«

»Vielleicht ist die Hütte aufgegeben worden, und der Abtransport über Land war zu schwierig?«

Jensen kniete sich nieder und begutachtete die Bruchstellen. Kopfschüttelnd stand er wieder auf. »Das macht keiner, der etwas vom Bootsbau oder der Seefahrt versteht. Ein erstklassiges seegängiges Boot, in einer der besten Werften der Welt für diese Art von Booten gebaut, nämlich bei Björnson og Tryve in Stavanger, wie das Schild hier beweist. So etwas schlägt man nicht in Klump, bloß weil der Transport über diesen Ziegenpfad schwierig sein könnte. Da steckt mehr dahinter.«

»Und was?«

Er zuckte die Schultern und näherte sich mit aller Vorsicht dem Haus. Aus der Nähe betrachtet, machte das Haus einen ganz soliden, stabilen Eindruck. Ein Blockhaus, aus Stämmen errichtet, die, das verriet die ausgelaugte Farbe des Holzes, längere Zeit mit Salzwasser in Berührung gekommen waren. Auch die Fensterläden waren keineswegs primitiv, wie sie von weitem gewirkt hatten, sondern saubere Handwerksarbeit.

Das einzige, was an dem Haus störte, war der widerliche

Verwesungsgeruch, der von ihm ausging. Wenige Minuten später wußten wir, woher er stammte. An einer Seitenfront hingen die stinkenden Kopfreste von vier, fünf Seehundkadavern, daneben griffbereit ein in einen der Stämme getriebenes scharfes Flensmesser, wie es eigentlich üblicherweise nur von Walfängern beim Zerteilen ihrer Beute benutzt wurde.

Ein Stück weiter entdeckten wir auch, für wen das Fleisch dieser verwesten Seehundskadaver bestimmt gewesen war: Für sechs an Pfählen angekettete Schlittenhunde, deren Fell- und Knochenreste von Myriaden winziger Fliegen umschwirrt wurden. Jensen und ich sahen einander an.

»Das stinkt doch, Herr Kaleu! Erst das zertrümmerte Boot und jetzt diese verhungerten Huskies!«

Es stank im wahrsten Sinne des Wortes zum Himmel. Ein Geruch des Todes umwehte das ganze Grundstück, auf dem das Haus und – wie wir erst jetzt bemerkten – ein Schuppen standen.

»Das sieht wahrlich nicht nach einer freiwilligen Aufgabe dieser Station aus, wie ich sie mal nennen möchte, eher nach einer Tragödie. Los, Jensen, verlieren wir keine Zeit! Sehen wir uns mal das Haus an!«

Die massive Haustür aus dicken Bohlen, wie sie für solche Blockhäuser typisch war, gab seltsamerweise meinem Druck auf die Klinke sofort nach. Sie schwang zurück und gab den Blick in einen gemütlichen Mehrzweckraum aus Küche, Wohn- und Schlafzimmer frei, in den aus den nicht verbarrikadierten Fenstern an der Rückseite schwaches Licht in den Raum fiel. Zögernd traten wir über die Schwelle und prallten im gleichen Augenblick entsetzt zurück. Uns schlug eine Wolke so intensiven Verwesungsgestanks entgegen, daß es mir fast den Magen umdrehte.

»Du lieber Himmel!« Ich würgte die Übelkeit herunter

und schnappte wie ein Karpfen nach Luft. »Das ist da drinnen ja noch schlimmer als draußen! Wo kommt das her?«

»Weiß der Teufel, woher dieser infernalische Gestank kommt!« Jensen war ganz grün im Gesicht, und der Stutz übergab sich in nicht enden wollenden Wellen. »Vergammelnde Lebensmittelvorräte sind's jedenfalls nicht, die stinken doch nicht so, Herr Kaleu! Das hält ja keine Sau aus!«

Luft! Wir mußten lüften, um der Sache auf den Grund gehen zu können! Ich hielt einen meiner dicken Handschuhe vor Mund und Nase und durchquerte mit ein paar schnellen Schritten den Raum zu einem der Fenster, riß es weit auf und steckte den Kopf raus, um durchzuatmen. Durchzug setzte ein, begann den ekelerregenden Gestank aus dem Raum zu wehen.

Ich hörte Jensen hinter mir in den Raum tappen, wagte es jedoch nicht, mich umzudrehen, denn noch immer schwebte dieser unerträgliche Mief im Raum. Die Schritte verstummten jäh.

»Düvel aver oog, wat's dat denn?«

Noch ganz benommen, fuhr ich zu ihm herum. Jensen stand stocksteif mitten im Zimmer und starrte vor sich auf den Boden. Entsetzen war ihm ins Gesicht geschrieben. Den Grund dafür konnte ich nicht sehen, Stühle und ein kompakter Tisch verwehrten mir den Blick.

Er beugte sich hinunter. »... 'n Doter, Herr Kaleu!«

»Nichts anfassen, Jensen!« warnte ich voller Sorge, es könnte sich um das Opfer einer möglicherweise ansteckenden, tödlichen Krankheit handeln. »Um Gottes willen nichts anfassen!«

Ich trat zu ihm. Auf dem Dielenboden lag der stark verweste Körper eines Menschen. Der Kleidung nach war der Tote ein Mann. Sein fast mumifizierter Kopf, von einer eingetrockneten Blutlache umgeben, schien uns mit schaurig gefletschten Zähnen anzugrinsen. Ein Anblick, bei dem ich mich schüttelte. Trotzdem fiel mir ein Stein vom Herzen.

Meine Sorge war unbegründet. Er war keines natürlichen Todes gestorben, denn seine linke Hand umklammerte den Griff eines großkalibrigen Revolvers, und sein Hemd wies im Bereich des Herzens einen Einschuß auf, von einem schmalen Kranz eingetrockneten Blutes umgeben.

Ein Selbstmörder, den das Leben in dieser Einsamkeit umgebracht hat, war mein erster Gedanke. Doch dann begann ich Einzelheiten des Raumes zu erfassen. So einsam hatte der Tote offenbar doch nicht gelebt. Auf dem Tisch stand von drei Personen benutztes Geschirr, Teller mit angetrockneten Speiseresten und ebensolchen Töpfen und Tiegeln. Dazu eine halbgefüllte Flasche Aquavit und drei benutzte Gläser. Eines davon wies unübersehbar Spuren von Lippenstift auf.

Eine Frau also. Seine Frau oder die der dritten Person, die mit den beiden das Essen geteilt hatte? Eines Besuchers? Nein, ich schüttelte unbewußt den Kopf. Dagegen sprachen das breite, mit weichen Fellen bedeckte Doppelbett, die Cremedöschen, Haarklammern und die vielen Kleinigkeiten auf der Konsole über dem Eisengestell für die angeschlagene Waschschüssel, die ohne jeden Zweifel einer Frau zuzuordnen waren. Aber wo war diese Frau?

»Drei Personen, Herr Kaleu«, unterbrach Jensen meine Überlegungen. »Und sie haben sich gestritten.«

»Drei Personen, stimmt, darunter eine Frau. Aber wie kommen Sie denn darauf, daß die sich gestritten haben?« fragte ich verblüfft.

Er deutete wortlos auf die Papierschnipsel, die neben einer norwegischen Seekarte verstreut auf dem Boden lagen. Reste von irgendwelchen zerrissenen Briefen und Fotos, wie es aussah.

»Anscheinend wollten sie den Fjord verlassen.« Jensen hob einen der Kleidersäcke an, die gepackt an der Wand standen. Seesäcke aus derbem Drell, wie sie in allen europäischen Marinen im Gebrauch waren. Er las das Namenschild, das an einer der Ösen der Verschnürung baumelte. »Trygve Bogensø aus Tromsø, Herr Kaleu.«

»So heißt also der unbekannte Tote. Aber abreisen?« Ich dachte an die stark verweste Leiche und die Reste der Kadaver der Hunde und der Seehunde. »Meiner Meinung nach können die auch vor längerer Zeit gerade angekommen sein. Sie hatten noch nicht einmal ausgepackt, da ist die Frau mit der dritten Person und ihren Klamotten abgehauen. Oder sehen Sie hier Frauenkleidung?«

»Nein. Man müßte herausfinden, wann der Mann sich erschossen hat, um das rekonstruieren zu können.«

Eine Idee schoß mir durch den Kopf. Ich sah mich nach Stutz um. Wo steckte der Kerl? »Das kann nur die Ärztin, Jensen, die muß her. Stutz!!! Sie haben genug gekotzt! Kommen Sie sofort rein!«

Zögernde Schritte tappten ins Haus. »Hier, Herr Kaleu!«

»Reißen Sie sich gefälligst zusammen, Mensch! Sie lösen jetzt den Fischer ab und fahren mit dem Christiansen zum Boot zurück! Sie holen uns den Smadding und die Ärztin mit ihrem Notfallkoffer her. Und wehe Ihnen, Sie trödeln! Haben Sie das kapiert?«

»Jawohl, Herr Kaleu! Den Bootsmann und die Ärztin holen!« Er sauste aus dem Haus, froh darüber, der Nähe des Todes zu entkommen.

Das Schlauchboot kam schneller als erwartet zurück. Inzwischen hatte Jensen die Schnipsel aufgesammelt und versucht, sie zu dem ursprünglichen Ganzen zusammenzusetzen. Das ging bei den zerrissenen Fotos besser als bei den Brieffetzen, die ließ er liegen.

»Na bitte, das bringt ja schon etwas Licht ins Dunkel«, lobte ich seine Bemühungen. Alle Fotos zeigten eine hübsche junge Frau, mal allein, mal mit einem etwa gleichaltrigen Mann. Erinnerungen an eine fröhliche, unbeschwerte Zeit; denn meist lächelten sie in die Linse. Ich blickte auf den Toten hinunter. »So hat er also ausgesehen.«

»Kein Wunder, daß ihm die Frau ausgebüchst ist. Wie kann man denn aber auch eine so hübsche junge Frau hierher in eine so trostlose Gegend mitschleppen! Hat er sich deshalb umgebracht?«

»Kann sein, Jensen, kann aber auch nicht sein.« Ich hatte plötzlich ein Problem. Mich störte dieses zertrümmerte Boot. »Das Boot dort draußen, das paßt doch gar nicht zu einem Selbstmord. Die zerrissenen Fotos und Briefe schon, er wollte sie wohl vergessen. Aber warum das Boot?«

»Und wenn er das gar nicht war, sondern die beiden anderen, die nicht wollten, daß er ihnen folgen konnte?«

Ich schüttelte den Kopf. »Gerade das erscheint mir unwahrscheinlich. Sehen Sie die Donnerbüchse und das Schnellfeuergewehr dort in dem Rack? Was würden Sie denn machen, wenn einer mit Ihrer Frau abhaut und dann auch noch Ihre einzige Verbindung zur Außenwelt kurz und klein schlägt?«

Er grinste. »Es gibt ja Leute, die sind heilfroh, wenn sie ihre Alte mit gutem Wind los werden. Bei dem Boot ist das aber eine ganz andere Sache. Ich jedenfalls würde den Halunken, der mein wertvolles Boot in Klump schlägt, ohne jegliche Hemmung glatt über den Haufen ballern. Und das wäre dann nicht einmal Totschlag, sondern durch den Notwehrparagraphen im BGB gedeckt.«

»Sehen Sie, genau darüber stolpere ich.« Aber nicht nur darüber. Am Ende ...

Der Anblick der Seekarte zu meinen Füßen lenkte meine Gedanken in eine andere Richtung. Ich beugte mich hinunter und hob sie auf. Sie war neuer als unsere Karte, das sah ich auf den ersten Blick, und sie war auch genauer. In ihr trugen die Fjorde schon einen Namen, so auch dieser hier. HVALFJORD hieß er, zu deutsch Walfjord. Ein Bleistiftpunkt markierte am Fjordende den Standort der Hütte.

Diese Feststellung hatte auf mich eine unerwartete Wirkung. Sie erinnerte mich an unsere ursprüngliche Absicht und meine Pflichten. Den Fjord hatten wir lediglich erkunden wollen, und jetzt vertrödelten wir hier mit diesem Selbstmörder unsere Zeit. Zerbrachen uns den Kopf über ihn und den zertrümmerten Kahn, während der LI den Kreiselkompaß vermutlich längst wieder auf Vordermann gebracht hatte und auf unsere Rückkehr wartete.

Draußen knirschte der Kies unter Schritten, es war Fischer. »Das Boot ist zurück, Herr Kaleu! Läuft gerade unten auf den Strand auf.«

»Gut, Fischer. Dann sehen Sie sich mal zusammen mit dem Smadding den Schuppen etwas genauer an, bevor wir an Bord zurückkehren. Wir sind dazu bis jetzt noch nicht gekommen.«

»Jawohl!« Er salutierte und verschwand.

Stimmen näherten sich dem Haus. Im Türrahmen erschien der Smadding und nahm militärische Haltung an. »Wie befohlen zur Stelle, Herr Kaleu! Ich soll Ihnen vom I WO ausrichten, daß der Kompaß wieder hundertprozentig funktioniert.«

»Danke, Bootsmann. Fischer wartet schon am Schuppen auf Sie. Wir hauen hier auch gleich ...«

Die Ärztin schob den Smadding zur Seite. »Muß ich mich jetzt bei Ihnen auch so anmelden, oder darf ich ohne diesen militärischen Kacks eintreten?« Sie wartete meine Antwort nicht ab, sondern stellte ihren Erste-Hilfe-Koffer ab und klopfte sich den Schnee von der Kleidung. »Ihr Bote hat etwas von einem toten Selbstmörder gefaselt, Herr Kaleu. Wo ist der?«

Ich mußte über ihren burschikosen Ton lächeln. »Ich stelle mit Erstaunen fest, daß der Umgang mit meinen Männern schon auf Sie abfärbt. Kommen Sie, ich würde gern wissen, wie lange der Mann hier schon tot ist.«

Sie trat neben mich und blickte auf den Toten hinunter. »Ist das so wichtig? Dazu hätten Sie mich eigentlich nicht herzuholen brauchen, das sieht man doch auf den ersten Blick. Seinem Zustand nach ist der etwa seit einem Jahr tot.«

Ich war überrascht. »Seit einem Jahr? Wie kommen Sie denn zu diesem Urteil, ohne ihn zu untersuchen?«

»Der Grad der Verwesung genügt mir. In diesem Klima hier oben geht die langsamer vor sich. So wie der aussieht, dürften bei ihm zwischen seinem Tod und heute mindestens zehn Monate liegen. Mehr kann ich Ihnen nicht sagen, dazu fehlt mir ein Labor.« Sie ging neben dem Toten in die Knie. »Merkwürdig! Wo kommt das viele eingetrocknete Blut um seinen Kopf her? Bei einem Herzschuß ist das eigentlich ungewöhnlich.« Sie öffnete ihren Koffer und streifte sich ein paar Gummihandschuhe über. Dann hob sie den Kopf des Toten und drehte ihn auf die linke Seite. »Dacht' ich mir's doch! Sehen Sie diesen Einschuß hier? Der Mann ist nicht durch den Schuß ins Herz gestorben, sondern durch diesen Kopfschuß, daher das viele Blut.«

Mir verschlug es fast die Sprache. »Sie meinen ...?«

»Ich meine, weil ich das aus der unterschiedlichen Menge des ausgetretenen Blutes ersehen kann.« Sie stand auf. »Überhaupt ein komischer Selbstmörder.«

»Ein komischer Selbstmörder? Wieso das denn?« fragte ich verständnislos.

»Na, haben Sie denn schon einmal davon gehört, daß sich jemand durch einen Kopfschuß umbringt und sich dann danach auch noch einen Schuß ins Herz verpaßt? Damit er auch ja wirklich mausetot ist, sozusagen? Sehen Sie, ich auch nicht. Der Mann ist ermordet worden, und zwar durch den Kopfschuß aus etwas größerer Entfernung, sonst wäre die Kugel auf der anderen Seite ausgetreten.«

Jetzt war ich wirklich platt. Gleichzeitig nötigte mir ihre präzise Beurteilung Anerkennung ab. »Das hört sich ja so an, als ob Sie solche Diagnose nicht zum ersten Mal stellen.«

»Tue ich auch nicht. Ich habe ein Praktikum in einem gerichtsmedizinischen Institut absolviert, da waren solche Fälle an der Tagesordnung.« Sie sah nachdenklich auf die linke Hand des Toten, die noch immer den Revolver umklammerte. »Ein Linkshänder, sieh an!«

In diesem Moment fiel es mir wie Schuppen von den Augen. Ein Linkshänder, der sich aus größerer Entfernung selbst eine Kugel in die rechte Schädelhälfte jagt? Unmöglich!

»Also noch ein Indiz, das gegen einen Selbstmord spricht, was? Sein Mörder hätte ihm die Waffe in die rechte Hand drücken müssen, damit der Selbstmord glaubhaft erscheint.«

Ehe sie antworten konnte, polterten Schritte ins Haus. Es war Fischer in heller Aufregung. »Im Schuppen ... Im Schuppen liegt eine tote Frau unter einem umgestürzten Regal, Herr Kaleu!«

»Eine tote Frau?« wiederholte ich überrascht, denn damit fiel meine Theorie in sich zusammen, die Frau habe ihren Mann verlassen, um dem anderen zu folgen. »Kommen Sie her, Fischer! Ist das die tote Frau?«

Ich nahm eines der Fotos auf, die Jensen wieder zusammengesetzt hatte. Es war nur einmal mitten durchgerissen worden und zeigte die Frau und den Mann, der zu unseren Füßen lag. Interessiert blickte die Doktorin über meine Schulter.

Fischer nickte eifrig. »Genau, das ist sie, Herr Kaleu! Der Bootsmann meint, es sehe wie ein ...«

»Noch eine Leiche?« unterbrach ihn die Doktorin und nahm ihren Koffer auf. »Auch erschossen?«

»Das weiß ich nicht. Wir haben alles so gelassen, wie wir es vorgefunden haben. Der Bootsmann wollte das so.«

»Gut so! Dann sehen wir uns mal die zweite Leiche an.« Die Ärztin stiefelte los.

Ehe ich ihr folgte, griff ich nach der Seekarte und nahm sicherheitshalber auch das Bild mit, um es mit der aufgefundenen Toten zu vergleichen.

Gemeinsam hoben wir das schwere Regal von der Frau herunter, damit die Ärztin sie untersuchen konnte. Sie brauchte dazu nicht viel Zeit. Der Mörder hatte sich diesmal nicht die Mühe gemacht, auch hier einen Selbstmord vorzutäuschen. Der Schuß hatte die Frau in den Hinterkopf getroffen.

Ihr Körper war inzwischen ebenfalls in Verwesung übergegangen, allerdings nicht so stark. Das war nicht verwunderlich. Der Schuppen war schließlich nicht so winterdicht wie das Haus, überall pfiff der Wind durch die Ritzen der roh zusammengehauenen Bretter. Das erleichterte mir ihre Identifizierung; es war ohne jeden Zweifel die Frau auf dem Foto.

»Ein glatter Mord, Herr Kaleu«, stellte der Bootsmann, unser Freizeitkriminologe, fest, der uns schon auf der vorhergehenden Feindfahrt durch seine Kombinationsgabe überrascht hatte. »Wollte sich wohl hinter dem Regal vor ihrem Mörder in Sicherheit bringen. Ein leeres Regal, eine trügerische Sicherheit.«

Ich nickte zustimmend. Aber mußte es denn leer gewesen sein? Ich dachte an die Zeit, die seit den Morden vergangen war, und an die gepackten Seesäcke. Hatten die beiden Opfer die Abreise nach Tromsø beabsichtigt, dann hatte der Schuppen möglicherweise die Ausbeute des kurzen arktischen Sommers enthalten. Jetzt war er jedoch völlig leer. Ein Raubmord?

Die Ärztin stand auf. »Was haben Sie vor, Herr Kaleu? Die Behörden benachrichtigen können Sie ja wohl nicht, ohne uns selbst zu verraten.«

»Die Absicht habe ich auch nicht. Wir lassen alles so, wie es jetzt ist. Vielleicht kreuzt hier irgendwann mal ein Freund oder Bekannter der beiden auf, weil der lange nichts mehr von ihnen gehört hat. Der kann ja dann den Polizeiposten in Ny Ålesund alarmieren, so es dort überhaupt einen gibt.« Ich blickte auf die Uhr. »Höchste Zeit, auf das Boot zurückzukehren.«

»Darf ich mir das Haus noch schnell von innen ansehen, Herr Kaleu?« bat der Smadding. »Nur mal so, um mir 'nen Eindruck zu verschaffen.«

»Gut, fünfzehn Minuten, soviel Zeit ist noch. Sollte Ihnen dabei etwas auffallen, können wir darüber ja an Bord sprechen. Machen Sie man dann auch gleich das offene Rückfrontfenster zu.« Mir ging auf einmal auf, daß das ja auch so eine Merkwürdigkeit war. Die waren nicht ebenso wie die vorderen Fenster verbarrikadiert gewesen, als wir das Haus betreten hatten. Dabei waren Fensterläden für sie ebenfalls vorhanden. »Wir werden uns indessen draußen noch ein bißchen umsehen.«

Ich sah mich um. Zunächst im Schuppen, doch der war, wie gesagt, leer. So leer, als habe man ihn sogar ausgefegt. Kein Hinweis auf Felle, Walroßelfenbein oder Pelze, nicht einmal auf in der milden Polarsonne getrockneten Stockfisch. Aber vielleicht gab es den hier überhaupt nicht? Der Rundgang um das Haus brachte auch nicht mehr, sowenig wie die genauere Untersuchung des zertrümmerten Bootes.

Als wir dann später im Boot saßen und den Fjordausgang ansteuerten, fluchte ich still in mich hinein, daß ich mich nicht dem Bootsmann angeschlossen hatte, um mich noch ein bißchen genauer in dem Haus umzusehen. Zu sehr hatte sich mein Augenmerk auf den Toten gerichtet, und viel zuwenig hatte ich von dem Inneren des Hauses wahrgenommen.

Zum Kriminalisten war ich offenbar nicht geboren, sonst hätte ich nicht bloß die Seekarte und die beiden Fotohälften mitgenommen. Ein Kriminalbeamter hätte das Haus mit Sicherheit in der Hoffnung durchsucht, irgendwelche Hinweise auf die Hintergründe dieses Doppelmordes zu finden. Ich wußte dagegen lediglich, daß der Mörder mit seinen Opfern gegessen und Aquavit getrunken hatte. Er konnte ein Freund, ein guter Bekannter, ein Nachbar, aber auch ein Fremder gewesen sein, der in dieser Einsamkeit zufällig auf die beiden gestoßen war und ihre nicht nur hier übliche norwegische Gastfreundschaft genossen hatte. Vielleicht hätten wir etwas über ihn und seine Motive erfahren, wenn Jensen nicht nur die Fotos, sondern auch die zerrissenen Briefe zusammengepuzzelt hätte?

Nein! Ich schüttelte den Kopf. Was hätte uns das schon gebracht? Die konnten ebensogut mit der Absicht zerrissen und verstreut worden sein, einen Streit vorzutäuschen, um das eigentliche Motiv zu verschleiern. Die Ärztin hatte es außerdem auf den Punkt gebracht. Mir waren die Hände gebunden. Wir mußten schweigen, um unseren Auftrag nicht zu gefährden.

Trotzdem ging mir während der Rückfahrt unsere Entdeckung nicht aus dem Sinn. Ich vermutete allerdings, daß es mir nicht allein so erging. Ich hörte den Jensen und den Smadding hinter mir miteinander flüstern, verstand jedoch nicht, worum es in ihrem Gespräch ging. Auch die Ärztin war in Gedanken versunken und wollte nicht gestört werden, wie ich aus ihrer abweisenden Miene entnehmen zu können glaubte.

Die Wache hatte inzwischen gewechselt. Der II WO empfing mich auf dem Achterdeck, während wir ausstiegen und das Schlauchboot vom Leinenkommando an Bord geholt wurde.

Er salutierte. »Boot ist ankerauf gegangen und zur Weiterfahrt klar, Herr Kaleu! Beide Diesel laufen mit Umdrehungen für zwei Knoten, um uns frei von Land zu halten. Der Kreiselkompaß und die Tochterkompasse sind justiert und funktionieren wieder absolut einwandfrei. Sonst keine besonderen Vorkommnisse.«

»Danke, Herr Störmer! Nehmen Sie mit Kleiner Fahrt Kurs auf die offene See, sobald das Schlauchboot verstaut ist und die Männer unter Deck sind!« Ich stieg die Turmklampen zur Brücke hoch und sah zum Himmel empor, über den die Wolken jagten, aber es schneite nicht. »Sieht ja tatsächlich aus, als habe sich das Wetter gebessert.«

»Rückfrontwetter nennt es der Professor. Der Wind hat wieder auf Nord gedreht, soll aber an Stärke verlieren, meint er. Und wie ist es bei Ihnen gelaufen? Aus dem, was uns der Stutz vorgefaselt hat, sind wir nicht recht klug geworden.«

Die Frage mußte ja kommen. Die Neugier stand ihm schon die ganze Zeit ins Gesicht geschrieben.

»Das glaube ich, der hat die ganze Zeit gereihert und gar nicht mitgekriegt, was wir da wirklich entdeckt haben. Darüber aber später, II WO«, wich ich aus. »Was war denn mit dem Kompaß?«

»Der LI hat uns in seinem Fachchinesisch erklärt, es habe an irgendwelchen Schmiernippeln für die Achse und die Aufhängung gelegen. Eine Kleinigkeit, aber darauf habe man erst einmal kommen müssen.«

»Das ist ja tröstlich.« Ich dachte an die Karte in meiner Tasche. Ich mußte in die Zentrale hinunter, deshalb trat ich an das Turmluk. »Ich habe eine norwegische Seekarte mitgebracht, die genauer und besser als unsere Karte ist. Nach der werden wir künftig navigieren.«

Das Luk stand offen. »Wahrschau! Ein Mann von Brükke in die Zentrale!«

Der LI hatte mich ganz offensichtlich an der Leiter schon erwartet. Kaum war ich mit den Beinen in der Zentrale gelandet, rasselte er seine Meldung wegen des Kreiselkompasses herunter. Ich hörte ihm geduldig zu, bis er irgendwann Atem holte.

»Und Sie sind sicher, daß damit ein für alle Mal der Fehler beseitigt ist, Herr Becker? Daß die Schmiernippel nicht irgendwann wieder den Geist aufgeben?«

»Bin ich, Herr Kaleu!« versicherte er mir im Brustton der Überzeugung. »Ich habe sichergestellt, daß die Nippel regelmäßig gewartet werden.«

»Darauf können Sie vertrauen, Herr Kaleu!« konnte der I WO sich nicht verkneifen. »Von Nippeln versteht unser LI etwas, besonders von weiblichen Brustnippeln. Da hat er ja einschlägige Erfahrungen.«

»Nur keen'n Neid, Sie Anfänger!« schlug der LI zurück. »Wer hat, der hat!«

Die Männer in der Zentrale grienten. Solche Scharmützel zwischen den Offizieren liebten sie, die hoben immer die Stimmung. Sofort fühlte sich der Maschinengefreite Neumann dadurch wieder einmal animiert.

»Frau Wirtin hatt' auch einen Scheich, dem war'n die Nippel gar nich' gleich, sah er im Puff die Titten ...«

»Gut, gut, Neumann!« unterbrach ich ihn. »Passen Sie man lieber auf Ihre Nippel auf, die Schmiernippel meine ich, sonst können Sie Ihre nächsten Puffbesuche in den Rauch schreiben. Wenn die anderen Landgang haben, sitzen Sie nämlich in der Arrestzelle und können von den dikken Titten nur träumen!«

Das mußte sein, sonst löste der erste Vers gleich eine ganze Welle von Frau-Wirtin-Zitaten aus, die durch das Boot toste. Die Welle endete erst, wenn auch das berühmt-berüchtigte Marine-ABC und Bonifatius Kiesewetter nichts mehr hergaben.

»Nu, Herr Kaleu«, zog das Schlitzohr aus Schlesien-Ober einen Flunsch und beklagte sich mit schief gehaltenem Kopf, »is' sich nich' scheen, wenn Sie strafen mit Mißachtung scheenstes deitsches Kulturgut literarisches. Nona, so is' sich eben, wenn man is' Literat und gerät unter die Kunstba... Na ja.«

Dieser oberschlesische Clown mit seinem deutsch-polnischen Kauderwelsch war der geborene Schauspieler. Er hob die Hände wie ein arabischer Basarhändler und zuckte resignierend mit den Schultern. Prompt erntete er wieder lautes Gelächter, und wir Offiziere stimmten laut darin ein.

»Vorsicht, Neumann! Sie wollen mich doch nicht etwa als Kunstbanausen bezeichnen?« hakte ich trotzdem nach und drohte ihm.

»Aber wo werd' ich denn, Herr Kaleu!« Er legte die linke Hand aufs Herz und hob die rechte zum Schwur. »Schweer ich bei Seele von selig Mutter meiniges und alle meine totgebliebenen Vorfahren arische, daß mir der Gedanke niemals nich' gekommen ist, auf den Sie mich gebracht haben jetzt.«

»Ihr Glück, Sie Schlitzohr!«

Ich mußte meine Offiziere informieren, was wir im Hvalfjord entdeckt hatten. Deshalb bat ich nicht nur sie, sondern auch die Doktorin, den Jensen und den Bootsmann zu einer Besprechung ins O-Logis. Letztere deshalb, um meine Informationen zu ergänzen, falls ich etwas vergessen oder übersehen haben sollte.

Und vergessen hatte ich tatsächlich etwas. Nach meinem kurzen Bericht und dem der Ärztin hob der Smadding die Hand.

»Ich kann den Todestag der beiden noch präzisieren, Herr Kaleu.« Er hatte das Haus durchstöbert und war dabei auf einen Abreißkalender gestoßen, der als letzten Tag den 05. September 1939 zeigte. »Das deckt sich etwa mit der Tatzeit, die Fräulein Doktor Kappelsberger angibt. Tote reißen keinen Kalender mehr ab, also haben die beiden Opfer bis zu diesem Tage noch gelebt. Der Täter hat den Kalender übersehen. Er hätte nur ein paar weitere Tage abzureißen brauchen, um sich ein Alibi zu verschaffen, falls er in Verdacht kommen sollte. Ein Alibi durch Zeugen, daß er sich zur Tatzeit ganz woanders aufgehalten habe. Das wäre schwierig zu widerlegen. Diese Chance hat er verpaßt.«

Da hatte ich die Bestätigung, ich eignete mich nicht zum Kriminologen, denn ich hatte den Kalender auch übersehen.

»Bravo, Herr Bootsmann!« Die Doktorin applaudierte und sah mich von der Seite an. »Haben Sie ihn deshalb holen lassen?«

»Natürlich! Man kennt doch die Qualitäten seiner Männer!«

Dem Smadding ging das runter wie Öl. »Danke, Herr Kaleu. Die zerrissenen Briefe haben nichts erbracht. Ich habe einfach nur die Briefköpfe zusammengesucht. Es sind durchweg Liebesbriefe aus einer weit zurückliegenden Zeit, wie aus der Datierung hervorging.«

Der I WO schluckte die Sache mit dem Kalender nicht so leicht wie ich. »Schön und gut, was sie da über die verpaßte Chance sagen, Bootsmann. Das ist die eine Vermutung. Vielleicht war er doch klüger als Sie denken? Hat die Blätter bis zum fünften September abgerissen, obwohl die Tat schon viel früher geschehen ist?«

Der Smadding gab sich nicht geschlagen, denn er hatte noch einen Joker im Ärmel. »Zugegeben, er hätte so überlegt handeln können, es hätte ihm nur nichts genutzt. Er hat nämlich noch etwas übersehen, den zweiten Kalender, der an die Schrankwand neben dem Herd gepinnt ist.«

Der Bootsmann konnte mit der Wirkung seiner Worte zufrieden sein, sie schlugen wie eine Bombe ein. Nach einem Augenblick überraschten Schweigens fragte der I WO ungläubig: »Noch einen Kalender?«

»Jawohl, einen zweiten Kalender! So eine Art Vormerkkalender über die monatlich anfallenden Termine in Jahresübersicht, wie man sie als Zeitungsbeilage vor dem Jahreswechsel bekommt. Dort war als Termin vom 28. August bis zum 7. September vermerkt: *T. Longyearbyen*. Ich deute das so: *Trygve in Longyearbyen*. Sie nicht, Herr Oberleutnant?«

»Hmmm, so kann man das natürlich deuten. Ich sehe da aber gar keinen Widerspruch. Der Mörder kann den Abreißkalender trotzdem manipuliert haben, nachdem er das Ehepaar schon vor dem vermerkten Termin ermordet hat.«

»Kann sein, kann nicht sein, Herr Oberleutnant«, widersprach der Bootsmann mit meinem Lieblingsspruch. »Aber warum hat er dann so unüberlegt gehandelt und dem Toten die Waffe in die falsche Hand gedrückt? Das kann doch nur beweisen, daß der Mörder nicht lange überlegt, sondern spontan gehandelt hat. Da kommen solche gravierenden Fehler leicht vor. Mithin spricht alles dafür, daß er die beiden Kalender glatt übersehen hat.«

»Man kann dabei sogar noch weitergehen, Herr Bernau. Er hat den Tod der Frau nicht als Selbstmord zu kaschieren versucht, wie er es bei dem Mann getan hat. Warum nicht?« Ich sah einen nach dem anderen an. »Weil er den Eindruck erwecken wollte, der Tote habe erst sie, dann sich selbst getötet. Darum auch die zerrissenen Fotos und Briefe. Ich halte es ebenfalls für einen spontanen, nicht geplanten Mord. Da unterlaufen einem Mörder halt solche Fehler.«

Ich war direkt stolz darauf, daß mich niemand zu widerlegen versuchte.

Nach einer Weile des Schweigens hob der I WO erneut die Hand. »Und wie gehen wir in dieser Angelegenheit weiter vor, Herr Kaleu?«

»Zunächst einmal gar nicht. Obwohl es mich fuchst, daß der Mörder dadurch möglicherweise ungeschoren davonkommt; unser Auftrag geht vor. Aber vielleicht fällt uns mit der Zeit doch noch etwas ein, womit wir die norwegischen Behörden auf die Spur des Mörders bringen können.«

Aus dem Bordlautsprecher über unseren Köpfen meldet sich die Zentrale. »Der Kommandant bitte auf die Brücke! Ich wiederhole: Der Kommandant bitte auf die Brücke!«

Ich stand auf. »Wir sind ohnehin fertig. Oder hat jemand von Ihnen noch Fragen? Nicht? Dann danke ich Ihnen.«

Der II WO half mir aus dem Turmluk, als das Boot hart überholte. »Danke, Herr Störmer! Was ist los?«

Demonstrativ reckte er die Nase in die Luft und schnupperte. »Riechen Sie das, Herr Kaleu? Wären wir in einem Waldgebiet, würde ich sagen, dort drüben brenne der Wald. Aber hier gibt es keine Bäume.«

Ich schnupperte ebenfalls in den Wind. Tatsächlich, es roch nach Brand, und wenn man genauer hinsah, trieb der Wind auch dunkle Rauchschleier über die kahlen Höhen der Küste. Ein Brandgeruch, der irgendwie längst vergessene Erinnerungen an meine Kinderzeit wachrief. Wo hatte es so gerochen?

»Stimmt, in null-sieben-null brennt etwas! Dort liegt Ny Ålesund. Brennt der Ort? Holz ist es jedenfalls nicht, das riecht anders.« Plötzlich nahmen meine vagen Erinnerungen konkrete Formen an. Ich sah das aufgeregte Gesicht meines Großvaters vor meinem geistigen Auge. »Kohle, II WO! Es riecht nach einem Schwelbrand! Mein Großvater hatte eine Kohlengroßhandlung. Da kam es vor, daß ganz frische, noch warme Briketts in den Stapeln »schwitzten« und sich selbst entzündeten. Daraus entstand ein Schwelbrand, der roch genauso! Ny Ålesund ist ein Kohlehafen. Ich bin sicher, dort schwelt Kohle.«

Der II WO sah mich skeptisch an. »Selbstentzündung? Das höre ich zum ersten Mal, Herr Kaleu. Wie das denn?«

»Was weiß ich! Eine üble Sache, wenn das nicht rechtzeitig entdeckt wird. Damals gingen ganze Stapel in Flammen auf. Mein Großvater war schlecht versichert, für ihn war das also eine echte Katastrophe.«

Und nicht nur für ihn, erinnerte ich mich, für die ganze Familie. So mancher Sonntag und unzählige Familienfeiern waren dieser Gefahr zum Opfer gefallen, weil sich Rauch über einem der vielen Stapel kräuselte. Zwar kam die Feuerwehr, aber die riß die Stapel auseinander, um löschen zu können. Zurück blieben dieser penetrante Brandgeruch und ein Chaos, dessen Beseitigung Geld kostete. Dann war Großvater tagelang ungenießbar und es für die Familie besser, um ihn einen großen Bogen zu machen. Für uns Kinder sowieso, der hatte nun mal nicht viel für Kinder übrig, die Enkel eingeschlossen.

»Vielleicht sollten wir das Kap runden und mal einen Blick in den Sund und auf den Ort werfen?« riß mich der II WO aus meinen Erinnerungen. »Getaucht selbstverständlich. Tief genug ist es ja dort.«

Eine Schnapsidee. Doch so grob wollte ich es ihm nicht sagen. Zugegeben, ich war selbst neugierig, was sich dort abspielte. Aber wir hatten einen Klotz am Bein, unsere Badegäste. Bevor wir die nicht abgesetzt hatten, fielen solche Unternehmungen unter den Tisch, um unseren Auftrag nicht zu gefährden.

»Keine schlechte Idee«, sagte ich. »Später vielleicht. Sobald wir den Sund querab haben, an dem Ny Ålesund liegt, legen wir 'ne Horchpause ein. Ich will wissen, ob da auch so ein Betrieb wie bei Longyearbyen herrscht.«

Ich blieb auf der Brücke, suchte mir einen festen Stand gegen die Bewegungen des Bootes in der groben See und ließ die Landschaft auf mich einwirken. Sie hatte sich mit jeder Seemeile verändert, die wir weiter nach Norden gekommen waren. Gewaltige schimmernde Eismassen bedeckten die Bergkuppen, krochen als Gletscher die Hänge herab und füllten mit ihren ungeheuren, ständig nachdrängenden Massen wie zu Eis erstarrte Flüsse die Täler. Als enorme Eisbarrieren flossen sie in die Buchten und Fjorde hinein.

Ebbe und Flut ließen diese mächtigen Gletscherzungen aufschwimmen. Risse und tiefe Spalten entstanden, bis irgendwann der Auftrieb zu stark wurde. Riesige Eiswände brachen ab und stürzten donnernd und, als mehr oder weniger große Brocken und Schollen eine meterhohe Flutwelle aufwerfend, in das aufschäumende Fjordwasser. Möwen und andere Seevögel ließen sich kreischend darauf nieder, wurden von der Ebbe auf ihnen hinaus auf die offene See gezogen. Von Wind und Strömung erfaßt, segelten sie an uns vorbei.

Ein imposantes Bild, außerordentlich beeindruckend und sicher nicht ohne einen gewissen Reiz, aber auf mich auch erschreckend abweisend und irgendwie schwermütig wirkend.

Schon bald trat an Steuerbord die Küste zurück und öffnete sich zu einer tiefen, von Gletschern umsäumten Bucht, dem Kongfjord, an dem Ny Ålesund, für uns hinter einem vorspringenden Kap verborgen, lag. Wir sahen von dem Ort nichts, nur die schwarzen Rauchfahnen, die der steife Wind an den Hängen emportrug und darüber als zerfasernde dunkle Schleier verwehte.

»Beide Maschinen stopp!« befahl der II WO. »Horchpause!«

Grauert saß am GHG, der wußte, daß er sich nicht das geringste Schraubengeräusch entgehen lassen durfte. Entsprechend lange mußten wir auf seine Rückmeldung warten.

»Keine Schraubengeräusche, weder von Kuttern noch von Trawlern. Absolut tote Hose, meint Grauert!« meldete der BÜ und grinste über unsere ungläubigen Mienen, mit denen der II WO und ich einander ansahen.

Wir hätten über Grauerts Meldung zufrieden sein können, denn das bedeutete, daß wir eine Entdeckung nicht zu befürchten brauchten. Das Gegenteil trat jedoch ein. Ny Ålesund war nach unseren Informationen der nächst größere Ort nach Longyearbyen, der bedeutendste nördliche Ausfuhrhafen für die dort geförderte Kohle, und da sollte kein Schiff, nicht einmal ein lausiges Motorboot auf dem Fjord unterwegs sein? Grund genug für mich, an der Richtigkeit der Meldung zu zweifeln.

»Tote Hose?« wiederholte ich deshalb. »Macht uns jetzt etwa auch noch das Horchgerät Schwierigkeiten? Das muß ich mir selbst anhören.«

Ich sauste hinunter in die Zentrale.

»Was ist los, Grauert? Sie hören nichts, hat uns der BÜ gemeldet. Funktioniert Ihr Kasten etwa nicht?«

»Doch, Herr Kaleu! Der funktioniert absolut einwandfrei, hat durch das klare, kalte Wasser sogar noch eine viel größere Reichweite, wie mir scheint.« Er drehte an seinem GHG und gab mir den zweiten Hörer. »Hier, der Kahn achteraus, ein Trawler oder Logger, steht so weit unterhalb der Kimm, daß wir ihn normalerweise nicht hören würden.«

Ich stülpte mir den Hörer über die Ohren und lauschte. Selbst für meine ungeübten Ohren war es nicht schwierig, das Schraubengeräusch oder – besser – das leise Rumpeln der Maschine auszumachen. Es mochte ein Fischer sein, der aus einem der zahlreichen Fjorde ausgelaufen war, die wir im Laufe des Tages passiert hatten, sonst hätten ihn die Geräusche schon viel früher verraten. Obwohl wir uns verhältnismäßig sicher fühlten, hatten wir dennoch auf die üblichen Horchpausen nicht verzichtet.

»Er läuft nach Süden ab, Herr Kaleu. Will vielleicht nach Longyearbyen. Jedenfalls wird das Geräusch immer dünner.«

»Und aus dem Kongfjord nichts, Grauert? Auch nicht irgendein Motorboot, nicht einmal ein Außenborder?«

»Nichts, rein gar nichts. Nicht mal das Grunzen einer Robbe.« Er drehte sich zu mir herum. »Oder hören Sie etwas?«

Ich schüttelte den Kopf und gab ihm den Kopfhörer nachdenklich zurück. Merkwürdig. Hing das mit den Bränden dort zusammen? Vielleicht war der Vorschlag des II WO doch nicht so dumm, in den Fjord hineinzulaufen, um einen Blick auf den Ort zu werfen? Noch bevor ich zu einem Entschluß kam, unterbrach Grauert meinen Gedankengang.

»Ist das für unseren Auftrag schlecht, Herr Kaleu?«

»Im Gegenteil, besser können wir es uns doch gar nicht wünschen.« Ich klopfte ihm auf die Schulter und wandte mich zum Gehen. »Bleiben Sie trotzdem wachsam, damit wir keine bösen Überraschungen erleben.«

Ich kam nicht weit. Der Funker Pepke hielt mich auf. »Ein Funkspruch, Herr Kaleu. Offiziersschlüssel, eben eingegangen.«

»Geben Sie her, Pepke!«

Es war ein ganz knapp gehaltener Spruch, dessen Entschlüsselung schnell ging: »Dringend! Sofort nach dem Erreichen des Zielgebietes Standort melden! *HVAL I* und *HVAL V* liegen seeklar bereit.«

»*HVAL I* und *HVAL V*, komische Namen«, meinte der I WO und gab mir den Text zurück. »Klingt norwegisch.«

»Ist es auch, Hval ist der norwegische Name für Wal. Das sind vermutlich zwo ehemalige Walfangboote, die von uns übernommen worden sind. Bullige, wendige Dinger mit 'ner Harpunenkanone auf der Back und verstärktem Bug. Da ist es nicht mal schwer, die zu Vorpostenbooten oder U-Jägern umzurüsten.«

»Möchte mal wissen, warum die das so dringend machen, Herr Kaleu.«

Ich zuckte gleichgültig die Schultern. »Keine Ahnung, kann mir aber nur recht sein. Hab' ohnehin nicht die Absicht, unsere Badegäste länger als unbedingt nötig an Bord zu behalten.«

»Da wird aber der II WO sehr traurig sein, wenn er das hört, Herr Kaleu.« Über seine Stichelei grinsend, tippte er in der Seekarte auf den Liliehöckfjord. »Bleibt es dabei, daß die dort das Gelände nach einem Standort für die künftige Wetterstation sondieren sollen? Dann ist es aber noch ein ziemliches Ende bis dahin. Nicht ausgeschlossen, daß wir dort möglicherweise ins Treibeis geraten. Die Treibeisgrenze reicht ja selbst im sogenannten Sommer noch verdammt weit nach Süden.«

»Wir werden sehen. Ich habe anfangs auch gedacht, das Ziel sei allein der Liliehöckfjord. Ist er jedoch nicht, wie der Professor nochmals betont hat, als ich ihn auf die Treibeisgefahr hingewiesen habe. Es käme auf die örtlichen Gegebenheiten und auf die Machbarkeit an. Ihm stehe frei, auch das Gebiet von Danskö ya nördlich des Magdalenenfjords zu sondieren. Das sei ohnehin günstiger für die Versorgung einer festen Station, meint er. Und das leuchtet mir eigentlich auch ein.«

»Schon.« Er verzog skeptisch das Gesicht. »Trotzdem ist mir ein Rätsel, wie das laufen soll. Das sieht mir doch alles wieder einmal so ein bißchen wie mit der heißen Nadel gestrickt aus. In deren Haut möchte ich jedenfalls nicht stekken.«

»Und warum nicht, I WO?«

»Ehe die beiden Boote mit den Vorräten und dem notwendigen Baumaterial für eine feste Unterkunft eingetrudelt sind, haben die sich doch mit ihrer erbärmlichen Ausrüstung in diesem arktischen Klima längst den Mors abgefroren. Ein richtiger Schneesturm genügt, und man kann sie steifgefroren wie Schaufensterpuppen in die Ecke stellen.«

»Vielleicht ist das der Grund, warum der Funkspruch als dringend eingestuft worden ist?« suchte ich nach einer Entschuldigung. »Es sollte eben keine Zeit verloren gehen.«

»Möglich, daß, Herr Kaleu.« Bernau streifte sich die dikke Wachkleidung über und trat an die Leiter, um den II WO auf der Brücke abzulösen. »Dann fällt das den Sesselfurzern in Tromsø aber reichlich spät ein. Wie immer: Keine Ahnung, aber davon viel! Finden Sie nicht?« Er enterte auf.

Nun ja, dachte ich, so unrecht hat er nicht. Die beiden Boote hätten eigentlich schon seit zwei Tagen unterwegs nach Spitzbergen sein können. Wir wären dann in etwa zur gleichen Zeit hier oben eingetroffen. Mit einem Funksignal hätte sich ein Treffen ohne Schwierigkeiten arrangieren lassen. Aber so?

Die Nachmittagswache brachte die Bestätigung, daß hier in der Arktis nicht alles so ablief, wie man es sich in den Befehlszentralen weiter südlich vorstellte. Der Wind hatte im Laufe des Tages immer mehr nachgelassen. Ich hatte daher unseren Badegästen gestattet, auf die Brücke zu kommen, um sich mit den Gegebenheiten vertraut zu machen, die sie in ihrem Einsatzgebiet antreffen würden; denn wir näherten uns dem Jøstalundfjord und damit der Treibeisgrenze.

Großflächige Eisschollen und massive Blöcke trieben in der Süddrift an uns vorüber. Ein Zeichen dafür, daß die

Treibeisgrenze noch immer verhältnismäßig weit nach Süden reichte. Dunst hing über dem treibenden Eis. Noch konnten wir ihm ohne Schwierigkeiten ausweichen, aber es wurde immer mehr.

Ein eigenartiges Klingen erfüllte die kalte Luft. Der Grund dafür war leicht zu finden. Leise klirrend, rieben sich die Schollen aneinander, wenn sie zusammenstießen. Doch das war es nicht allein. Eine seltsam überirdisch klingende Tonfolge, fast eine Melodie, überlagerte wie ein zauberhaftes Harfenspiel das dumpfe Rumpeln unserer Diesel. Lange rätselten wir herum, woher sie kam.

»Ich hab's!« rief der Ozeanologe, Dr. Dankwart Feldmann, plötzlich aus und schlug sich gegen die Stirn. »Warum komme ich erst jetzt darauf? Schon Nansen hat dieses Phänomen beschrieben! Die Eisblöcke sind es! Selbst der leichteste Lufthauch, der über die von Wind und Wellen herausgefressenen Höhlungen und Bögen streicht, bringt das Eis zum Klingen!«

Natürlich, auch ich hätte jetzt gegen meine Stirn schlagen können, denn ich hatte ebenfalls den Bericht Nansens über seine Überwinterung im Eis mit der *FRAM* irgendwann gelesen, vermutlich in der Schule. Gelesen und, wie vieles aus dieser Zeit, inzwischen glatt vergessen.

Ich sah den I WO an. Seine Miene drückte genau das aus, was auch ich in diesem Moment empfand. Ausgerechnet dieser meteorologische Eiszapfen, wie ihn der II WO nannte, mußte den Ursprung dieser Sphärenmusik herausfinden! Dieser dürre Stockfisch, der sonst das Maul nicht aufkriegte!

Wir waren aber wohl die einzigen auf der Brücke, die solche niederträchtigen Gedanken hegten. Dieses unerwartete Spiel der Natur nahm die anderen offenbar vollauf gefangen.

»Märchenhaft!« begeisterte sich die Doktorin. »Wundervoll! Ich bin hingerissen von Spitzbergen!«

»Wirklich, Fräulein Doktor?« näselte Leutnant Eisenberg. Er lehnte lässig am Schanzkleid und verzog sein Gesicht zu einem diabolischen Lächeln. »Hoffentlich auch dann noch, wenn Sie sehen, was dort auf uns zugekrochen kommt.«

Aha, dachte ich, also doch noch einer, den es nicht von den Füßen reißt.

»Wie ... was ... wo denn?«

»Dort, Madam!« Sein Arm wies über den Bug auf den Dunst, der über den Eisschollen schwebte und dichter und dichter wurde, je weiter wir in das treibende Eis vorstießen. Eine dünne Schicht erst, keine zwanzig Meter hoch, aber auf dem besten Weg, sich zu einer Nebelbank zu verdichten. Waren wir erst einmal drin, konnten wir uns nur noch blind vorwärts tasten.

»Ach das?« Sie machte eine wegwerfende Handbewegung. »Das ist doch noch weitab!«

Das war es jedoch nicht. Keine achthundert Meter vor der Einfahrt in den Jøstalundfjord begannen die Konturen zu verschwimmen. Vorbei war es mit dem milden Sonnenschein und der Begeisterung für die Musik der Eisschollen und die Harfe spielenden Eisblöcke. Wir steckten auf einmal mitten drin in der Waschküche, hatten keine ausreichende Sicht mehr, um dem Eis rechtzeitig ausweichen zu können. Dumpf bullerte es gegen die Außenhaut, schrammte daran entlang und wurde zu einem drohenden Menetekel.

Mir kräuselte sich die Kopfhaut. Diese tonnenschweren Schollen und Eisbrocken ragten nämlich nur zu einem Fünftel aus dem Wasser, vier Fünftel reichten viel weiter in die Breite und Tiefe. Eine unglückliche Kollision genügte, um einen der Tanks unter der Außenhaut aufzuschlitzen oder unsere Tiefenruder zu beschädigen. Dann war der Ofen aus.

»Behalten Sie weiter Kurs auf den Fjord, und gehen Sie mit der Fahrt herunter, Herr Bernau! Zwo Knoten reichen noch immer aus, um uns in Teufels Küche zu bringen! Wenn wir erst einmal drin sind, können wir vermutlich mit der Fahrt wieder raufgehen.« Ich wandte mich an die Badegäste. »Und Sie muß ich leider bitten, die Brücke zu verlassen. Wir haben jetzt alle Hände voll zu tun, um uns durch diese Waschküche sicher in den Fjord zu navigieren.«

Es gab keinen Protest, er hätte ihnen auch nichts genützt. Folgsam kletterten sie unter Deck. Vorsichtig tasteten wir uns durch das Eis, spürten mehr, als daß wir es sahen, daß sich der Fjord vor uns auftat und sich die Gefahr einer Kollision mit diesen Brocken verminderte. Der alles verhüllende Nebelvorhang wurde dünner und dünner, dunkle Felswände schimmerten zu beiden Seiten durch den Dunst. Plötzlich riß der Vorhang auf, es wurde hell. Die Sonne brach durch. Ein Aufatmen ging durch die Brückenwache.

Langsam tuckerten wir fjordaufwärts. Auch hier schwammen uns Eisschollen und -blöcke entgegen, Abbrüche von Gletschern, jedoch bei weitem nicht so massiv wie das Treibeis. Wir ließen unsere Gläser die Wasserlinie der Felsen entlangwandern, suchten nach einem Strandstreifen, wo wir einen Spähtrupp an Land setzen konnten, um das Gelände zu sondieren.

»Laut Karte münden aufwärts zwo Täler in den Fjord«, erinnerte ich den I WO. »Dort sollten wir einen günstigen Landeplatz für das Schlauchboot finden, denn da sind von den Gletschern mit Sicherheit Kies und Geröll in den Fjord geschoben worden. Dort werden wir ankern, I WO. Ob wir vermuren müssen, um beim Gezeitenwechsel nicht mit den engen Felswänden zu kollidieren, werden wir sehen.«

»Vielleicht finden wir sogar eine Barre, hinter der wir Anker werfen können. Dann genügt ein Anker, und wir sparen uns das Vermuren.«

Unsere Hoffnungen wurden nicht enttäuscht. Ähnlich wie in dem Fjord, wo wir die beiden Toten gefunden hatten, weitete sich auch der Jøstalundfjord zu einer kleinen Bucht und gab den Blick auf zwei flache Täler frei. Zwei mächtige Gletscher füllten ihre Talsohlen aus und reichten mit ihren Zungen bis an den Rand der Bucht. Ihre Endmoränen hatten dort tatsächlich einen breiten Kies- und Geröllstrand aufgeschichtet.

»Achtung! Bootsmann und Ankerkommando auf die Back!« befahl der I WO und suchte die Bucht nach einem geeigneten Ankergrund ab.

Er fand ihn tatsächlich, eine weit in den Fjord reichende Barre. Abgehobelt von den Bergen und aufgeschüttet in den Jahrtausenden der Erdgeschichte von den zu Tal gleitenden Gletschern, fast wie eine natürliche Mole wirkend. Die Zentrale meldete laufend die Werte des Echolots.

»Na, wenn das nichts ist! Genau das, was wir brauchen. Beide Maschinen stopp! Bootsmann, klar zum Ankern!«

Anders als bei Fregatten oder Zerstörern erforderte das Klarmachen des Ankergeschirrs bei U-Booten etwas mehr Zeit. Der Smadding hatte seine Leute jedoch fest im Griff. Schon nach erstaunlich wenigen Minuten meldete der BÜ: »Ankerkommando klar zum Ankern!«

»Fallen Anker!«

Der Anker rauschte aus seiner Klüse, rasselnd jagte mit ihm die Kette hinunter, bis die ausgesteckte Länge reichte.

»Stopp, Anker! Beide Maschinen Kleine Fahrt achteraus!«

Noch stand die Kette auf und nieder, dann kam sie steif. Ein Ruck, der Anker faßte. Vergeblich zerrten die Diesel an der Kette, der Grund hielt. Wir lagen fest vor Anker.

»Beide Maschinen stopp! Ankerwache aufziehen! Alarmbereitschaft bleibt bestehen!«

Ich rutschte erst hinunter in die Zentrale, als auch der I WO längst unter Deck verschwunden und die Ankerwache aufgezogen war, denn ich brauchte die Zeit, um Klarheit über unseren weiteren Einsatz zu gewinnen. Das Treibeis und der Nebel hatten mich gewarnt. Ich dachte gar nicht daran, noch weiter in das unberechenbare Treibeis vorzustoßen, Boot und Besatzung zu gefährden, nur weil irgend so ein Hirni in Unkenntnis der hier herrschenden Verhältnisse ausgerechnet ein U-Boot als Transportmittel für das Vorkommando für eine noch weiter nördlich zu errichtende Wetterstation ausgewählt hatte.

Das mochte im August noch angehen, wenn die Treibeisgrenze sich weiter nach Norden zurückgezogen hatte, aber nicht jetzt. Walfangboote, wie *HVAL I* und *HVAL V*, die die Versorgung sicherstellen sollten, waren dank ihres verstärkten Bugs dafür weitaus besser geeignet. Die konnten sich wie Eisbrecher durch das Treibeis bewegen, nicht aber ein U-Boot mit seiner verhältnismäßig dünnen Außenhaut.

Und so stand mein Entschluß fest, als ich unten in der Zentrale landete. Der Professor und Leutnant Eisenberg schienen auf mich gewartet zu haben.

»Herr Kaleu!« drängte sich der Professor vor. »Wir möchten ...«

»Ich weiß, was Sie möchten, Professor!« unterbrach ich ihn grob. »Aber das hat noch Zeit! Erst schicken wir mal Leutnant Eisenberg mit seinen Männern an Land, damit die sich dort umtun können. Ich möchte nämlich keine bösen Überraschungen erleben. Alles andere später!«

Der Ton machte wieder einmal die Musik. Der Professor legte die Ohren an und schwieg. Leutnant Eisenberg dagegen genoß die Situation, er grinste triumphierend.

»Nun zu Ihnen, Herr Eisenberg. Sie sind der Experte an Land. Sobald das Schlauchboot klar ist, setzen wir Sie und Ihre Männer an Land. Wir möchten wissen, ob wir hier wirklich allein auf weiter Flur sind und ob das Gebiet für den Aufbau der geplanten Wetterstation tatsächlich geeignet ist.«

Eisenberg war kein Freund von langen Reden. »Wieviel Zeit haben wir für die Erkundung?«

»Das hängt von dem ab, was Sie an Land vorfinden. Entdecken Sie irgend etwas Wichtiges, informieren Sie uns umgehend. Das gilt besonders dann, wenn Sie auf Menschen treffen, klar? Vermeiden Sie alles, was zu Ihrer Entdeckung führen könnte.«

»Absolut klar, Herr Kaleu!« Er salutierte und verschwand durch das Mannloch, um seine Leute zusammenzuholen.

»Und nun zu Ihrem Anliegen, Professor. Dazu gehen wir wohl am besten in die O-Messe, da sind wir ungestört.« Ich schwang mich durch das Mannloch und stieß beinahe mit dem Smadding zusammen. »Das paßt, Nummer Eins, da brauche ich Sie nicht extra holen zu lassen. Lassen Sie das Schlauchboot für den Spähtrupp klarmachen und aussetzen. Veranlassen Sie dann bitte, daß die Herren Offiziere sich bei mir in der O-Messe einfinden.«

»So, Professor, bevor Sie uns sagen, worum es Ihnen geht, möchte ich Ihnen erläutern, warum wir den Jøstalundfjord angelaufen haben«, sagte ich, als alle Platz genommen hatten. »Es geht um Ihren Auftrag. Wir sind per Funk angewiesen worden, unseren Standort zu melden, damit sich die Versorger auf den Weg machen können. Im Hinblick auf die Eisverhältnisse erscheint es mir zweckmäßiger, hier ihr Eintreffen abzuwarten. Wie stehen Sie dazu?«

Ich wollte die Katze nicht gleich aus dem Sack lassen und erst einmal hören, ob er nicht vielleicht schon von allein zu dem gleichen Entschluß wie ich gekommen war, denn meiner stand fest. Deshalb wollte ich meine Offiziere dabei haben.

»Ich bin voll einverstanden. Sie wissen ja, wir sind nur eine Art Vorkommando für die feste Wetterstation, die auf Spitzbergen im nächsten Jahr entstehen soll. Nach Möglichkeit sollen wir dafür das Gebiet des Liliehöckfjords erkunden, aber die Entscheidung darüber liegt einzig und allein bei mir.« Über sein Gesicht huschte ein verlegenes Lächeln. »Das Treibeis hat uns alle das Fürchten gelehrt. Alles steht und fällt doch mit unserer Versorgung, bis wir im September wieder abgeholt werden. Die erscheint uns aber unter den gegebenen Umständen noch weiter nördlich keineswegs gesichert, sie dürfte ja hier schon schwierig genug sein.«

»Und das heißt?« fragte ich, obwohl ich wußte, was jetzt kam.

»Das Hemd ist uns allen näher als die Hose, Herr Kaleu.« Er wies auf die Seekarte, die vor uns auf der Back lag. »Wir sind hier schon so weit nördlich, daß wir mit einer Entdeckung in diesem menschenleeren Gebiet kaum zu rechnen haben. Deshalb wollen wir von hier aus die Eignung für eine Station auf dem Inlandeis prüfen und die ersten Wetterdaten melden, wenn es recht ist.«

Insgeheim rieb ich mir die Hände. Der Vorschlag kam von ihm, und zwar vor Zeugen, damit waren wir gegenüber der Flottille aus dem Schneider. Trotzdem setzte ich eine skeptische Miene auf.

»Ich meine, ich verstehe ja Ihre Bedenken, aber fürchten Sie nicht, daß Sie damit Ärger bekommen?«

Er schüttelte den Kopf und lächelte. »Ich habe es schriftlich, daß ich allein entscheiden kann, was geht und was nicht geht. Jetzt entscheide ich nach bestem Wissen und Gewissen. Schließlich bin ich nur Meteorologe und kein Polarforscher, wie beispielsweise dieser Nansen, von dem der Feldmann faselt, seitdem ich die Situation mit den anderen durchgesprochen habe.«

»Donnerwetter, der redet?« stichelte der II WO. »Und was sagt er?«

»Er ist dagegen, Herr Störmer, absolut dagegen. Es nutzt ihm nur nichts, die anderen sind dafür. Leutnant Eisenberg habe ich allerdings nicht gefragt, das muß ich auch nicht. Der muß sich mit seinen Leuten nach uns richten. Und Sie, Herr Thomsen? Wie stehen Sie zu unserem Beschluß?«

»Ich habe Anweisung, Sie und Ihre Gruppe auf Spitzbergen an Land zu setzen und diesen Standort dann per Funk zu melden, mehr nicht. Deshalb respektieren wir Ihre Entscheidung. Sobald die Gebirgsjäger zurück sind und keine Hiobsbotschaften mitbringen, kann es mit dem Ausschiffen losgehen.«

Voller Ungeduld warteten wir auf die Rückkehr Eisenbergs mit seinen Männern. Uns hielt jetzt nichts mehr im Jøstalundfjord. Noch bevor wir nämlich unsere Standortmeldung verschlüsselt und auf den Funkweg nach Tromsø gebracht hatten, fingen wir eine Sichtmeldung an alle vor Norwegen stationierten U-Boote auf.

Ich las den Funkspruch »An alle! Stark gesicherter britischer Kampfverband 16° 45' Ost, 65° 33' Nord, Generalkurs 045°, 12 Knoten, MGZ 17 Uhr«, mit einer gewissen Gelassenheit.

»Schade!« sagte ich zu meinen Offizieren. »Betrifft uns nicht, wir stehen zu weit nördlich und sind noch an die Meteorologengruppe gebunden.«

Der II WO beugte sich über die Seekarte und zeichnete Standort und Kurs des Verbandes ein. »Mmmm, was nicht ist, kann noch werden, Herr Kaleu. Wenn der Generalkurs stimmt, könnte Trondheim oder Tromsø gemeint sein. Aber wir wissen ja selbst, wie schwierig es ist, den genauen Kurs zu bestimmen, wenn der Verband zickt und zackt, und danach sieht es doch wohl aus.«

Das stimmte. Wenn von Generalkurs die Rede war, steuerte so ein Verband immer Zickzackkurse. In diesem Fall war das schon gar nicht anders zu erwarten. Die Briten wußten, daß vor Norwegen deutsche U-Boote auf Beute lauerten.

Pepke, der Funker, kam durch das Mannloch in die Zentrale gejumpt und machte Männchen. Er hatte ein weiteres Formular in der Hand.

»Was ist, Pepke? Ist die Meldung raus?«

»Jawohl, Herr Kaleu! Hier ist die Bestätigung, Offiziersschlüssel!« Er reichte mir das Formular.

Es war eine harmlos aussehende Buchstabengruppe, für eine einfache Bestätigung aber viel zu lang. Da steckte mehr dahinter.

»Na, dann wollen wir doch mal sehen, was diese alten Säcke an Land diesmal wieder ausgebrütet haben.«

Was aus der Schlüsselmaschine kam, war tatsächlich mehr als die erwartete Empfangsbestätigung. »*HVAL I* und *HVAL V* sind um achtzehn Uhr MEZ von Tromsø in See gegangen, meine Herren. Wir sollen die Meteorologen nach gründlicher Sondierung der Lage an Land setzen und

– wie erwartet – den beiden Booten entgegenlaufen, um ihnen gewissermaßen eine Art Geleitschutz gegen eventuelle Angriffe zu geben.«

»Das war ja nach dieser Sichtmeldung zu erwarten«, stellte der II WO fest. »Ein U-Boot als Geleitschutz ist doch mal was anderes. Ich fühle mich dadurch direkt geehrt.«

»Ich interpretiere das anders, Herr Störmer«, widersprach der I WO. »Es muß ja nicht der Kampfverband sein, der hier oben auftaucht. Ich bin sicher, die Norweger beobachten genau, was sich im Tromsøer Kriegshafen tut. Denen ist nicht entgangen, daß die beiden umgerüsteten Walfänger mit Ladungen in See gehen, die ganz und gar nicht zur normalen Ausrüstung von Kriegsschiffen gerechnet werden können. Amateurfunker gibt es in jedem Land. Und schon kümmert sich ein britischer Zerstörer oder Hilfskreuzer um die beiden Boote.«

»Das hat was für sich, Herr Bernau, besonders dann, wenn sich dort so ein Tommy vor der Küste herumtreibt«, pflichtete ich ihm bei. »Ich bin mir nämlich nicht sicher, daß sich in Tromsø schon genügend deutsche Kriegsschiffe befinden, die auf so einen Landstreicher Jagd machen könnten.«

»Dann sollten wir sehen, daß wir unsere Badegäste möglichst schnell loswerden«, mischte sich der LI ein. »Zumindest könnten die ja schon vorsorglich ihre Klamotten zusammenraffen.«

»Nu, nu!« protestierte ich. »Nicht gleich das Kind mit dem Bade ausschütten! Erst müssen wir mal sehen, was der Eisenberg mit seinen Stoppelhopsern herausgefunden hat, klar?«

Eisenberg spannte uns auf die Folter. Er kam mit seinen Männern erst kurz nach Mitternacht an Bord zurück, und er brachte gute Nachrichten mit. Indessen hatten wir jedoch einen weiteren Funkspruch aufgefangen, der weniger erfreulich klang. Er veranlaßte mich, meine Offiziere zusammenzurufen.

»Sieht so aus, als seien die friedlichen Zeiten für uns vorbei. Deutsche Aufklärer haben einen britischen Verband ausgemacht, der im Raum zwischen Trondheim und Jan Mayen operiert. Eine sehr vage Ortsangabe, und über die Zusammensetzung des Verbandes schweigt sich der Spruch ebenfalls aus. Kann also sein, daß es der Verband ist, den die Sichtmeldung angekündigt hat. Hat der Bordflugzeuge dabei, die Aufklärung fliegen, wird es für die beiden Walfänger gefährlich.«

»Nicht unbedingt, Herr Kaleu«, meinte der II WO. »Laut der Wetterdaten von zwanzig Uhr ist im Bereich der Bäreninsel mit Nebel zu rechnen, hat mir der Obersteuermann gemeldet. Da werden die britischen Mistbienen nicht viel ausmachen können.«

»Kann sein, kann nicht sein. Sie wissen ja selbst, wie schnell sich das hier oben ändert.« Ich strich das Formular glatt. »Da ist noch etwas, meine Herren. Einer der Fernaufklärer hat beim Rückflug starke Rauchentwicklung über Teilen von Spitzbergen gemeldet. Wir sollen die Ursache festzustellen versuchen.«

»Wie stellen sich diese Heinis das denn vor?« knurrte der LI. »Sollen wir einen Spähtrupp an Land setzen?«

»Keine schlechte Idee, Herr Becker!« begeisterte sich der II WO. »Stelle mich dafür sofort zur Verfügung, denn damit kann nur das Gebiet von Ny Ålesund gemeint sein. Hätte mir den Ort schon immer mal gern angesehen, den mein Schwager seinerzeit mit dem Postschiff besucht hat.«

Der LI blies die Backen auf. »Sie und die Reise Ihres Schwagers, Herr Störmer! Das war im Frieden. Jetzt werden Sie da vielleicht mit blauen Bohnen aus so einer Donnerbüchse empfangen, wie sie der Eisenberg uns warnend beschrieben hat. Was dann?«

Bevor der II WO antworten konnte, näherten sich Schritte über die Flurplatten. Leutnant Eisenberg erschien am Schott und salutierte lässig. »Melde mich mit dem Spähtrupp gehorsamst an Bord zurück, Herr Kaleu!«

»Na endlich!« entfuhr es mir ungewollt. »Kommen Sie herein, Herr Eisenberg, und nehmen sie Platz!«

Eisenberg kam herein und ließ sich erschöpft auf die Backskiste fallen. Er sah nicht nur verdreckt aus, man sah ihm auch die Strapazen des Erkundungsunternehmens an. Begehrlich schielte er auf die Kanne mit dem Mittelwächter-Kaffee. Wortlos goß ihm der I WO davon eine Tasse ein und schob sie ihm zu.

»Danke, Herr Bernau!« Er trank die Tasse auf einen Zug aus und lehnte sich aufatmend zurück. »Das tut nach der Schinderei gut!«

»Und?« fragte ich ungeduldig, denn ich dachte an unsere weiteren Aufgaben. »Wie sieht es an Land aus?«

»Nicht schlecht, Herr Kaleu. Unweit von hier sind wir auf die Reste einer Hütte gestoßen, die sich leicht wiederherstellen und als Notquartier benutzen läßt, bis die Versorger eintreffen. Muß einem Walfänger als Behausung gedient haben, denn auf dem Grundstück steht ein pompöser Torbogen aus mächtigen Walkiefern.« Mit einem dankbaren Lächeln quittierte er den Kaffee, den ihm der I WO erneut zuschob. »Das war oder ist übrigens der einzige Hinweis auf Menschen. Sonst haben wir keinerlei Spuren von ihnen gefunden, obwohl ich meine Männer in zwei Gruppen geteilt habe, die die beiden Täler aufwärts erkundet haben.«

Durstig kippte er den belebenden Trank hinunter und wischte sich den Mund mit dem Handrücken. »Im oberen

Bereich der Täler gibt es Stellen, die sich für den Aufbau einer Wetterstation eignen. Der Aufstieg ist zwar schwierig, dafür lassen sich diese Punkte leicht verteidigen, falls dort doch einmal Menschen auftauchen sollten, was ich nicht glaube. Wasser läßt sich aus dem Gletschereis einfach gewinnen. Alles andere muß auf dem See- oder Luftweg herangeschafft werden. Ob es außer Schneehühnern noch anderes Wild gibt, haben wir in der Kürze der Zeit nicht feststellen können.«

Meine Hochachtung vor seinen Fähigkeiten war während seines Berichtes mit jedem Wort gewachsen. Das war der richtige Mann am richtigen Ort. Erstaunlich, was er in so kurzer Zeit mit seinen Männern alles zusammengebracht hatte. Er sah mich fragend an.

»Prima, Herr Eisenberg, ich danke Ihnen und Ihren Männern für den ausführlichen Bericht.« Ich blickte auf die Uhr. »Machen wir Schluß, meine Herren. Uns brennt zwar die Zeit auf den Nägeln, und hell genug ist es ja dank der Mitternachtssonne auch, aber es macht wenig Sinn, die Ärztin und die Meteorologen um das bißchen Schlaf zu bringen und sie auszuschiffen. So viel Zeit müssen wir ihnen schon noch zugestehen, meine Herren. Dann bis zum Wecken!«

Das Ausschiffen glich eigentlich mehr einem Rausschmiß. Zumindest galt das für meine Männer, die mit Feuereifer die Ausrüstung unserer Badegäste an Deck mannten und dort zum Abtransport durch unsere beiden Schlauchboote aufstapelten. Unsere Badegäste waren nicht minder eifrig, als seien sie froh darüber, endlich unserer engen, stinkenden Eisenröhre entrinnen zu können und nach der für sie schier unerträglichen Schaukelei wieder festen Boden unter die Füße zu bekommen.

»Auszug der Kinder Israels aus dem gelobten Land«, spottete der I WO leise beim Anblick des emsigen Treibens. Als sei er über seinen Vergleich selbst erschrocken, hielt er sich plötzlich die Hand vor den Mund. »Verzeihung, das ist nicht von mir. Stammt aus der Bibel, aber das darf man wohl jetzt auch als bibeltreuer Christ nicht mehr sagen, das waren ja keine Arier.«

»Dann lassen Sie man lieber solche Bibelsprüche, ehe das einer in den falschen Hals bekommt«, gab ich ebenso leise zurück und kniff ein Auge zu. Das war wieder so ein Augenblick, in dem wir uns über das in unseren Augen geradezu alberne Bemühen lustig machten, alles Nichtarische aus dem Sprachgebrauch zu entfernen, auch wenn es aus der Bibel stammte. »Nennen Sie es doch einfach den Beginn der Völkerwanderung, das ist unverfänglicher, weil von der auch Germanen erfaßt worden sind.«

Der LI, der aus dem Turmluk gekrabbelt kam, hatte Ohren wie ein Luchs. »Völkerwanderung? Sprechen Sie wieder mal von den Fußkranken der Völkerwanderung, zu denen Sie gemeinerweise auch mich zählen?«

Ich lachte. »Nur weil Sie Sachse sind? Das fiele uns im Schlaf nicht ein, Herr Becker. Der I WO hat die Bibel zitiert, und da habe ich ihn korrigiert. Zufrieden?«

»Immer, Herr Kaleu, wenn es nur um die Bibel geht. Denn ich bin ein gläubiger Atheist, wie es sich heute für jeden guten Deutschen gehört, der arisch bis unter die Vorhaut ist«, beteuerte er grinsend und lugte über die Turmbrüstung. »Die Stunde des Abschieds ist gekommen. Wir sollten uns wohl schleunigst auch an Deck begeben, sonst schüttelt der II WO der Ärztin noch die zarte Hand aus den Gelenken.«

Es wurde tatsächlich Zeit. Das Deck hatte sich geleert, die Ausrüstung stapelte sich als ungeordneter Haufen am

Ufer auf. Die Stoppelhopser waren schon dabei, die Gepäckstücke zu sortieren, um an ihre Sachen zu gelangen. An Deck befanden sich nur noch die Ärztin, der Professor und Eisenberg, die anderen saßen bereits im Schlauchboot. Nur Dr. Feldmann, der meteorologische Eiszapfen, fehlte. Der wühlte bereits an Land in dem Gepäckhaufen und suchte sein Zeug zusammen.

Die Ärztin trat auf mich zu. »Ich hoffe, es wird kein Abschied für alle Zeit. Wir würden uns sehr freuen, wenn Sie uns im September wieder abholten. Bis dahin haben Sie herzlichen Dank für die Mühe, die Sie und Ihre Besatzung mit uns Zivilisten hatten, und ganz besonders natürlich dafür, daß Sie mir großzügigerweise Ihre Kabine zur Verfügung gestellt haben, Herr Kaleu.«

Ich wußte nicht recht, meinte sie das ernst oder war das nur ein versteckter Seitenhieb für die harsche Behandlung, die ihr meinerseits widerfahren war? Aber als habe sie den Verdacht von meinem Gesicht abgelesen, drückte sie mir lächelnd die Hand und verpaßte mir zu meiner größten Überraschung einen Schmatz auf die Backe. Aber nicht nur ich, auch die Offiziere und sogar der Smadding, der ihr ins Boot half, bekamen einen Abschiedskuß.

Masilius machte es knapper. »Es ist alles gesagt, Herr Kaleu. Dem schließe ich mich voll und ganz an. Auf ein gesundes Wiedersehen, meine Herren!«

Eisenberg wahrte dagegen die militärischen Formen, allerdings in seiner gekonnt lässigen Art. Er salutierte mit der Hand am Mützenschirm und näselte: »Melde mich von Bord, Herr Kaleu! Wünsche allzeit gute Fahrt und immer eine Handbreit Wasser unter dem Kiel.«

»Danke, Herr Eisenberg! Passen Sie gut auf sich und die Ihnen anvertrauten Meteorologen auf!«

Die beiden beeilten sich, den anderen in das Boot zu folgen, das wir ihnen hier zur freien Verfügung zurückließen. Unser zweites Boot war schon unter Deck verstaut.

»Front nach Steuerbord!« befahl der I WO dem Leinen- und Ankerkommando an Deck und gab dem Bootsmaat der Wache ein Zeichen.

Der setzte die Bootsmannsmaatenpfeife an die Lippen und pfiff Seite, die Ehrenbezeigung, die einem Offizier zukam, wenn er an Bord kam oder von Bord ging.

Während sich ihr Boot von uns löste und dem Ufer zustrebte, taten mir unsere Badegäste leid. Sie fuhren in eine noch ungewissere Zukunft als wir. Wir wußten, was uns blühte, sobald wir den Anker lichteten, sie nicht.

Ich schluckte meine Rührungsanwandlung herunter. »Gehen Sie ankerauf, Herr Bernau. Wir wollen jetzt keine Zeit mehr verlieren.«

Unser Kielwasser schäumte auf. Schnell blieb die Bucht mit unseren winkenden Badegästen hinter uns zurück. Wir mußten uns sputen, wollten wir *HVAL I* und *HVAL V* nicht verpassen.

»Die Zeit wird verdammt knapp«, sagte ich zum I WO. »Sind wir erst einmal draußen, werden wir mit der Fahrt wieder runtergehen. Glaube nämlich nicht, daß sich der Nebel über dem Treibeis inzwischen verzogen hat.«

»Glaube ich auch nicht, Herr Kaleu. Selbst wenn sie durch Nebel müssen, werden die beiden Walfänger schneller als wir sein. Sie brauchen sich ja nicht durch das Eis zu ekeln. Wäre es da nicht besser, wir erkunden den Kongfjord erst, wenn wir die Versorger bis an diesen Fjord hier eskortiert haben? Ich halte das Ganze sowieso für eine Schnapsidee, überhaupt nicht durchdacht. Was hat man denn davon, wenn man weiß, was da qualmt?«

»Diese Frage bewegt mich schon die ganze Zeit.« Ich

stampfte mit den Füßen auf, weil mir die Kälte die Beine emporkroch. »Auf so einen blöden Auftrag kann nur einer kommen, der die Verhältnisse hier oben überhaupt nicht kennt. Wir haben aufgetaucht überhaupt keine Chance, unentdeckt zu bleiben, und getaucht bringt das gar nichts. Wir sehen zwar den Qualm aufsteigen, der Ursprung bleibt uns jedoch verborgen. Es sei denn, Ny Ålesund selbst steht in Flammen oder schwelt noch. Also?«

»Aufgetaucht da hinein? Entdeckt man uns, erregen wir dadurch nur unerwünschte Neugier. Posaunen, die dann unsere Anwesenheit auch noch per Funk in alle Welt hinaus, haben wir bei der Rückkehr mit den beiden Booten glatt die Tommies auf den Hals.«

»Genau, I WO! Und darum werden wir es uns gründlich überlegen, ob wir dort überhaupt hineinschleichen werden. Jetzt schon gar nicht. Und auf dem Rückweg? Warten wir erst mal ab.«

Ich hatte richtig getippt. *HVAL I* und *HVAL V* hatten bereits die Häreninsel passiert. Wir hatten sie schon im GHG, bevor wir sie sahen, denn auch hier lag eine Dunstschicht über dem Wasser und schränkte die Sicht ein. Aber es war kein so dichter Nebel wie über dem Treibeis.

Es waren tatsächlich zwei ehemalige Walfangboote, etwas kleiner als Trawler, dafür aber schneller und viel wendiger, wie sich zeigte. Dank ihrer Bewaffnung waren sie zu Respekt gebietenden Kriegsschiffen avanciert, die es mit so manchem gut bewaffneten Gegner aufnehmen konnten. Die Harpunenkanone auf der Back hatte man nämlich durch eine Acht-acht mit halber Panzerkuppel ersetzt und die Aufbauten mit einem 2cm-Vierling und mehreren 2cm-Feuerspritzen aufgetakelt.

Alle Waffen schußbereit besetzt, kamen sie in Kiellinie

mit schäumenden Bugwellen auf uns zu gedampft. Ein Schuß löste sich von der Brücke des vorderen Bootes, Leuchtkugeln stiegen in den blaß-blauen Himmel und forderten das Erkennungssignal.

»Haben diese Idioten 'nen Knick in der Feige?« brummte der II WO ärgerlich. »Kennen sich mit den deutsche U-Boot-Typen nicht aus, was? Signalmaat, schießen Sie ES, sonst ballern uns diese Arschriesen am Ende noch in Grund und Boden!«

»Kann man bloß hoffen, daß die auch so naßforsch reagieren, wenn es mal Ernst wird«, sagte ich und ließ mein Glas sinken.

Kaum war unser Signal am Himmel verglüht, blitzte auf dem Führerboot eine Klappbuchs auf.

»K an K!« las der Signalmaat laut mit. »Hier *HVAL I*. Freue mich, Sie hier draußen zu treffen. Sind Sie unsere Eskorte?«

Einen Augenblick ließ verständlicherweise die allgemeine Aufmerksamkeit nach, neugierig spähte jeder zu den heranpreschenden Booten hinüber, und auf den beiden Booten war es uns gegenüber sicher nicht anders. So gingen ein paar wertvolle Sekunden verloren, ehe wir die vier Flugzeuge entdeckten. Dicht über der Wasseroberfläche tauchten sie aus dem Dunst hinter *HVAL I* und *HVAL V* auf und hielten auf uns zu. Sie flogen zu tief und waren somit schwer zu identifizieren, zumal ich diesen Flugzeugtyp überhaupt nicht kannte.

»Fliegeralarm! Torpedoflieger in zwo-fünf-sechs!« schrie der Signalmaat.

Die Aufforderung, sich erkennen zu geben, stieg in den Himmel und verglühte, sie reagierten nicht. Damit war alles klar, es waren Tommies. Ihre geringe Anflughöhe und die Aale unter ihren Tragflächen ließen keine Zweifel über ihre Absichten aufkommen. Vier gegen drei – da fühlten sie sich ihrer Sache sicher. Ohne zu zögern, formierten sie sich zum Angriff.

Ich ließ unser Nebelhorn aufheulen, gab Fliegeralarm. »Feuer frei, sobald die Ziele aufgefaßt sind! Brückenwache auf Tauchstation! Klar zum Alarmtauchen!«

Unsere Acht-acht eröffnete sofort das Feuer, schleuderte den Tommies im schnellen Takt Sprenggranaten entgegen. Bruchteile später war auch für *HVAL I* und *HVAL V* die Schrecksekunde vorüber. Gebündeltes Abwehrfeuer schlug den Angreifern entgegen, versuchte, die flüchtigen Ziele vom Himmel zu holen, bevor sie ihre tödliche Ladung ausklinken konnten. Doch die waren schneller und hatten offenbar das Glück auf ihrer Seite.

Anscheinend unverwundbar, überwanden sie den Feuervorhang detonierender 2cm- und 8,8cm-Granaten. Ihr Ziel war klar, je zwei stürzten sich, aus allen Bordwaffen feuernd, auf *HVAL I* und *HVAL V*. Uns übersahen sie oder sparten sich uns für später auf. Rasend schnell schmolz die Entfernung zwischen Angreifern und Opfern zusammen. Für uns sah es so aus, als wollten sie die Boote rammen. Doch dann klinkten sie aus kürzester Entfernung Torpedos aus. Aufspritzend fielen die Aale in die kabbelige See und rasten auf ihre Opfer zu.

Plötzlich überschlugen sich die Ereignisse. Ihres Angriffserfolges sicher, zogen zwei der Tommies hoch, die beiden anderen schafften es nicht mehr. *HVAL I* und *HVAL V* rettete das allerdings nicht. Sie waren den heranjagenden Torpedos restlos unterlegen. Es waren zu viele von ihnen. Da nutzte ihnen ein noch so geschicktes und wendiges Manövrieren nichts mehr, die Tragödie nahm ihren Lauf.

Ein greller Blitz zuckte plötzlich in der Pilotenkanzel des einen Tommies auf, verwandelte die Maschine mit einem ohrenbetäubenden Donnerschlag genau in dem Augenblick in einen zerplatzenden Feuerball, als *HVAL I* und *HVAL V* von den Torpedos getroffen wurden. Vom Schwung getragen, bohrten sich die brennenden Reste der explodierten Maschine in *HVAL V*.

Die zweite Maschine fegte qualmend über *HVAL I* hinweg und schlug, noch ehe die Wassersäulen der detonierenden Torpedos wieder in sich zusammengefallen waren, unweit des getroffenen Bootes auf der Wasseroberfläche auf und explodierte.

Ich nahm das alles jedoch nur noch aus den Augenwinkeln wahr, hatte keine Augen mehr für *HVAL I* und *HVAL V*, sah nur die beiden Maschinen, die uns außerhalb unserer Schußweite in einem weiten Kreis umflogen und in einem Bogen zum Angriff abkippten. Kein Zweifel, diesmal waren wir an der Reihe. Gott sei Dank, sie haben keine Bomben, sondern nur Torpedos an Bord, schoß es mir durch den Kopf. Dann gab es doch noch eine schwache Hoffnung, der drohenden Vernichtung entgehen zu können.

»Wir müssen tauchen, II WO!« schrie ich. »Feuer einstellen! Auf Tauchstation! Beeilung! Unter Deck mit Ihnen! Vorfluten zum Alarmtauchen! Der I WO soll übernehmen, wenn ich's nicht mehr rechtzeitig unter Deck schaffen sollte!«

Die Geschützbedienungen begriffen sofort, daß es jetzt nur noch um Leben oder Tod ging. Ohne die Waffen zu sichern, stürzten sich die Männer auf das Turmluk. Als der Geschützführer der Acht-acht als letzter Mann seine Beine über die Reling des Wintergartens schwang, ließ sich der II WO in den Turm fallen.

»Schapp, schapp, Hübner! Runter in die Zentrale! Alarmtauchen!«

Wasser schwappte schon über die Gräting des offenen

Wintergartens, es wurde auch für mich höchste Zeit. Ein letzter Blick noch auf die heranstürmenden Maschinen. Mündungsfeuer ihrer Bordkanonen blitzte auf, Geschoßbahnen zogen eine breite Furche durch die See auf uns zu. Blitzschnell schlug ich das Luk zu und trieb die Vorreiber dicht.

Mit dreimal AK, hart gelegtem Ruder und Tiefenrudern in maximaler Stellung schoren wir von unserem Tauchpunkt weg in die Tiefe. Trotzdem half jetzt nur noch beten, daß die Tommies nicht doch Bomben an Bord hatten.

In vierzig Meter Tiefe atmete ich erleichtert auf. Sie hatten uns nicht erwischt. Keine Bomben, keine Torpedos, schlimmstenfalls ein paar harmlose Einschüsse in das Schanzkleid des Turmes, bevor wir ganz unter der Wasseroberfläche verschwunden waren, mehr jedoch nicht.

»Mein lieber Mann, das war aber verdammt knapp, Herr Kaleu!« Der II WO schob seine Mütze in den Nacken und kratzte sich den Kopf. »Das waren Trägerflugzeuge, keine landgestützten. Möchte mal wissen, woher die bei der schlechten Sicht gewußt haben, wo wir stecken.«

»Ist doch klar, Herr Störmer. Irgendein Norweger hat denen das Auslaufen der Walfangboote gefunkt. Darum kämmten sie die See auf der Suche nach Beute ab«, meinte der I WO. »Und da es Trägerflugzeuge waren, wie Sie sagen, gehört also auch ein Flugzeugträger zu dem gemeldeten Verband.«

»Oder ein zweiter Verband geistert hier in der Gegend herum. Bis jetzt hat Grauert allerdings noch keine Schraubengeräusche aufgefangen«, setzte ich hinzu. »Und wie die Flieger uns gefunden haben? Sie vergessen die Leuchtkugeln, die *HVAL I* abgefeuert hat. Die haben sie möglicherweise durch den Dunst schimmern gesehen.«

»Und was jetzt?«

»Diese Frage stelle ich mir schon seit geraumer Zeit selber. Wenn von den beiden Booten überhaupt noch etwas schwimmt, dann sind es nur noch Trümmer. Wir werden eine Runde drehen und hoffen, daß wir an deren Ende auftauchen können, um Überlebende aufzufischen, Herr Störmer.«

Das war noch eine viel zu optimistische Aussage. Die Männer der beiden torpedierten Boote hatten die schlechtesten Überlebenschancen. Nicht einer hatte eine Schwimmweste getragen, wie ich gesehen hatte. Ein bodenloser Leichtsinn, typisch für blutige Anfänger, die zwar gefechtsbereit durch die Gegend zockelten, aber gar nicht damit rechneten, daß es auch sie treffen könnte. Nicht anders stand es um die Rettungsboote und -flöße, die hatten sie nach Lage der Dinge gar nicht mehr zu Wasser bringen können. Falls es überhaupt Überlebende gab, dann schwammen die im Eismeer. Das aber kam glatt einem Todesurteil gleich, denn das Wasser hatte eine Temperatur von höchstens plus fünf Grad. Eine Unterkühlung, die kein Mensch lange aushielt.

Es mußte also nahezu an ein Wunder grenzen, wenn dort oben überhaupt noch jemand lebte, wenn wir endlich auftauchen konnten. Das aber war erst der Fall, wenn oben die Luft rein war.

Wir drehten noch nicht einmal eine halbe Runde. Ich war nämlich inzwischen zu der Überzeugung gelangt, daß die Flugzeuge schon eine gewaltige Strecke hinter sich gebracht haben mußten, als sie auf uns trafen. Möglicherweise befanden sie sich überhaupt schon auf dem Heimflug, und es war ein purer Zufall gewesen.

Ich bezweifelte auch, daß es Trägerflugzeuge gewesen

waren, denn Maat Grauert bekam nicht die leisesten Schraubengeräusche in sein hochempfindliches GHG, das bei dem klaren, kalten Wasser eine enorme Reichweite hatte.

»Geschützbedienungen und Brückenwache klar zum Auftauchen! Auf Sehrohrtiefe anblasen!«

Langsam schwebte das Boot nach oben. »Sehrohrtiefe ist erreicht. Boot pendelt auf befohlener Tiefe ein!«

Vorsichtig fuhr ich das Luftzielsehrohr aus und suchte den Himmel ab. »Nichts, meine Herren! Sauber wie ein frisch gewaschener Kinderpopo. Klar zum Auftauchen! Bereitschaft zum Alarmtauchen bleibt bestehen! Anblasen!« Ich schlüpfte in meine warmen Wachklamotten und kletterte zum Turmluk empor, während das Boot zunehmend die Bewegung der Dünung aufnahm. »Brückenwache und Geschützbedienungen in den Turm! Leinenkommando klar zum Mann-über-Bord-Manöver!«

»Achtung! Turmluk kommt frei! Boot ist aufgetaucht!«

Mit dem II WO an der Spitze, krabbelten die Männer hinter mir aus dem Turmluk und besetzten ihre Stationen. Der erste Rundblick bestätigte meine schlimmsten Befürchtungen. Ein niederschmetternder Anblick. Keine treibenden Wracks, keine Rettungsboote, keine Flöße, nur ein großes Trümmerfeld und aufgeschwommenes Öl, wo die Boote von den Torpedos getroffen worden waren. Ein Stück entfernt davon dümpelten Teile eines Flugzeughecks mit dem vollständig erhaltenen Leitwerk in der langen Dünung.

»Nehmen Sie Kurs auf die Trümmer, Herr Störmer!« Ich sah mit meinem Glas zwar nirgendwo Überlebende im Wasser treiben, doch das wollte nichts heißen. Vielleicht hatte die Kälte sie schon so gelähmt, daß sie auch angesichts unseres aufgetauchten Bootes keiner eigenen Bewegungen mehr fähig waren. »Sperrt mir ja die Augen auf, Männer! Bootsmann, Leinenkommando an Deck!«

Das Boot tastete sich vorsichtig in das Trümmerfeld hinein, schob Teile von Holzverkleidungen, Spieren, Stengen, allerlei Kleinholz und zerfetzte Matratzen zur Seite. Nur flüchtig registrierte ich, daß auch wir etwas abbekommen hatten. Bordwaffenbeschuß hatte die Oberkante der Turmverkleidung gestreift, sie aufgeschlitzt wie eine zu lange gekochte Pellkartoffel, ohne wichtige Teile zu zerstören, mehr nicht.

»Da haben wir ja noch einmal Glück gehabt, II WO.«

»Wir ja, aber die anderen nicht. Sieht aus, als habe keiner überlebt, Herr Kaleu«, meinte der II WO niedergeschlagen. »Wäre wohl auch ...«

Der Schrei des Ausgucks unterbrach ihn. »Da schwimmt einer! Dort in null-vier-vier!«

»Steuerbord zehn!« reagierte der II WO. Gehorsam schwenkte der Bug herum. »Recht so! Ruder komm auf!«

Es war jedoch nicht nur einer. Je näher wir kamen, desto grausiger wurde der Anblick. Dort dümpelten die Reste von mindestens zehn Männern, Körper ohne Arme, Beine und Köpfe oder nur noch ihr Unterleib oder der abgetrennte, grauslich verstümmelte Oberkörper, bedeckt mit Uniformresten und überzogen von stinkendem Treiböl.

Und nicht nur dort. Der Seekrieg stellte sich unseren entsetzten Augen in einer Form dar, wie er sich nicht schlimmer darbieten konnte. Nirgends ein Zeichen von Leben, mochten wir auch den Ort des Unterganges noch so oft durchkreuzen. Wir fanden nur übel zugerichtete Leichenteile, die nur von Luftblasen in ihren Uniformresten noch an der Oberfläche gehalten wurden. Das war bei dem auf der Wasseroberfläche zerschellten Flugzeug ähnlich.

Ich überlegte lange, ob wir die Leichenteile nicht einsammeln und gemeinsam mit einer Bestattungszeremonie der See übergeben sollten. Doch dann verwarf ich den Gedanken. Diese gräßliche Arbeit war keinem zuzumuten. Einen Augenblick zögerte ich noch, dann gaben wir nach zwei Stunden vergeblichen Suchens auf.

»Es hat keinen Zweck. Nehmen Sie Kurs auf die Bäreninsel, Herr Störmer! Beide Maschinen Umdrehungen für vierzehn Knoten!«

Ich klappte das Turmluk auf und sauste in die Tiefe. Wir mußten funken. Die Tommies wußten, daß es uns hier gab, also konnten wir die Funkstille unbesorgt brechen. Sie würden uns allerdings einpeilen, deshalb wollte ich erst aus der Nähe der Bäreninsel funken, um sie irrezuführen. Für sie konnten es dann ebensogut Norweger sein, die da funkten.

Die Dienststelle in Tromsø mußte sich schleunigst etwas einfallen lassen, wie sie die Versorgung der Wetterfrösche sicherstellen wollte. Die hatten nämlich nur für sieben Tage Lebensmittelvorräte mit, wie mir Professor Masilius verraten hatte, und Eisbären zu schießen, das verbot sich wegen der Trichinengefahr.

Man ließ sich jedoch in Tromsø mit der Beantwortung unseres FT Zeit, in dem ich zugleich auch um weitere Befehle gebeten hatte. Ich war nämlich sicher, daß man uns zur Berichterstattung nach Tromsø rufen werde, und wollte nicht unnötig Zeit verlieren.

»Es hat ihnen offensichtlich die Sprache verschlagen«, spottete der I WO. »Ich wette, mit so etwas haben diese Lahmärsche unter Garantie nicht gerechnet.«

»Oder Sie müssen irgend so einen Saftsack erst aus dem Puff holen, damit der entscheidet«, hieb der LI in die gleiche Kerbe.

»Oder sie haben momentan gar keine Einheiten zur Verfügung, die sie so schnell nach Spitzbergen schicken können«, hielt ich dagegen. »Irgendwann wird denen schon aufgehen, daß sie handeln müssen. Ich hau' mich indessen aufs Ohr. Bis dann!«

Ich hatte mich jedoch noch gar nicht richtig ausgestreckt, da stand der Pepke auch schon wieder an meinem Schott. »Bitte stören zu dürfen, Herr Kaleu! Ein FT aus Tromsø, war nur einfach verschlüsselt!«

»Na schön, geben Sie her!«

Der Funkspruch war denkbar knapp. »Umgehend anlaufen Tromsø zur Berichterstattung.«

»Kein Wunder, daß der nur einfach verschlüsselt ist, Pepke«, brummte ich und schwenkte die Beine wieder aus der Koje. »Außer uns kann ja kein anderer etwas damit anfangen.«

Schemenhaft löste sich die inselreiche Küste vor Tromsø aus dem Dunst. Mit jeder Seemeile, mit der wir näher kamen, wurde die Sicht schlechter, denn der immer stärker auflebende Wind trieb den Dunst gegen die Küste und zwang ihn, im Stau der vorgelagerten bergigen Inseln aufzusteigen und sich zu dichten dunkelgrauen Wolken zusammenzuballen.

»Ölzeug auf die Brücke!« befahl ich, als wir uns dem Sund zwischen den Inseln Nord-Fugløy und Vannøy näherten. Ich deutete auf die Wolkenmassen. »Sind wir erst mal zwischen den Inseln, wird es wie aus Kübeln zu gießen anfangen. Es tröpfelt ja jetzt schon.«

»Wenn's nicht sogar wieder in Schnee übergeht.« Der I WO half mir in das widerspenstige Ölzeug. »Wer hier lebt, muß doch trübsinnig werden. Das kann man doch bloß im Suff ertragen. Acht Monate Dunkelheit und vier Monate lang ein Sommer, den man bestenfalls nur als einen kalendarisch vorweggenommenen November bezeichnen kann.«

»Deshalb ist ja der Schnaps in Norwegen schon in Friedenszeiten so teuer gewesen, damit die sich hier nicht totsaufen, hat mein Schwager erzählt«, sagte der II WO, der auf die Brücke gekommen war, um Luft zu schnappen.

»Das ist ja in Schweden nicht anders«, behauptete der I WO. »Haben Sie mal erlebt, wenn die Fähre von Göteborg in Kiel ankommt? Da sind die meisten Schweden stockbesoffen. Die benutzen die Hin- und Rückfahrt mit der Fähre nur deshalb, um sich mal richtig besaufen und zollfrei ein paar Buddeln nach Schweden mitnehmen zu können.«

»Na, na, Herr Bernau, ist das nicht übertrieben?« zweifelte ich. »Dann müssen die aber 'ne Menge Geld haben, denn billig ist diese Passage ganz und gar nicht.«

»Achtung! Nord-Fugløy peilt eins-null-neun! Neuer Kurs eins-sieben-fünf!« meldete der Obersteuermann vom Peildiopter.

»Ruder Steuerbord zehn!« befahl der I WO. »Neuer Kurs eins-sieben-fünf!«

Der Bug schwenkte mit dem neuen Kurs auf Lyngstua und damit auf den Grotsund ein, der nach Tromsø führte. Die fjordreiche Landschaft verschwand plötzlich in einer kräftigen Regenflage, die uns wenig später erreichte. Es war, als habe jemand einen Vorhang zugezogen und eine Schleuse geöffnet. Die Sichtweite schmolz auf knappe vier Seemeilen zusammen, so dicht fiel der Regen.

»Teufel! Das fängt ja gut an!« schimpfte der I WO. »Eine geradezu jämmerliche Betonnung und dann so ein Scheißwetter.«

»Heee, schlafen Sie nicht!« fuhr ich den Ausguck an Steuerbord voraus an. »Oder haben Sie Tomaten auf den

Augen? Alarm! Positionslichter an Steuerbord voraus! Acht-acht und Flak Achtung! Ziel auffassen, aber nicht feuern!«

Aus dem Regen schälten sich die Positionslichter eines kleineren Kriegsschiffes heraus, den Konturen nach ein Minenräumboot, eine ehemalige norwegische Korvette oder bloß ein aufgemöbelter Hafenschlepper, wie wir ihn in Bergen gesehen hatten. Ein Wachboot offensichtlich, das die Einfahrt nach Tromsø absichern sollte, denn ein Tommy hätte keine Positionslaternen gesetzt. Trotzdem – wußte man's denn? Vielleicht steckte ein britischer Trick siebzehn dahinter.

»Ein Wachhund«, vermutete der II WO, »und zwar ein ziemlich leichtsinniger. Kutschiert hier mit Positionsleuchten herum! Was macht der eigentlich, wenn er einem abgeblendeten Tommy begegnet, Herr Kaleu?«

»Vermutlich kann er dann gar nichts mehr machen. Ausgemacht hat er uns jedenfalls noch nicht. Blinken Sie ihn an, Signalmaat, und fordern Sie sein Erkennungssignal!«

Die Klappbuchs klapperte los. Der erste aufblitzende Buchstabe hatte eine unerwartete Wirkung. Schlagartig verloschen die Positionslichter, deutlich hörten wir Alarmklingeln über den Sund schallen.

»Nun wird ja der Hund in der Pfanne verrückt!« Der I WO lachte laut auf. »Der schiebt hier Wachdienst und geht noch nicht einmal Kriegswache an seinen Geschützen? Seekrieg, wie ihn sich Klein-Fritzchen vorstellt, was?«

In der Tat, das war mehr als seltsam. Oder hatten wir die äußeren Inseln passiert, ohne einen dort postierten Wachhund zu bemerken? Und der hatte uns passieren lassen, weil er wußte, wer wir waren?

Ich suchte mit dem Glas den Sund achteraus ab, entdeckte jedoch nichts. Zu dicht fiel der Regen. Inzwischen hatte sich der Wachhund von seiner Überraschung erholt und blinkte nicht nur das ES zurück.

»Eine Art Lotse, Herr Kaleu«, informierte mich der I WO. »Man erwartet uns, und der soll uns in den Kriegshafen bringen. Nennt sich *Ullsfjord* und gehört zum Hafenkommando. Wir sollen ihm folgen.«

Also keine Korvette und auch kein Minenräumboot, tatsächlich so ein als Wachschiff aufgetakelter Hochseeschlepper, jedenfalls präsentierte er sich so, als der Regen eine kurze Atempause einlegte und wir gehorsam in sein Kielwasser einschoren.

Er lotste uns nicht nur in den Hafen, er drückte das Boot auch hilfsbereit an den Kai, denn der I WO hatte vergeblich versucht, einen eleganten Aufschießer an die Mole zu fahren. Wir hatten ablaufend Wasser, und der starke Ebbstrom stand ausgerechnet in diesem Teil des Hafens so ungünstig, daß er ihm mit seinem Sog im letzten Augenblick die Bewunderung der neugierigen Zuschauer stahl. Die aber gab es trotz des Regens hier in Mengen, mehr als Kriegsschiffe im Hafen. Vermutlich hatte bisher noch nie ein deutsches U-Boot diesen nördlichen Hafen angelaufen.

»Das kann jedem passieren, Herr Bernau«, tröstete ich ihn und legte ihm die Hand auf die Schulter. »Mit des Geschickes Mächten ist eben kein ew'ger Bund zu flechten. Ein blöder Spruch, das gebe ich zu, aber er stimmt.«

»Ein schwacher Trost, Herr Kaleu«, sagte er mit belämmerter Miene. »Möchte lieber nicht die Kommentare hören, wenn das die Runde macht.«

»Was schert es eine deutsche Eiche, wenn sich die Säu' dran schubbern«, sprang mir der II WO bei. »Da wartet übrigens schon ein Bote auf uns, wenn mich nicht alles täuscht. Ein Offizier, nur an der goldenen Verzierung des Mützenschirms als solcher zu erkennen.«

Auf der Mole wartete tatsächlich ein Offizier im triefenden Ölzeug darauf, daß eine Stelling ausgebracht wurde. Kaum lag die Gangway und war die Hafenwache aufgezogen, stiefelte er über die Bohlen und meldete sich beim Bootsmaat der Wache an Bord. Er hatte es offensichtlich eilig, wollte vermutlich möglichst schnell aus dem strömenden Regen kommen, denn er salutierte zu uns herauf und übergab dem Bootsmaat ein in Ölpapier gehülltes Kuvert. Dann grüßte er die Flagge, die wir inzwischen gesetzt hatten, und stakste von Bord.

»Scheint kein Schreiben von besonderer Bedeutung zu sein, sonst hätte er sich den Empfang quittieren lassen, Herr Kaleu«, meinte der II WO. »Kein Mann von vielen Worten.«

»Der hat bloß was gegen das erfrischende Naß, Herr Störmer«, spottete der LI, der heraufgekommen war, um die Schäden am Turm zu begutachten. »Meine Männer werden nur die herausstehenden Spitzen platthämmern können, damit sich keiner verletzt. Geschweißt werden muß das in der Werft.«

»Vorausgesetzt, es gibt hier schon eine, Sie Spaßvogel.« Ich beugte mich über die Reling des Wintergartens und nahm das Kuvert in Empfang, das mir der Läufer der Wache heraufreichte.

»Gehen wir unter Deck, meine Herren! Mal sehen, weshalb die es so eilig haben.«

In der Zentrale brach ich das versiegelte Kuvert auf. Das Schreiben kam vom örtlichen Marinebefehlshaber und war denkbar knapp gehalten. Es forderte mich und den I WO auf, uns mit allen Unterlagen zur Berichterstattung bei ihm einzufinden.

»Um fünfzehn Uhr, Herr Bernau. Alle Unterlagen, das heißt Logbuch und Kriegstagebuch, sind mitzubringen. Das läßt mir noch genügend Zeit, meinen Bericht auch noch schriftlich abzufassen, damit auch gar nichts unterschneiden kann.« Ich wandte mich an die beiden anderen Offiziere. »Das mit der Werft werde ich zu regeln versuchen, Herr Becker. Vielleicht können wir sogar nachbunkern und unsere Torpedos ergänzen. Gibt es sonst noch etwas, was ich vorbringen sollte?«

Der II WO hob die Hand. »Daß die Wetterfrösche jetzt auf glühenden Kohlen sitzen, Herr Kaleu. Genaugenommen haben die doch nur noch für fünf Tage ausreichende Vorräte, weil niemand damit gerechnet hat, daß die Versorger versenkt werden könnten. Bin gespannt, wie die hier das jetzt so schnell regeln wollen.«

»Hört, hört!« setzte der LI zu einer spöttischen Bemerkung an, schluckte sie jedoch schleunigst herunter, als ihn mein bitterböser Blick traf. Wenn man die Langsamkeit bedachte, mit der die Militärbürokratie an Land arbeitete, dann war die Situation der Gruppe auf Spitzbergen nun wahrlich nicht zum Spott geeignet.

»Das ist völlig klar, Herr Störmer. Ich werde den Bürohengsten kräftig Feuer unter dem Arsch machen.«

Als der starke Regen aufhörte und in ein leises Nieseln überging, war ich überrascht. Dem I WO erging es nicht anders. Wir beide hatten uns von Tromsø als Stadt ganz andere Vorgestellungen gemacht. Irgendwie einfacher und primitiver, eben ein Produkt des lebensfeindlichen Nordens. Das Gegenteil war der Fall. Wir lagen im Hafen einer ganz modernen Stadt, nicht unähnlich dem von Bergen.

Unser Weg führte uns ein kurzes Stück durch die Stadt, vorbei an Geschäften, deren Auslagen man den Krieg nicht oder noch nicht ansah. Bernau blieb vor einem der Schaufenster stehen. Ein kleines Fotogeschäft, das überwiegend deutsche Filme und Kameras anbot, darunter eine Leica, mit der ich in Deutschland schon lange geliebäugelt hatte. Sie war nicht einmal so teuer wie bei uns zu Hause.

Ich schaute auf meine Uhr. Zeit hatten wir genug, und genügend Geld hatte ich auch bei mir. Aber ob die hier deutsches Geld nahmen? Deutsches Geld bestimmt lieber als das Besatzungsgeld, das unter Garantie auch hier bald eingeführt wurde, wenn es nicht schon eingeführt worden war. Sollte ich, sollte ich nicht?

Ich kam zu einem Entschluß. »Die Leica dort, die sticht mir schon lange in die Nase, Herr Bernau. Die würde ich gern haben. Ob die Reichsmark nehmen?«

»Es käme auf den Versuch an. Gehen wir doch einfach mal rein. Wenn nicht, können Sie das Geld bestimmt irgendwo in Kronen umtauschen.«

Der alte Herr hinter dem Ladentisch war von unserem Eintritt nicht sonderlich erfreut, das sah ich seiner Miene und seinem ängstlichen Blick an. Der Hoheitsadler mit dem Hakenkreuz an unseren Mützen signalisierte ihm, daß er deutsche Offiziere vor sich hatte.

»Good day!« grüßte ich. »Do you speak English?«

Er zögerte. »Nein, mein Herr, aber ä bissel deitsch, wenn es is' recht. Womit kann ich dienen?«

»Mich interessiert die Leica im Fenster, aber ich habe keine Kronen. Nehmen Sie auch deutsche Reichsmark?«

Mochte der Teufel wissen, welcher Ruf uns Deutschen vorauseilte, er atmete jedenfalls sichtlich erleichtert auf. Trotzdem zögerte er wieder, als werde er aus uns nicht recht klug. »Ja, zu normalen Umtauschkurs von de Bank, wenn ich derzu rechnen darf de Umtauschgebiehr, mein Herr.« Er ging an die Auslage und holte die Leica aus dem Fenster. »Ä scheenes Stick, aber gebraucht. Habe ich ehrlich gekauft von einem deitschen Tourist, welcher gewest war hier mit de *MONTE OLIVIA* und hatte keine Devisen, wie er sagte.«

Die *MONTE OLIVIA* war ein ganz komfortables KdF-Schiff der Einheitsgewerkschaft DEUTSCHE ARBEITSFRONT, das vor dem Krieg vorwiegend Nordlandfahrten gemacht hatte. Da konnte seine Angabe stimmen und auch die über die fehlenden Devisen. Seit 1933 gab es in Deutschland nämlich keinen Devisenhandel mehr.

»Und die Leica funktioniert einwandfrei?«

»Bitterscheen, probieren selbst, der Herr.« Er gab mir die Kamera in die Hand und kramte unter dem Ladentisch die dazu passende Ledertasche hervor. »Hab' ich auch noch Wechseloptik derzu, Weitwinkel und Tele, wenn der Herr interessiert is'?«

Ich überschlug meine Barschaft in meiner Brieftasche. Die Kamera und auch die Wechselobjektive, die ich nacheinander ausprobierte, waren in Ordnung.

»Wenn sie mir einen annehmbaren Preis machen, nehme ich alles und noch zwei, drei Filme dazu.« Ich grinste, um seine Angst zu verscheuchen. »Falls mein Geld dafür reicht.«

Ging ich nach dem Preis, den er mir machte, dann hatte jener deutsche Tourist die Leica unter Wert verkauft, um an Kronen zu kommen. Aber was ging das mich jetzt an? Ich konnte sie bezahlen und auch die drei Filme, die er noch drauflegte. Einen davon fädelte er mir sogar sofort ein. Er schien mit dem Handel ganz zufrieden zu sein, denn er geleitete uns dienernd bis an die Tür und machte einen ganz erleichterten Eindruck.

»Donnerwetter, Herr Kaleu, da haben Sie aber ein tolles Geschäft gemacht!« sagte der I WO, als sich die Ladentür hinter uns geschlossen hatte und wir mit meinem Einkauf auf der Straße standen. »So eine phantastische Kamera zu einem solchen Preis!«

»Deshalb habe ich auch zugeschlagen. Er schien aber auch ein gutes Geschäft gemacht zu haben. Mir ist bloß ein Rätsel, warum der bei unserem Eintreten so eine Angst hatte.«

Bernau sah mich einen Augenblick ungläubig an. »Wir sind Deutsche, Herr Kaleu, die dieses friedliche Land ohne jede kriegerische Verwicklung einfach so besetzt haben. Und dann ... sein Name über der Tür! Da ist das doch verständlich. Haben Sie den denn nicht gesehen?«

Ich drehte mich um und suchte die Inschrift über der Tür. *Hershel Grünspan* stand dort in schwungvoller Kunstschrift. Jetzt wußte ich, welcher Ruf uns im Ausland vorauseilte und warum er Angst gehabt hatte. Der Ladenbesitzer war Jude.

Der Schreibermaat, dem ich die Aufforderung unter die Nase hielt, die uns hierher zitierte, führte uns zu einem Vorzimmer, dessen Tür nur angelehnt war. Als wir eintraten, erlebte ich die nächste Überraschung.

Hinter dem Schreibtisch saß ein Kapitänleutnant und amüsierte sich köstlich über mein verblüfftes Gesicht. »Herzlich willkommen in Tromsø, Arne! Das hast du nicht erwartet, was?«

»Das kann man wohl sagen, Blåvands Huk! Was machst du denn hier in Tromsø? Ich denke, du bist Verbindungsoffizier in Trondheim?«

Bernd Schulte und ich waren Crewkameraden, deshalb rutschte mir in der Überraschung sein Spitzname heraus. Bernd hatte sich nämlich während unserer gemeinsamen Seekadettenzeit beim Navigationsunterricht einen

180-Grad-Fehler geleistet, indem er das dänische Blåvands Huk in die Südsee oder den Südatlantik verpflanzt hatte. Seitdem hing ihm in der Crew dieser Spitzname an.

»Gewesen, Arne! Jetzt bin ich hier der Adjutant des örtlichen Marinebefehlshabers.« Er stand auf und schüttelte uns beiden die Hand. »Und Sie sind der I WO auf U 115, wenn ich mich recht erinnere.«

Der deutete eine Verbeugung an. »Bernau, Oberleutnant zur See, Herr Kaleu.«

»Na, dann wollen wir mal! Korvettenkapitän Wagner und sein Besuch erwarten euch schon.« Er klopfte an die Verbindungstür und trat mit uns ein. »Kaleu Thomsen und sein I WO von U 115 wie befohlen zur Stelle, Herr Kapitän!«

Bernau und ich machten Männchen. Korvettenkapitän Wagner, ein schlanker, früh ergrauter Mann mit einer gewaltigen Hakennase in einem verkniffenen Gesicht, erwiderte unsere Ehrenbezeigung mit einem knappen Kopfnicken. »Danke, Schulte! Nehmen Sie Platz, meine Herren!«

Seine schnarrende Stimme jagte mir einen gelinden Schauer über den Rücken. Sie paßte nicht nur zu seinem verkniffenen Gesicht, sie erinnerte mich auch auf eine fatale Weise an meinen Rekrutenkorporal auf dem Dänholm. Dieser Kommißkopp und üble Schinder hatte uns mit sadistischer Freude geschliffen, »bis uns das Wasser im Arsch kochte«, wie er sich ausdrückte, nur weil er gegen Abiturienten und Offiziersanwärter etwas hatte.

Der Kapitän deutete auf die beiden Offiziere an seinem Tisch. Der Oberleutnant und ein Leutnant trugen silberne Rangabzeichen, waren also Sonderführer.

»Die Herren Schleusner und Turke sind für die Meteorologen auf Spitzbergen zuständig. Die sind an Ihrem Bericht verständlicherweise besonders interessiert.« Aus seiner

Miene und der Art, wie er sie vorstellte, war unschwer eine gewisse Mißachtung zu entnehmen. »Also, Thomsen?«

Ich nahm sein »Also« als Aufforderung, mit meinem Bericht zu beginnen, blieb jedoch sitzen, weil mich seine herablassende Art langsam aufbrachte. »Mein Bericht stützt sich auf die Logbuch- und Kriegstagebuchaufzeichnungen. Ich habe ihn außerdem noch einmal schriftlich fixiert, so daß sich ein Protokoll möglicherweise erübrigt, Herr Kapitän.«

Ich reichte ihm den Schriftsatz und begann mit meinem ausführlichen Vortrag über alles, was sich bis zu diesem Tage zugetragen hatte.

»Sehr schön, sehr schön, Thomsen!« schnarrte der Kapitän anerkennend, als ich geendet hatte. »Sehr informativ, Ihr Bericht! Ein böser Verlust, dieser Untergang der beiden Boote! Aber sie haben sich wenigstens tapfer ihrer Haut gewehrt und immerhin zwei der Angreifer heruntergeholt! Das verdient An-er-ken-nung! Notieren Sie, Schulte, wir werden die Offiziere für das EK I und die Besatzungen für das EK II vorschlagen, postum sozusagen! Wir werden die Angehörigen entsprechend unterichten! Vergessen Sie das nicht, Schulte! Das ist wichtig!«

Bernau und ich sahen einander an. Hatten wir richtig gehört, das war seine einzige Sorge? Ich hob die Hand.

»Darf ich daran erinnern, daß die Gruppe auf Spitzbergen jetzt nur noch Vorräte für fünf Tage hat, Herr Kapitän? Die sind auf Nachschub angewiesen, und wenn ...«

»Was erlauben Sie sich, Herr Thomsen? Haben Sie vergessen, mit wem Sie hier reden?« Er starrte mich an wie die Schlange das Kaninchen und schlug mit der flachen Hand auf meinen Schriftsatz. »Ich kann hören und auch lesen! Bedauerlich, daß die so wenig Vorräte mitgenommen haben! Ist das unsere Schuld? Dafür hätte Bergen sorgen müssen! Dann werden sie sich eben bescheiden, bis wir den Nachschub organisieren können! Bis dahin werden sie eben auf die Jagd gehen müssen, klar?«

Mir schwoll der Kamm. So eine Behandlung vor Zeugen brauchte und konnte ich nicht hinnehmen. Doch Bernau kam mir zuvor.

»Glaube kaum, daß die dort etwas Jagdbares finden werden, wenn mir der Hinweis gestattet ist, Herr Kapitän. Weiter im Süden vielleicht, aber nicht dort.«

»Warum nicht, Oberleutnant Bernau?«

»Nach Aussage des kommandierenden Offiziers der Gebirgsjäger gibt es dort bestenfalls Schneehühner, Hochwild hat sein Spähtrupp dort nicht ausmachen können, Herr Kapitän.«

»Wenn die Versorgung der Gruppe nicht gesichert ist, können wir das Projekt einer Wetterstation auf dem Inlandeis glatt abschreiben«, wagte sich der Sonderführer, Oberleutnant Schleusner, vor. »Das wird man höheren Ortes gar nicht gern hören. Ich darf daran erinnern, daß die Planung für die Wetterstation auf den ausdrücklichen Befehl der Seekriegsleitung zurückgeht.«

Das verschlug diesem aufgeblasenen Ignoranten glatt die Sprache. Er warf seinem Adjutanten einen hilfesuchenden Blick zu.

Blåvands Huk reagierte sofort. »Das Problem sind nicht die Versorgungsgüter, die bekämen wir zusammen, zwar nicht sofort, aber zumindest noch rechtzeitig genug. Was uns fehlt, ist der Transportraum, den haben wir nämlich nicht. Ein Blick in den Hafen genügt. Wir sind erst noch dabei, hier eine Marinebasis aufzubauen. Alle Marineeinheiten, über die wir hier bis jetzt verfügen können, sind als Vorpostenboote an den Zufahrten nach Tromsø eingesetzt, um auf einen Handstreich der Briten wie gegen Harstad oder Narvik rechtzeitig reagieren zu können.«

»Heißt das, Sie haben hier überhaupt keine schweren Einheiten zu ihrem Schutz stationiert, Herr Schulte?« fragte ich ungläubig.

»Nicht direkt, Herr Thomsen. Sie operieren im Seegebiet zwischen der Küste und Jan Mayen, aber sonst ...«

»An mehr ist auch nicht zu denken, Thomsen!« unterbrach ihn der Kapitän rüde. »Der Verlust von *HVAL I* und *HVAL V* hinterläßt eine Lücke, mit der wir nicht gerechnet haben. Mit Ersatz ist unter den gegebenen Umständen nicht zu rechnen. Der Feldzug in Frankreich geht seinem baldigen Ende entgegen. Sobald die Franzosen kapituliert haben, übernimmt die Kriegsmarine die Atlantik- und Biskayahäfen. Außerdem ist eine Landung in England in Planung. Da kann man sich hier nicht mit so einem Kleinkram abgeben, da wird jeder fahrbare Untersatz woanders gebraucht.«

War der Mann noch zu retten? Das Leben von zehn Menschen stand auf dem Spiel, die drei Monate in der Eiswüste ohne Aussicht auf ausreichende Versorgung verbringen sollten, da sprach der von Kleinkram? Blåvands Huk blickte in mein empörtes Gesicht, befürchtete wohl, ich könnte jeden Augenblick explodieren.

»Was meinen Sie, Herr Thomsen, kann U 115 die Versorgung übernehmen?«

Mir verschlug es fast die Sprache. Das fehlte uns gerade noch. »Für drei Monate? Ausgeschlossen, wir haben einen Kampfauftrag. Ich soll hier lediglich noch meinen Torpedovorrat ergänzen und Treibstoff nachbunkern. Außerdem ist das Boot dafür überhaupt nicht eingerichtet! Wir könnten die Wettergruppe zurückholen, bis eine Möglichkeit für deren Versorgung gefunden worden ist. Das würde ich noch auf meine Kappe nehmen, mehr aber auch nicht! Ich habe nicht das geringste Verlangen danach, mir Ärger mit dem BdU auf den Hals zu laden, mir vielleicht gar noch einen Vermerk in meiner bisher sauberen Personalakte einzuhandeln.«

Das war ein Strohhalm, aber der zog. Mit Dönitz wollte sich selbst der aufgeblasene Ignorant nicht anlegen.

»Na, da hätten wir ja schon etwas!« jubilierte er und wandte sich hocherfreut an die beiden Sonderführer. »Was sagen Sie dazu, meine Herren? Ist das nicht eine passable Lösung?«

Sieh an, der greift nach diesem Rettungsanker und denkt gar nicht daran, sich zunächst einmal die Richtigkeit meiner Behauptungen durch die Flottille in Bergen bestätigen zu lassen? Das machte mich stutzig. War der am Ende auf diesen Posten in Tromsø abgeschoben worden, weil man ihn anderswo loswerden wollte?

Die beiden Sonderführer gingen jedoch nicht sofort auf seinen unverhüllten Vorschlag ein. Sie taten das, was auch ich an ihrer Stelle getan hätte. »Eine Lösung wäre das natürlich. Aber können wir das nicht auf morgen verschieben? Das können wir nämlich nicht allein entscheiden, Herr Kapitän. Dazu müssen wir zuerst die Zustimmung unserer Vorgesetzten einholen.«

»Holen Sie die ein, meine Herren! Ich bin sicher, man wird angesichts unserer schwierigen Lage zustimmen!« Man merkte Wagner an, daß er froh war, die Verantwortung abgeschoben zu haben. Er stand auf. »Vertagen wir die Entscheidung auf morgen.«

Es war mein Crewkamerad, der ihn bremste. »Da wäre noch zu klären, wie wir in dem Mordfall verfahren, den Kaleu Thomsen aktenkundig gemacht hat, Herr Kapitän.«

»Der Mordfall? Der ist nicht unser Bier, Schulte. Darum

sollen sich die Norweger kümmern. Geben Sie den Fall an die Norweger ab.«

»Ich gebe zu bedenken, daß die dann fragen werden, woher wir unsere Informationen haben. U 115 können wir schlecht als Zeugen angeben, Herr Kapitän?«

»Auch richtig! Haben Sie Fotos gemacht, Thomsen? Nein? Das ist bedauerlich! Dann geben Sie das an die Abwehr weiter, die werden schon eine Lösung finden, Schulte. Am besten bis morgen zu unserer Besprechung um fünfzehn Uhr. Bis dann meine Herren!«

Damit waren wir entlassen. Wir standen auf und salutierten. Seine Antwort war nur ein gnädiges Nicken.

»Eins muß man diesem Arschloch lassen«, sagte Bernau leise, als wir draußen waren, »der ist ein Meister im Abschieben von Verantwortung.«

Es war nicht leise genug, Blåvands Huk grinste. »Das unterschreibe ich, ohne zu zögern, Herr Bernau! Wollt ihr etwa schon an Bord zurück? Ich dachte ...«

»Richtig!« unterbrach ich ihn. »Du hast mir doch in Trondheim versprochen, wir würden uns bei unserem nächsten gesunden Wiedersehen bis an die Halskrause vollaufen lassen! Jetzt nehme ich dich beim Wort, mein Lieber!«

Wir setzten uns in die Offiziersmesse, ein Kasino gab es ja hier noch nicht. Bernau wollte sich verabschieden, denn er wußte nicht, ob die in Trondheim ausgesprochene Einladung auch für ihn galt. Schulte hielt ihn fest.

»Nichts da, Herr Bernau, hier geblieben! Ihr Kommandant braucht schließlich jemand, der ihn sicher an Bord zurückbringt, wenn er dun ist, klar? Was trinken wir, Arne? Bier, Wein, Sekt, Aquavit – was ihr wollt.«

»Was denn, so gut seid ihr hier bestückt? Alles mit nach hier oben geschleppt?«

»Irrtum, mein Lieber! Das hier war ein ganz nobles Hotel, bis wir kamen. Da haben wir die Vorräte gleich mit übernommen. Also, was ist?«

»Erst einmal ein paar Aquavits, damit ich den unangenehmen Geschmack runterspülen kann, den dein Chef bei mir hinterlassen hat, dann Bier. Für Sie auch, I WO?«

Der nickte und schüttelte sich. »Wenn's geht, ein paar doppelte Aquavits, Herr Kaleu.«

Schulte machte dem Messesteward ein Zeichen und gab die Bestellung auf. Sie hörte sich wie der Auftakt zu einem Leistungssaufen an. Er lehnte sich zurück und griente. »Der alte Sack hat euch geschafft, was?«

»Geschafft ist noch milde ausgedrückt. Wer hat den bloß hier oben raufkatapultiert? Hat der 'nen Bolzen gedreht?«

»Muß er wohl. Vermutlich einen, der ihn untragbar gemacht hat. Weggelobt nennt man das, Arne.«

Ich wartete, bis der Messesteward unsere Bestellung auf dem Tisch abgestellt und sich wieder entfernt hatte. »Und du, warum bist du bei ihm als Adjutant gelandet? Auch weggelobt?«

Er lachte laut auf und griff nach dem Aquavit. »Nee, das Gegenteil ist der Fall! Dein I WO hat ihn so wundervoll treffend charakterisiert. Der spielt sich als der große Zampano bloß auf, wenn er Publikum hat, ansonsten schiebt er alles ab. Vielleicht hat er Angst, nochmals auf die Schnauze zu fallen? Was er abschiebt, landet dann bei mir, und da wird es dann geregelt. Prost!«

»Dann regle das mal, was wir auf dem Herzen haben«, sagte ich, nachdem wir getrunken hatten. »Wir möchten nachbunkern, Öl und Trinkwasser, und dann unsere Torpedos ergänzen.«

»Wasser und Treiböl – kein Problem, beides könnt ihr sofort haben. Aber die Torpedos für dein Boot, die kannst du dir abschminken, die haben wir nicht im Arsenal, noch nicht. Die bekommst du zur Zeit nur im U-Bootstützpunkt Bergen. Außerdem seid ihr das erste Boot, das Tromsø bis jetzt angelaufen hat.« Er hob sein Bierglas. »Zum Wohl!«

»Zum Wohl!« Wir tranken. Ich wischte mir den Schaum mit dem Handrücken ab. »Schöner Mist! Wir werden noch heute nachbunkern, damit wir uns sofort auf den Weg machen können. So oder so, wie morgen die Entscheidung fällt.«

»Du kannst davon ausgehen, daß man deinen Vorschlag akzeptieren wird. Was bleibt denen auch anderes übrig? Du kannst also nach der morgigen Besprechung sofort nach Spitzbergen in See gehen, um die dortige Crew abzuholen. Ich hoffe, ich kann bis dahin auch das mit der Abwehr regeln, damit die dich zu dem Mordfall noch einmal persönlich hören können.« Er musterte neugierig das Paket auf dem Stuhl neben mir. »Was schleppst du da eigentlich mit dir rum? Einen Einkauf? Hattest du denn Kronen?«

Ich lachte. »Drei Fragen auf einmal, Neugier läßt grüßen, Blåvands Huk! Einkauf – ja, Kronen – nein! Und was das ist? Eine Leica mit Zubehör. Eine so günstige Gelegenheit, die konnte ich mir nicht entgehen lassen. Der Händler hat mir einen guten Preis gemacht und hat Reichsmark genommen.«

Ich wickelte die Kamera aus und hielt sie ihm hin. »Die werde ich ausprobieren, wenn wir die Truppe aus dem Jøstralundfjord abholen und das Wetter es zuläßt. Ich kann mir vorstellen, daß es auch für die beiden Sonderführer interessant sein wird, wie es dort oben an der Treibeisgrenze aussieht.«

»Keine schlechte Idee.« Er gab mir die Kamera zurück. »Ein schönes Stück. Vielleicht solltest du mal versuchen, damit durch das Sehrohr zu fotografieren?«

»Versuchen werde ich es, aber ob das funktioniert? Vermutlich braucht man dazu einen Adapter, und den habe ich nicht.«

Es wurde kein Leistungssaufen. Irgendwann erschien ein Läufer und überreichte ihm ein Formular. Er warf nur einen kurzen Blick auf den Text. »Ein Funkspruch. Tut mir leid, Arne, ich werde gebraucht.« Er winkte den Messesteward herbei. »Schreiben Sie die Rechnung auf mein Messekonto. Macht euch man noch 'nen schönen Tag, Arne. Wir sehen uns dann morgen.«

Wir kamen nicht dazu, uns einen schönen Tag zu machen. Als wir an Bord zurückkehrten, holte uns der militärische Alltag wieder ein. Wir hatten mit dem Nachbunkern vollauf genug zu tun. Zum Schluß lotste mich der LI auch noch auf den Turm. Er zeigte mir, daß seine Männer inzwischen die Einschüsse provisorisch plattgeklopft hatten, und verpaßte mir damit prompt ein schlechtes Gewissen. Ich hatte doch glatt vergessen, Blåvands Huk wegen der Schweißarbeiten am Turm zu fragen.

»Tut mir leid, Herr Becker. Das habe ich doch glatt vergessen. Aber das regle ich morgen sofort mit dem Adjutanten.«

Ich kam jedoch nicht dazu, es mit ihm zu regeln, weil wir uns gar nicht mehr sahen. Man hatte es am nächsten Tag nämlich plötzlich sehr eilig. Die Entscheidung fiel viel früher als erwartet. Ein Läufer platzte in unser Frühstück hinein, als der Smut' uns gerade Rühreier mit Speck auf die Teller patschte. Er überbrachte mir ein versiegeltes Kuvert mit dem Befehl, umgehend in See zu gehen und die Meteorologen aus dem Jøstalundfjord abzuholen.

Mehr noch. Dem Befehl war ein kurzes persönliches Schreiben Schultes beigefügt:

Lieber Arne,
tut mir leid, daß wir uns nicht mehr sehen können. Ich komme hier nicht weg. Die Zustimmung, die Wetterfrösche abzuholen, kam telefonisch.
Ich hab' mit der Abwehr telefoniert. Kannst du nicht ein paar Aufnahmen vom Tatort des Mordes machen, wenn du doch sowieso dort oben herumschipperst? Die Abwehr wäre dir dafür sehr dankbar. Bringt überhaupt alles mit, was möglicherweise auf den Täter hinweisen könnte. Vielleicht findet man eine Spur in den zerrissenen Briefen und Fotos? Ansonsten laßt den Tatort, wie er ist!
Paßt gut auf euch auf, und kommt heil wieder rein! Bis bald! Dein Blåvands Huk.

»Die sind gut, was? Hinweise auf den Täter, die werden sich wohl schwerlich auf den Fotos finden lassen. Aber von mir aus ...« Ich reichte dem I WO beide Schreiben und schaute auf die Borduhr. »Von wegen umgehend! Wir essen erstmal in aller Ruhe unser Frühstück auf. Seeklar um neun Uhr!«

Als ich meinen geleerten Teller zurückschob, sah ich in das vorwurfsvolle Gesicht des LI. Ich zuckte die Schultern. »Ja, ich weiß, Herr Becker. Das ist Pech, aber aufgeschoben ist nicht aufgehoben. Spätestens in fünf Tagen sind wir zurück, dann geht das über die Bühne. Versprochen!«

Wir brauchten für die rund fünfhundertvierzig Seemeilen bis Spitzbergen nur eineinhalb Tage, weil das Wetter und die See uns keinen Strich durch die Rechnung machten. Auch die Tommies hielten sich zurück, uns kamen weder Flugzeuge noch umherstreifende Überwasserstreitkräfte in die Quere.

Nicht minder ereignislos verlief die Fahrt entlang der

Westküste nach Norden. Ich machte unzählige Aufnahmen von der steil aus dem Meer aufsteigenden öden, zerklüfteten Küste, von den Vögeln und den Walen, die unseren Kurs kreuzten. Aber nirgends entdeckten wir Spuren, die auf Menschen hinwiesen. Wir fingen seltsamerweise selbst vor dem Isfjord, an dem Longyearbyen lag, bei den routinemäßigen Horchpausen keine Schraubengeräusche auf. Erst als wir den Kongefjord passierten, änderte sich das eintönige Bild. Noch immer trug der ablandige Wind verwehte Rauchschwaden und den Gestank schwelender Kohle aus Ny Ålesund zu uns hinaus aufs Meer.

»Möchte bloß mal wissen, was sich dort in Ny Ålesund ereignet hat, Herr Kaleu.« Der II WO ließ sein Glas sinken. »So ein Feuer entsteht doch nicht von allein.«

»Meine ich auch, Herr Störmer. Es lockt mich darum, dort mal hineinzuschauen. Aber das hat Zeit, bis wir die Wetterfrösche abgeholt haben. Wenn man uns dann dort sieht, kann uns das egal sein.« Ich lächelte, denn in meinem Kopf hatte diese Absicht bereits feste Formen angenommen. »Die werden sowieso kein großes Gewese um uns machen, wenn wir den Danebrog setzen und uns wie die Dänen aufführen, wenn sie uns auf die Pelle rücken sollten, was ich nicht glaube.«

Den Danebrog, die dänische Nationalflagge, hatte der Signalmaat bereits aus unserem Signalflaggenvorrat zusammengebastelt, als uns seinerzeit zum ersten Mal der Gedanke gekommen war, den Norwegern ein dänisches U-Boot vorzugaukeln.

»Was sagen denn die Wetterdaten aus, die wir heute morgen aufgefangen haben, Steuermann?«

»Ein kräftiges Tiefdruckgebiet westlich Südskandinaviens, Herr Kaleu. Hier oben herrscht Hochdruckeinfluß mit zunehmendem Nordwind, und es soll trocken bleiben.«

Steuermann Siegmund verzog trotz dieser positiven Aussichten skeptisch das Gesicht. »Ich hab' da jedoch so meine Bedenken. Zunehmender Nordwind, der setzt möglicherweise das Tief mit seinen Fronten in Marsch. Kann gut sein, daß wir dann vor Tromsø wieder in Scheißwetter hineingeraten.«

»Das wollen wir doch nicht hoffen, Steuermann.« Ich verdrängte jedoch trotzdem jeden Gedanken an die Fotos vom Tatort des Mordes aus meinem Kopf. Die konnten warten.

Vorrang hatte zunächst die Evakuierung der Wetterfrösche. Zunehmender Nordwind brachte nämlich auch die Gefahr mit sich, daß er Treibeis weiter nach Süden und damit in unseren Kurs zum Jøstalundfjord driften ließ. Treibeis, davor hatte ich einen Heidenrespekt, besonders dann, wenn ich an eventuellen Nebel darüber dachte. Beides konnte uns in erhebliche Schwierigkeiten bringen, und danach hatte ich nicht das geringste Verlangen.

Ich machte mir jedoch unnötige Sorgen. Wir gerieten zwar wieder in das treibende Eis, und es lag auch leichter Dunst darüber, aber wir kamen trotzdem gut und sicher vorwärts. Mehr noch, wir brauchten weitaus weniger Zeit, als wir befürchtet hatten. Es herrschte außerdem Ebbe, und der Druck des ablaufenden Wassers auf die Ruder machte das Boot in dem verhältnismäßig schmalen Jøstalundfjord noch besser steuerbar.

Die Ärztin entdeckte uns zuerst, als wir in die Bucht einliefen, in die der Fjord einmündete. Sie kam mit einem der Gebirgsjäger und Professor Masilius den Ziegenpfad neben dem Gletscher herunter, und die beiden trugen Angelruten in den Händen. Offenbar wollten sie zu ihrem Schlauchboot hinunter, um zu angeln.

Als sie uns sahen, winkten sie und beschleunigten ihre Schritte.

»Petri Heil!« rief ich ihnen mit der Flüstertüte zu, während wir die Barre ansteuerten, um hinter ihr vor Anker zu gehen. Das Leinenkommando war schon dabei, unser Schlauchboot auf dem Achterdeck klarzumachen. »Hoffe, Sie wollen den Regenwürmern nicht bloß das Schwimmen beibringen!«

Masilius legte die Hände an seinem Mund zu einem Trichter zusammen. »Herzlich willkommen! Wir freuen uns, Sie wiederzusehen! Hat sich was mit den Regenwürmern! Bringen Sie die Versorger mit?«

»Im Gegenteil, Professor! Wir kommen, um Sie wieder abzuholen!« fiel ich mit der Tür ins Haus. Ich wollte es möglichst schnell hinter uns bringen. »Davon mehr, wenn ich zu Ihnen an Land komme!«

Der Anker fiel, die Ankerwache zog auf, der Bootsmann meldete das Schlauchboot klar zum Aussetzen. Ich brauchte nur in das Gesicht des II WO zusehen, und ich wußte Bescheid.

»Zwei Leute für das Schlauchboot, Herr Störmer, und dann kommen Sie mit rüber. Einen Blumenstrauß brauchen Sie nicht mitzunehmen«, konnte ich mir nicht verkneifen, »sie freut sich bestimmt auch so, Sie wiederzusehen.«

Er schluckte die Stichelei und grinste nur.

»Das war aber doch wohl nur ein Scherz mit dem Abholen, Herr Kaleu?« fragte Masilius ungläubig, als wir landeten und das Schlauchboot auf den steinigen Strand zogen, damit die Ebbe es nicht mit hinausziehen konnte. »Wir haben doch noch gar nicht richtig angefangen, und dann liegen zwei von uns auch noch flach.«

»Das ist leider – oder sagen wir lieber – Gott sei Dank mein voller Ernst, Professor. Die beiden Versorger sind einem Fliegerangriff zum Opfer gefallen, Totalverlust. In Tromsø kann man nicht so schnell für Ersatz sorgen, deshalb sollen wir Sie an Bord nehmen und zurückbringen. Oder können Sie sich hier selbst versorgen?«

Die drei starrten mich verdattert an. Die Doktorin fand ihre Sprache zuerst wieder. »Kein Scherz? Und selbst versorgen? Eben nicht, Herr Thomsen. Das haben wir versucht, das heißt, zwei von uns haben bei einem Pirschgang irgendwelche wohlschmeckenden Beeren probiert, ob man die essen kann. Man kann, aber jetzt liegen sie mit einem höllischen Durchfall flach. Bei ihren Leuten heißt das ja wohl eilige Hosen – oder? Und liegen kann man das auch nicht nennen. Die sind eher ständig auf den Beinen.«

»Ach du Scheiße!« rutschte es dem II WO heraus.

»Richtig, so kann man es noch treffender bezeichnen, es kommt jedoch leider aufs selbe heraus«, stellte sie lächelnd fest.

»Und was heißt zurück?« fragte Masilius. »Ist das Projekt damit gestorben?«

»Nein, nur verschoben, bis Ihre Versorgung gesichert ist. Ich schlage vor, Sie packen jetzt ihre Siebensachen zusammen und kommen damit an Bord, bevor das Wetter hier oben wieder umschlägt.«

»Das geht nicht so schnell, Herr Kaleu«, sagte Masilius mit verlegener Miene. »Doktor Feldmann ist seit gestern mittag spurlos verschwunden. Leutnant Eisenberg ist mit zweien seiner Leute auf der Suche nach ihm unterwegs. Wir können doch jetzt nicht ohne die vier zusammenpacken und an Bord kommen.«

Jetzt war ich baff. Ich sah ihn verständnislos an. »Der Feldmann ist alleine abgehauen? Ohne sichernde Begleitung? Hat er Sie denn nicht gefragt?«

»Gefragt? Dieser Eigenbrötler doch nicht! Der ist einfach abgehauen. Wir haben ihn erst beim Mittagessen vermißt.«

Ich war nahe daran, zu explodieren, bis mir aufging, daß das ja Zivilisten waren, denen alles militärische Selbstverständnis fremd war.

»Na, der kriegt von mir was zu hören, wenn ihn der Eisenberg zurückbringt. Der Kerl gehört doch glatt vors Kriegsgericht!« drohte ich trotzdem. »Sie sollten dennoch zusammenpacken und an Bord kommen. Keine Angst, wir gehen ohne die jetzt Abwesenden nicht ankerauf!«

Die Doktorin nickte. »Ist mir auch lieber so als in der zugigen Bude dort oben. Kann ich dann wieder Ihre Kammer haben, Herr Kaleu, damit ich keinem Ihrer Männer den Kopf verdrehe?«

»Selbstverständlich, meine Gnädigste!« Und im Gedanken setzte ich hinzu: Du Luder weißt doch ganz genau, daß das zumindest schon bei einem von uns passiert ist!

Leutnant Eisenberg und Dr. Feldmann machten es spannend. Je länger wir auf deren Rückkehr warteten, desto häufiger ging mein Blick zur Uhr. Längst hatten wir die übrigen Mitglieder der Gruppe mit ihrem Gepäck an Bord genommen und an Land alles beseitigt, was irgendwelche Rückschlüsse auf den Grund ihres Aufenthaltes zugelassen hätte. Das ging so weit, daß wir selbst den Abfall eingesammelt und im Fjord versenkt hatten, weil wir ihn nicht eingraben konnten. Der Dauerfrostboden war ja nur etwa vierzig Zentimeter aufgetaut.

Ich war aber nicht der einzige, dem die lange Warterei auf die Nerven ging.

»Verdammt, nach den Angaben des Professors ist dieser Feldmann vor mehr als vierundzwanzig Stunden spurlos verschwunden, Herr Kaleu«, sagte der I WO. »Ohne Waffe, ohne Nahrung und lediglich mit den warmen Klamotten ausgerüstet, die er auf dem Leib trug. Da wäre es doch geradezu ein Wunder, wenn dieser Kerl noch lebte.«

»Eben, Herr Bernau! Darum zerbreche ich mir die ganze Zeit den Kopf, warum der Eisenberg mit seiner Truppe nicht schon längst zurückgekehrt ist.«

»Am Ende ist der mit seinen Männern in irgendeine Gletscherspalte gefallen? Vielleicht sollten wir einen Suchtrupp losschicken?«

»Um dann auch noch auf den Trupp warten zu müssen? Frei nach dem Motto: Der Herr, der schickt den Jokkel aus, der soll den Eisenberg holen, was?« Ich schüttelte unwillig den Kopf. »Kommt überhaupt nicht in Frage, I WO!«

Der Professor krabbelte aus dem Turmluk. Er hatte ganz offensichtlich das von mir abgewandelte Kindergedicht gehört. »Würde ich auch von abraten, Herr Kaleu! Aber vielleicht sollten wir statt dessen einfach mal eine Leuchtgranate abfeuern? Die sieht der Leutnant unter Garantie und nimmt sie als ein Signal. Der kehrt dann auch ohne den Feldmann sofort um.«

Das war gar nicht so schlecht gedacht. »Keine schlechte Idee, Professor. Der Eisenberg würde sicher so reagieren, aber möglicherweise nicht nur er. So eine Leuchtgranate ist bei diesem klaren Wetter meilenweit zu sehen. Wir aber müssen alles vermeiden, was auf uns aufmerksam macht. Darum sollten wir auch das lieber lassen.«

»Im übrigen glauben wir«, setzte der I WO hinzu, »daß dieser Feldmann längst tot ist. Erfroren vermutlich, weil er sich entkräftet irgendwo hingesetzt hat und vor Erschöpfung eingeschlafen ist.«

»Bleiben die deshalb so lange aus, weil sie sich mit dem Toten abschleppen müssen? Dann sollten sie eigentlich bald oben an der Hütte auftauchen«, vermutete Masilius mit gänzlich unbegründetem Optimismus.

Es vergingen noch zwei weitere Stunden, ehe der Leutnant tatsächlich mit seinen Männern oberhalb der Gletscherzunge auftauchte und zum Strand abstieg. Aber sie kamen ohne Feldmann und machten einen total erschöpften Eindruck.

»Bootsmaat Hübner, fahren Sie mit ein paar Männern in den beiden Schlauchbooten hinüber, und holen Sie die Stoppelhopser mit ihren Sachen an Bord«, befahl der I WO. »Klar zum Ankerlichten!«

Leutnant Eisenberg und seine Männer waren tatsächlich total erschöpft und konnten sich kaum noch auf den Beinen halten, als sie aus dem Schlauchboot kletterten. Mühsam kraxelten sie zu uns auf die Brücke herauf. Indessen machte der Smadding alles klar zum Ankerlichten, und das Leinenkommando begann, die Schlauchboote achtern an Deck zu holen.

Ursprünglich hatte ich nämlich vorgehabt, den Fjord sofort zu verlassen, sobald Eisenberg mit Feldmann zurückkehrte. Diese Absicht verschob ich jetzt, bis ich Eisenbergs Bericht gehört hatte. Ich kannte die Verhältnisse oberhalb der Hütte nicht. Möglicherweise war Feldmann nur deshalb nicht gefunden worden, weil sich das Gelände dort für den kleinen Trupp als zu weitläufig erwiesen hatte. Dann mußte ich einen größeren Suchtrupp losschicken, um sicher zu gehen, daß Feldmann tatsächlich nicht mehr lebte.

»Danke, Herr Eisenberg, Ihr Bericht hat Zeit. Wir sehen ja auch so, daß Sie den Feldmann nicht gefunden haben«, sagte ich, als er sich und seine Männer bei mir zurückgemeldet hatte und zum Bericht ansetzte. »Gehen Sie jetzt erst einmal unter Deck und essen und trinken was, damit Sie wieder zu Kräften kommen. Danach setzen wir uns im Offizierslogis zusammen, und Sie berichten uns.«

Eisenberg breitete eine Faustskizze vor sich auf der Back aus. »Ich habe hier mal grob festgehalten, welche Geländebedingungen wir bei unserer Suche vorgefunden haben. Von unserem Strand aus gibt es überhaupt nur zwei Zugänge, um bis an die obere total von Eis bedeckte Region vorzustoßen, das sind diese beiden Täler hier. Sie führen durch ein völlig zerklüftetes unwegsames Gelände, durch das wir uns hindurchquälen mußten. Wir haben es systematisch abgesucht, aber nicht die geringste Spur von Dr. Feldmann entdecken können.« Er unterstrich seine Worte, indem er die Routen auf der Skizze mit dem Finger nachzog. »Diese Täler enden an den gewaltigen Eismassen der mit verharschtem Schnee bedeckten Gletscher. Dort war ein Fortkommen nur mit unseren Steigeisen möglich, die aber hatte Feldmann meines Wissens nicht mit. Wir sind trotzdem auf das Eis raufgestiegen, weil wir hofften, seine Spuren im Schnee finden zu können. Auch hier war das Ergebnis absolut negativ. Wir haben auch keine Hinweise darauf gefunden, daß er Eisbären zum Opfer gefallen sein könnte. Die ganze Suche war ein Schuß in den Ofen, Herr Kaleu. Mag der Teufel wissen, wie der Mann es geschafft hat, sich buchstäblich in Luft aufzulösen.«

»In eine Gletscherspalte kann er nicht gefallen sein, Herr Eisenberg?«

»Möglich ist das schon, hier im unteren Bereich sind die Gletscher ja von zahlreichen unter Schneebrücken verborgenen Spalten durchzogen. Die sind selbst für uns gefährlich, die wir uns damit auskennen. Wer sich damit nicht auskennt, bricht leicht durch und ist verloren. Der erfriert innerhalb kürzester Zeit.«

»Das heißt, daß wir davon ausgehen müssen, daß Dr. Feldmann nicht mehr am Leben ist?« vergewisserte ich mich.

»Selbst wenn er den Sturz in eine Gletscherspalte überlebt haben sollte, dürfte er nach unseren Erfahrungen in der inzwischen vergangenen Zeit erfroren sein, Herr Kaleu.«

»Daß er einen anderen Weg genommen haben könnte, beispielsweise am Ufer der Bucht entlang, schließen Sie aus, Herr Eisenberg?« wollte der II WO wissen.

»Völlig, Herr Störmer! Das war auch unser erster Gedanke. Dazu hätte er die steilen kahlen Felswände raufklimmen müssen, und das schaffen selbst meine Männer nicht ohne eine ganz spezielle Ausrüstung und Hilfe durch Kameraden. Der Mann ist tot.«

»Der Meinung bin ich auch«, schloß ich mich seiner Feststellung an und stand auf. »Dann gibt es keinen Grund, hier noch länger zu bleiben. Ich danke Ihnen, Herr Eisenberg, muß Sie aber bitten, einen entsprechenden schriftlichen Bericht anzufertigen, den ich dem Kriegstagebuch anfügen kann.«

Wir lichteten den Anker und nahmen Kurs auf die offene See. Der Wind hatte weiter zugenommen, das spürten wir sogar in dem schmalen Fjord. Deshalb wollte ich raus aus dem Schlauch und das Treibeis hinter mich bringen, solange sich das Wetter noch hielt. Dieser Feldmann hatte uns durch seinen unverantwortlichen Leichtsinn schon viel zuviel Zeit gekostet. Darum weinte ihm keiner von uns eine Träne nach, auch wenn er sein Handeln mit seinem Leben bezahlt hatte.

Selbst die Doktorin, die auf die Brücke gekommen war, um die Fahrt durch den Fjord mitzuerleben, zeigte wenig

Mitgefühl. »Typisch für diesen Außenseiter! Bringt durch seinen Eigensinn sich selbst um und andere Leute mit in Gefahr!«

»Hat es eigentlich seinetwegen vorher irgendwelche Differenzen innerhalb Ihrer Gruppe gegeben, Doktorin?«

»Nicht direkt, unterschwellig wegen seines Verhaltens schon, Herr Kaleu. Er war kein Mann, der auf die Gefühle anderer Rücksicht nahm. Er zeigte vielmehr ganz offen, wie wenig er von deren Meinung hielt.« Sie sah mich einen Augenblick forschend an. »Zeigen Sie eigentlich Ihre Gefühle offen?«

»Selten.« Ich war über ihre Frage konsterniert. Was gingen sie meine Gefühle an? »Warum fragen Sie?«

»Nun ja, Sie mögen es nicht, daß ich mich in Ihrer Kammer nicht verstecke, sondern einem Kontakt zu Ihrer Besatzung nicht aus dem Wege gehe, wie beispielsweise mit Ihrem II WO. Stimmt es?«

»An sich ist mir das völlig egal, nur nicht unter den gegebenen Umständen. Eine Frau an Bord, die ausgerechnet in dem II WO einen Mann findet, bei dem eine Art Funke gegenseitiger – sagen wir mal – Sympathie überspringt, um das mal etwas weniger pointiert auszudrücken, solange das der übrigen Besatzung verborgen bleibt, gibt es keine Probleme, Doktorin. Aber vergessen Sie nicht, er ist Offizier, und wir Offiziere geraten schnell in die Kritik, wenn die Mannschaft meint, wir würden auf Grund unserer Stellung Vorteile gegenüber dem »gemeinen Mann« erlangen. Vorsicht ist daher die Mutter der Porzellankiste! Darum sehe ich die Problematik darin, daß gegenseitige Sympathie zu offen gezeigt werden könnte. Mir wäre lieber, wenn Sie Ihre Gunst entsprechend breiter streuten.«

Meine Formulierung entlockte ihr ein spitzbübisches Lächeln. »Gut, Herr Kaleu, das verstehe ich. Ich werde meine

Gunst entsprechend streuen. Darf ich damit bei Ihnen anfangen?«

Ich lächelte zurück. »Ich bitte darum, Fräulein Doktor.«

»Gott sei Dank kein Nebel!« atmete der II WO auf, als wir den Jøstalundfjord verlassen hatten und nach Süden einschwenkten. »Ich hatte schon befürchtet, wir müßten uns wieder vorsichtig durch das driftende Eis tasten.«

»Das waren auch meine Befürchtungen, Herr Störmer. Aber auch so ist die Gefahr noch groß. Ich werde das Gefühl nicht los, daß uns möglicherweise das Wetter spätestens vor Tromsø wieder einen Strich durch die Rechnung machen könnte. Laut Wetterkarte, die der Professor zusammen mit Dr. Fleischer erstellt hat, bahnt sich ganz offensichtlich in Kürze eine Wetteränderung an. Gehen Sie mit der Fahrt rauf, sobald wir halbwegs vom Treibeis freigekommen sind und eine Kollision mit einem dieser dicken Brocken nicht mehr zu befürchten ist.«

Ich wollte den Hvalfjord so schnell wie möglich erreichen, um dort die Tatortfotos für die Abwehr zu machen und alles einzusammeln, was den Spezialisten irgendeinen Hinweis auf den Mörder Trygve Bogensøs und seiner Frau geben konnte. Dazu wollte ich diesmal mehr Männer mitnehmen, die die Umgebung weitaus gründlicher unter die Lupe nehmen sollten, als wir es beim ersten Mal getan hatten.

Ich sauste die Turmleiter hinunter, um die notwendigen Vorbereitungen dafür zu treffen. Leutnant Eisenberg und der Smadding warteten in der Zentrale schon auf mich. Ich trat zu ihnen an den Kartentisch, auf dem die norwegische Karte lag.

»Wir werden das Boot wieder in der Bucht des Hvalfjord verlassen und mit den beiden Schlauchbooten fjordaufwärts paddeln. Die beiden Boote sind groß genug, um Sie und Ihre Männer aufzunehmen, Herr Eisenberg. Ihre Aufgabe wird es sein, das Gelände um Haus und Schuppen nach irgendwelchen Beweisstücken abzusuchen, die in diesen Mordfall eventuell Licht bringen könnten. Noch Fragen, Herr Eisenberg«

»Ja, Herr Kaleu. Bewaffnung?«

»Aber ja, mit Maschinenpistolen. Ich halte es zwar für unwahrscheinlich, daß wir auf Eisbären mit ihren Jungen stoßen werden. Die amüsieren sich vermutlich jetzt eher weiter nördlich auf dem Treibeis herum. Aber wie Ihre Begegnung mit dem Jäger im Hornesund bewiesen hat, gibt es ja auch Ausnahmen. Alles klar?«

»Alles klar, Herr Kaleu!«

»Gut! Bootsmann, Sie und Jensen werden sich das Haus und den Schuppen noch einmal gründlicher vornehmen und alles einsammeln, was für die Suche nach dem Mörder von Bedeutung sein könnte. Ich werde indessen Tatortfotos machen.«

Es lief alles so ab, wie wir es beim ersten Mal gemacht hatten, nur wußten wir jetzt, was uns zu der Hütte am Ende des Fjordes zurücktrieb. Diesmal trafen wir jedoch auf ablaufend' Wasser. Deshalb trödelten wir auch nicht mit der Flut fjordaufwärts, sondern mußten gleich nach dem Ablegen flott die Paddel schwingen. Das legte sich jedoch schon nach kurzer Zeit.

Die Gletscher hatten offenbar gekalbt, denn immer mehr zackiger Eisbrocken trieben uns mit der Ebbe entgegen und zwangen uns zur Vorsicht. Die Schlauchboote hatten zwar eine strapazierfähige Außenhaut, sie war jedoch sicher nicht für die Fahrt durch treibendes Eis geeignet. Möglicherweise genügte schon ein ungünstiger Zusammenstoß mit einer scharfkantigen Eisscholle, um sie aufzuschlitzen.

Nach einem Bad im eisigen Fjordwasser stand aber keinem von uns der Sinn.

Je näher wir der Bucht kamen, desto stärker mischte sich ein seltsamer Geruch in die reine Fjordluft, die uns entgegenwehte. Der war so fremd in ihr, daß wir die Nase wie Witterung nehmende Schäferhunde in den Wind reckten, um diese eigenartige Beimischung zu identifizieren.

»Ich fress' 'n Besen, Herr Kaleu«, flüsterte der Smadding plötzlich, »das ist Benzin. Aber woher kommt hier Benzin? Ein abgestürztes Flugzeug?«

Das fragte ich mich auch. Wenige Paddelschläge später wußten wir es. In unseren Booten erstarb sofort jede Bewegung. Der Anblick, der sich uns bot, verschlug mir glatt die Sprache. Doch mein Gehirn registrierte blitzschnell, was meine überraschten Augen sahen, während uns der Ebbstrom erfaßte und uns zurück in den Sichtschutz durch die Fjordwände zog. Mit allem hätte ich gerechnet, nur nicht damit.

Wir waren nicht allein. Unterhalb des Hauses lag ein großes ganz modernes hochseetüchtiges Motorboot, vertäut an einem am Strand ausgebrachten Anker und achtern verbunden durch ein langes Jolltau mit einer Boje. An seinem Heck flatterte die norwegische Flagge im Wind, und seine Bordwände zierten die norwegischen Nationalfarben, um nicht von Flugzeugen angegriffen zu werden. Zu sehen war aber an Deck oder an Land niemand.

Wer auch immer mit dem Boot gekommen sein mochte, der befand sich nicht in dem nach Verwesung stinkenden Haus, denn das Haus und der Schuppen sahen noch genauso aus, wie wir beides nach unserem ersten Besuch verlassen hatten. Die Fenster waren verbarrikadiert, und aus dem Schlot stieg kein Rauch auf. Nur die Schuppentür stand offen. Hatten wir die nicht geschlossen?

»Die sind nicht im Haus, und an Land krebst auch keiner herum, Herr Kaleu!« kam der Bootsmann zu dem gleichen Schluß. »Die schlafen vermutlich im Boot.«

Ich nickte. Zugleich lösten seine Worte in meinem Kopf eine Assoziation aus: das Boot und der Gestank nach auslaufendem Benzin. Das stammte mit Sicherheit nicht aus dem Boot, denn Boote dieser Art und Größe fuhren weltweit nicht mit Benzin, sondern mit Dieselöl. Aber woher kam das Benzin dann?

Ich machte Eisenberg ein Zeichen, mit seinem Boot näher an uns heranzuscheren. »Da ist uns jemand zuvorgekommen. Wer immer es auch ist, der steckt vermutlich in dem fremden Boot. Überraschung ist jetzt alles, Herr Eisenberg. Landen Sie mit Ihren Leuten hinter der Barre, bringen Sie das Motorboot in Ihre Gewalt und dringen Sie in das Haus ein. Wir drei werden uns um den Schuppen kümmern. Wir wissen nicht, mit wem wir es zu tun haben werden. Darum Schußwaffengebrauch nur im äußersten Notfall, falls dort jemand Sperenzien machen sollte, klar?«

Eisenberg hob nur schweigend die Hand, daß er alles verstanden hatte, und instruierte seine Männer. Sein Boot nahm Fahrt auf. Wenig später verbarg die Barre ihn und sein Boot vor unseren Blicken. Wir dagegen steuerten die andere Seite des steinigen Strandes an, wo der offene Schuppen hinter ein paar Felsbrocken stand. Noch ehe das Schlauchboot auf das Geröll glitt, entsicherte ich meine Pistole. Eine Handlung, die ein ganz blödes Gefühl in meinem Magen auslöste, als ich auf das Ufer sprang und hinter einem der Felsen in Deckung ging. Der Benzingeruch war hier so intensiv, daß vermutlich ein Schuß genügte, und der ganze Strand stand in Flammen.

»Hoffentlich gibt das nicht 'ne wüste Schießerei, Herr Kaleu«, sagte der Smadding leise, der mir in die Deckung gefolgt war. Er entsicherte seine 08/15 ebenfalls. »Ein guter Pistolenschütze bin ich nämlich bisher nie gewesen. Meist war ich froh, wenn ich die Scheibe überhaupt getroffen habe.«

»Ich hab' ganz andere Sorgen, Bootsmann. Hier läuft irgendwo Benzin aus. Wo kommt das her? Jedenfalls nicht von dem Boot dort, das fährt garantiert mit Diesel!«

Seine Antwort blieb aus. Im Türrahmen des Schuppens tauchte nämlich plötzlich ein Mann auf. Er kehrte uns den Rücken zu und rollte so etwas wie eine Schnur oder einen dünnen Draht von einer größeren Spule ab. Er war so in seine Tätigkeit vertieft, daß er weder uns noch Eisenbergs Leute bemerkte, die sich an das Haus und das Motorboot heranpirschten.

»Verdammt, das sieht ja wie 'ne Zündschnur aus, Herr Kaleu!« wisperte mir der Smadding entgeistert ins Ort. »Will der Kerl den Schuppen in die Luft jagen?«

Jensen, der hinter uns lag, zog hörbar die Luft ein. »Dann dürfen wir nicht länger zögern, Herr Kaleu, sonst fliegen wir noch mit dem ganzen Scheiß hoch!«

»Stimmt! Geben Sie mir und Jensen Feuerschutz, Bootsmann, falls da noch irgendwer aufkreuzt. Aber schießen Sie lieber in die Luft, damit Sie uns nicht über den Haufen ballern.« Ich zog die Beine sprungbereit an. »Los, Jensen, greifen wir uns den Kerl und nehmen ihn in die Mangel, bevor er Schaden anrichten kann! Stoßen Sie ihm die Pistole in den Rücken, damit er die Pfoten hochnimmt!«

Mit ein paar schnellen Schritten überquerten wir das Geröll und standen hinter dem Mann. Er hörte uns kommen, aber er erstarrte zur Salzsäule, als er Jensens Pistole in seinem Rücken verspürte.

»Die Hände hoch!« forderte ihn Jensen auf dänisch auf.

Jeder Ansatz zum Umdrehen erstickte. Er ließ die Spule

fallen und riß die Arme panikartig in die Höhe. Er war noch immer völlig von der Rolle, als Jensen seinen Körper blitzschnell nach Waffen abtastete.

»Der ist sauber, Herr Kaleu!«

Für Eisenbergs Männer wirkte die Überrumplung des Mannes wie ein Signal. Sie sprangen aus ihren Deckungen auf und drangen, sich mit schußbereiten Waffen gegenseitig deckend, in das Haus ein. Zwei weitere enterten das mit dem Ankertau herangeholte Motorboot. Alles geschah fast lautlos, vor allen Dingen fiel kein Schuß.

»Halten Sie ihn fest, Jensen! Ich schau' mir mal den Schuppen an. Am Ende ist da noch einer drin.«

Ohne auch nur auf unseren Gefangenen einen Blick zu werfen, schlich ich vorsichtig an die offene Schuppentür heran. Mit jedem Schritt nahm der Benzingestank so stark zu, daß man davon regelrecht benebelt wurde. Wenn sich dort noch jemand aufhält, dann muß der noch erheblich härter im Nehmen sein, dachte ich und sprang schußbereit in den Schuppen hinein.

Doch dort war niemand, einzig die tote Frau lag noch so, wie wir sie zurückgelassen hatten. Neben ihr lagen und standen allerdings ein paar Benzinkanister, wie sie bei uns auch die motorisierten Einheiten des Heeres als Vorratsbehälter benutzten.

Ich schlich durch den Speicher, um die Nebenräume zu inspizieren, immer noch auf der Hut, auf einen oder mehrere Männer zu stoßen. Dabei blieb ich an dem dünnen Draht hängen, den ich für eine Schnur gehalten hatte. Ich strauchelte und stieß dabei gegen einen der Kanister. Der fiel hohlklingend um. Mir ging endlich ein Licht auf. Deshalb stank der ganze Schuppen so penetrant nach Benzin.

Die Frau, die Regale und der hölzerne Fußboden waren mit Benzin durchtränkt, und der dünne Draht, den der Kerl abgerollt hatte, führte tatsächlich zu einer Art Zündvorrichtung. Kein Zweifel, unseren Gefangenen hatten wir mitten in seinen Vorbereitungen überrascht, den Schuppen in Brand zu stecken. Aber was hatte der für einen Grund, den Schuppen mit der Toten abzufackeln?

Der Benzingestank vertrieb mich aus dem Schuppen. In der Tür trat mir der Leutnant entgegen und salutierte. »Haus und Motorboot sind in unserer Hand. Es gibt jedoch keine weiteren Gefangenen, Herr Kaleu. Es sei denn, die treiben sich hier irgendwo im Gelände herum. Ich hab' schon einen Spähtrupp losgeschickt.«

»Dann fragen wir doch einfach mal den Kerl, der merkwürdigerweise diesen Schuppen anzustecken versucht hat, ob es hier noch mehr so schräge Vögel von seiner Sorte gibt. Der hat bestimmt noch immer die Hosen voll, weil er fürchtet, wir könnten ihn mit ein paar blauen Bohnen in die Hölle schicken.«

Ich sollte mich gründlich irren. Als wir uns der Gruppe näherten, drehte er uns wieder den Rücken zu. Die erhobenen Hände hatte er heruntergenommen, und er redete, damit erregt gestikulierend, auf Jensen und den Bootsmann ein, bis ihm Jensen auf dänisch grob über den Mund fuhr.

»Halt's Maul, oder ich stopfe es dir!« Jensen blickte zu uns herüber und grinste. »Da kommt unser Kommandant! Erzähle dem man deine Märchen, aber nicht uns!«

Der Norweger fuhr zu uns herum. Ich blickte in ein Gesicht, aus dem mich die Augen zornig anfunkelten. Es war mir jedoch keineswegs so fremd, wie ich es erwartet hatte. Die Überraschung war vollkommen. Vor mir stand der Trygve Bogensø, der Mann, von dem wir geglaubt hatten, er sei ermordet worden und läge halb verwest in seiner Hütte. Er war lebendiger denn je, denn er lamentierte laut los.

»Was will er, Jensen?«

»Er protestiert gegen seine Behandlung, nehme ich an, Herr Kaleu. Er spricht zu schnell und in einem norwegischen Dialekt, deshalb verstehe ich nicht alles, was er sagt. Mich versteht er jedoch seltsamerweise.«

Irgend etwas hakte plötzlich bei dem Norweger aus. Mit geballten Fäusten ging er auf den Leutnant und mich los. Er kam nicht weit, der Bootsmann war schneller. Mit einem Handkantenschlag gegen die Halsschlagader schickte er ihn auf das Geröll.

»So, der schläft jetzt erst mal für ein paar Minuten«, sagte der Bootsmann und massierte seine Handkante. »Er weiß übrigens nicht, daß wir ihn nach den Fotos erkannt haben, Herr Kaleu. Jedenfalls ist er nicht der Tote aus dem Haus. Wer aber ist er dann?«

»Auf jeden Fall der Mörder, sonst hätte er nicht das Benzin vergossen, um den Schuppen mit der toten Frau abzufackeln.«

Der Leutnant pfiff überrascht durch die Zähne. »Deshalb also auch die vollen Kanister im Haus mit dem Toten! Sieht ganz danach aus, als wollte er auch dort alle Spuren durch das Feuer vernichten.«

»Kann ich mir gut vorstellen.« Ich kam zu einem Entschluß. »Gut so, Bootsmann! Lassen wir ihn weiter im unklaren darüber, weshalb wir hier sind. Wir nehmen ihn lediglich wegen versuchter Brandstiftung mit nach Tromsø. Der Kerl soll uns für doof halten und sich sicher fühlen, bis ihn die Abwehr in die Mangel nimmt. Und Sie, Jensen, bringen ihn zum Motorboot! Übergeben Sie ihn dort den beiden Gebirgsjägern. Die sollen ihn gründlich filzen und dann zusammengeschnürt in die Vorpiek sperren. Sie selbst sichten die Kajüte und tragen alles zusammen, was Auskunft über diesen Brandstifter geben kann. Anschließend sehen Sie sich die Maschinen des Bootes an, klar? Kontrollieren Sie auch den Tankinhalt. Ich möchte wissen, wie weit er reicht, wenn wir das Boot als Prise mitnehmen.«

»Jawohl, Herr Kaleu!« Sein Gefangner begann, sich zu rühren. Jensen stieß ihn mit seiner Seestiefelspitze in die Rippen und hielt ihm seine Pistole unter die Nase. »Hoch mit dir! Und keine Mätzchen, sonst knallt's!«

»So«, sagte ich zum Smadding, »und nun werden wir beide uns mal das Haus vornehmen. Sobald Ihre Leute zurück sind, Herr Eisenberg, sollen die sich rund ums Haus umsehen.«

Wir machten uns umgehend an die Arbeit. Der Bootsmann durchstöberte das ganze Haus, durchsuchte jede Truhe, jeden Schrank, jedes Schubfach und selbst alle Töpfe und Tiegel. Er sammelte alles ein, was irgendeinen Hinweis auf den Täter geben und zur Aufklärung der Mordtat beisteuern könnte. Es war wenig genug, was er neben den zerrissenen Fotos und Briefen zusammentrug. Ob es überhaupt etwas taugte, würde sich erst bei der Auswertung ergeben.

Ich fotografierte indessen die beiden Toten und die jeweiligen Tatorte aus den unterschiedlichsten Perspektiven, ohne jedoch irgend etwas zu verändern. Die Abwehr sollte Fotos bekommen, mit deren Hilfe sie sich ein Bild von dieser Bluttat machen konnte.

»Eigentlich sollte das als Beweismaterial genügen«, sagte ich zu Eisenberg, der zu uns beiden hereinschaute. »Wenn ich nicht diese blöde Auflage hätte, alles so zu lassen, wie es ist, würde ich jetzt nach einer Möglichkeit suchen, die beiden Toten irgendwie unter die Erde zu bringen.«

»Das sollten wir lieber lassen, Herr Kaleu«, widersprach der Bootsmann. »Wir sind Laien, für einen Kriminalbeamten kommt vielleicht noch mehr heraus, wenn er den Tatort persönlich in Augenschein nimmt. Denn das werden die Norweger tun, wenn ihnen die Abwehr den Fall übergibt.«

»Da ist etwas Wahres dran, Herr Kaleu«, meinte der Leutnant nachdenklich. »Die Abwehr wird den Fall abgeben, entweder an den deutschen Sicherheitsdienst, wenn es den in Tromsø schon gibt, oder an die norwegischen Behörden, die unter der deutschen Besatzung weiterarbeiten.«

»Trotzdem, ein komisches Gefühl ist das schon, die beiden Toten hier so liegen zu lassen. Ich glaub', das wär' es dann. Oder haben Ihre Leute noch etwas entdeckt?«

»Ja, ein regelrechtes Tanklager in einer Höhle, eine ganze Batterie voller Dieselfässer. Mir ist ein Rätsel, warum sich der Kerl die Arbeit mit den Benzinkanistern gemacht hat, wenn er doch auf diesen Dieselvorrat hätte zurückgreifen können.«

Der Smadding grinste überlegen. »Dafür gibt's eine ganz einfache Erklärung, Herr Leutnant. Es sollte möglich schnell gehen. Benzin entzündet sich nun einmal schneller als Diesel, da genügt ein Funken, und schon geht die Post ab.«

»Ein Tanklager?« hakte ich nach. »Das ist eine gute Nachricht. Wenn wir davon genügend bunkern und noch ein paar Fässer mitnehmen, können wir das Boot in Tromsø als Prise einbringen. Mal sehen, was Jensen inzwischen herausgefunden hat.«

Jensen kam uns schon entgegen. Er hatte unsere Prise inzwischen gründlich unter die Lupe genommen.

»Ein toller Motorkreuzer mit Zusatztanks, bringt mehr PS auf die Welle als mein bestimmt nicht lahmer Krabbenkutter, Herr Kaleu. Der Knabe scheint einen längeren Seetörn geplant zu haben. Die Tanks sind bis zum obersten Eichstrich voll, und die Vorpiek ist mit Dieselfässern so vollgestopft, daß für ihn nicht viel Platz blieb. Fand er gar nicht so lustig.«

»Was meinen Sie, wie weit reicht sein Treibstoff? Bis Tromsø?«

»Wenn man sparsam fährt viel weiter. Bestimmt bis Trondheim.«

»Das ist ein Wort, Jensen! Sie kennen sich mit solchen Booten aus, also sind Sie jetzt der Käpten. Bootsmann, alle Mann an Bord! Die Schlauchboote nehmen wir in Schlepp.«

Jensen und der Smadding machten mit unserem Gefangenen nicht viel Federlesens. Hatte er gehofft, als Gefangener auf seinem Boot bleiben zu können, so sah er sich bitter enttäuscht. Sie brachten ihn an Bord und sperrten ihn, nachdem sie ihm die Fesseln abgenommen hatten, wortlos in unser zweites Klo. Das diente nämlich, wie auf unserer letzten Feindfahrt, als Gefängniszelle. Sehr zum Leidwesen des Smutje, der seine dort aufgestapelten Konservendosen wieder einmal ausräumen mußte.

Während die Schlauchboote an Bord geholt und verstaut wurden, stellte ich das Prisenkommando für das Motorboot zusammen. Obersteuermann Wegner sollte mit Jensen und zwei weiteren Männern das Boot in unserem Kielwasser nach Tromsø überführen, allerdings erst, nachdem wir Ny Ålesund einen Besuch abgestattet hatten. Anschließend informierte ich meine Offiziere.

»Einen besseren Fang konnten wir gar nicht machen, meine Herren. Den mutmaßlichen Mörder und eine Prise, die noch für uns von Nutzen sein wird. Der Kerl heißt übrigens Olaf Kjelling, wie aus dem Ausweis hervorgeht, den wir bei ihm gefunden haben. Vorausgesetzt natürlich, der ist nicht gefälscht. Aber das wird sich ja herausstellen, wenn wir erst in Tromsø sind.«

»Und was machen wir mit ihm bis dahin?« wollte der I WO wissen.

»Nichts, wir lassen ihn im eigenen Saft schmoren, das ist schlimmer, als wenn wir ihn in die Zange zu nehmen versuchen, Herr Bernau. Sehr komfortabel ist das Klo ja nicht, das gebe ich zu. Aber wo sollen wir ihn sonst unterbringen? Wir sind kein Luxusdampfer.«

»Und wie soll das mit Ny Ålesund ablaufen, Herr Kaleu?« fragte der II WO.

»Die *SONJA*, so heißt das Boot, wird in den Kongfjord hineinsteuern und sich vor oder sogar in Ny Ålesund umsehen.« Ich vermied es, ihnen jetzt schon zu sagen, daß ich selbst mit hineinzufahren gedachte, um mir ein Bild zu machen. »Die *SONJA* ist ja deutlich genug als norwegisches Boot aufgemacht, und in den Männern in Räuberzivil wird wohl auch kaum jemand deutsche Soldaten vermuten.«

Der BÜ trat zu uns und machte Männchen. »Der Bootsmann meldet das Achterdeck klar, Herr Kaleu. Boote sind unter Deck verstaut. Die SONJA ist klar zum Ablegen.«

»Danke! Auf denn, meine Herren! Nehmen wir Kurs auf den Kongfjord. Marschgeschwindigkeit vierzehn Knoten!«

Kurz vor dem Kongfjord übergab ich dem I WO mit entsprechenden Instruktionen das Kommando und stieg auf unsere Prise über. Ich hatte die Absicht, mich mit der *SONJA* nur so lange in dem Fjord aufzuhalten, wie wir brauchten, um herauszufinden, was da in Ny Ålesund los war. Denn daß dort noch immer etwas brannte oder schwelte, bewiesen die dichten Rauchschwaden.

Als kämen wir gerade von einer Fahrt auf die offene See zurück, tuckerten wir gemütlich in den von gewaltigen Gletschern umsäumten Sund hinein, von dem der Kongfjord abging. Ich war von der Landschaft tief beeindruckt. Doch etwas störte mich, je tiefer wir in den Fjord vordrangen.

Wenn Ny Ålesund tatsächlich so ein bedeutender Kohleausfuhrhafen war, wie ihn das Segelhandbuch beschrieb, dann hätten wir schon bald auf hin und her eilende Boote oder ankernde größere Schiffe stoßen müssen. Aber nichts dergleichen, vergeblich hielten wir nach ihnen Ausschau.

»Verstehe ich nicht, Herr Kaleu«, sagte Obersteuermann Wegner kopfschüttelnd und ließ sein Glas sinken. »Ich habe extra noch einmal im Segelhandbuch nachgelesen. Selbst wenn wegen der Besetzung des Mutterlandes die Kohleförderung zur Zeit eingestellt worden ist, müßten doch normalerweise ein paar Schiffe auf Reede liegen, die von dieser Entwicklung überrascht worden sind.«

Ich nickte. Doch das war es nicht allein. Wir waren inzwischen so dicht an Ny Ålesund herangekommen, daß wir den kleinen Ort mit seinen Verladerampen, den Kaianlagen und dem kleinen Bootshafen überblicken konnten. Nirgendwo stieg Rauch aus den Schornsteinen der schmucken Holzhäuser in den blaßblauen Himmel. Alles war leer, der ganze Ort machte einen völlig verlassenen Eindruck.

»Seltsam, Obersteuermann. Kein Mensch zu sehen, wie ausgestorben, und trotzdem kokelt dort in der Ferne irgend etwas ab.« Ich schraubte das Teleobjektiv auf die Leica. »Ich glaube, wir können es uns sparen, an Land zu gehen. Ein paar Fotos sollten genügen. Sollen doch die Experten herauszufinden versuchen, was da schwelt.«

Ich drückte auf den Auslöser und fing die Situation an Land ein. Es waren meine letzten Bilder, denn meine mitgenommenen Filme waren voll.

»Könnten das Kohlehalden sein, die man vor dem Verlassen des Ortes in Brand gesteckt hat, Herr Kaleu?«

»Möglich, manche Leute kommen ja im Krieg auf die absurdesten Ideen, die sie später zutiefst bedauern. Ich hoffe bloß, es sind nicht die Schächte, denn die dürften später nicht so schnell zu löschen sein. Kehren wir um, Obersteuermann. Wir vertrödeln hier nur unsere Zeit.«

Die Wetterlage blieb konstant, deshalb konnte ich während der folgenden zwei Tage immer wieder die Brücke verlassen und mich in das Offizierslogis zurückziehen. Eisenberg hatte seinen schriftlichen Bericht über die vergebliche Suche nach diesem Dr. Feldmann unerwartet schnell abgeliefert. Jetzt lag mir daran, meinen Rapport über die Festnahme des mutmaßlichen Mörders so ausführlich wie möglich abzufassen, so daß keine Fragen offen blieben. Ich hatte nämlich nicht die Absicht, unseren zwangsläufigen Aufenthalt in Tromsø über Gebühr auszudehnen, weil ich befürchtete, man warte dort nur darauf, uns wieder so einen obskuren Auftrag aufhalsen zu können.

Folglich verflogen für mich die beiden Tage zwischen Brücke und O-Logis wie im Fluge. Als ich die Reinschrift endlich beiseite legen und zur Brücke aufentern konnte, war ich daher überrascht, daß bereits die Inseln vor der norwegischen Küste über der Kimm zu sehen waren und die Durchfahrt zwischen Nord-Fugløy und Vannøy keine vier Seemeilen vor uns lag. Nach den Stunden in der verbrauchten Luft unter Deck erschien mir die herrlich frische Seeluft wie das reinste Lebenselixier.

»Dieser Scheißpapierkrieg!« seufzte ich und atmete tief durch. »Die Sesselfurzer an Land haben wenigstens so'n paar Schreibstubenhengste, denen sie ihre geistigen Blähungen diktieren können. Wir armen Schweine dagegen müssen diesen Krempel auch noch nebenher erledigen.«

»Trotzdem möchte ich mit denen nicht tauschen«, meinte der II WO und grinste. »Ganz besonders bei dieser Reise nicht, Herr Kaleu! Bleiben wir länger unter Land?«

Ich lachte auf. »Nachtigall, ick hör' dir trapsen! Sitzt es so tief?«

»Ich denke schon ...«

»Fliegeralarm! Flugzeug in eins-null-eins!« schrie der Signalmaat und wies in seine Peilung. »Typ nicht identifizierbar!«

Unsere Köpfe flogen herum. Tatsächlich, außerhalb unserer Schußreichweite setzte ein einzelnes Flugzeug zu einem Kreis an. In meinem Kopf überschlugen sich die Überlegungen. Ein einzelnes Flugzeug, das so dicht unter der Küste zu einem Kreis ansetzte? Das konnte nur ein Aufklärer sein, und der rief, wenn es ein Tommy war, Verstärkung herbei. Aber war es ein Tommy? Auch unsere Luftwaffe hatte ja Befehl, deutsche Schiffe nie direkt anzufliegen.

»Signalmaat, schießen Sie ES! Gehen Sie mit der Fahrt herauf, II WO! Flak und Acht-acht klar zum Gefecht!«

Die Signalpistole knallte, grüne und weiße Leuchtkugeln stiegen in den Himmel, forderten das für diesen Tag gültige Gegensignal. Für den Obersteuermann auf der *SONJA* war es das verabredete Zeichen, sofort die Entfernung zu uns zu vergrößern und sich aus der eventuellen Schußlinie zu bringen. Prompt erhöhte er die Fahrt und jagte mit schäumender Bugwelle auf die Insel Vannøy zu.

Die Leuchtkugeln verglühten. Die Maschine, es war ein Flugzeugtyp, den wir noch nicht kannten, reagierte nicht, zog in sicherer Entfernung ihren Kreis um uns und kam dabei den Inseln zu nahe.

»Acht-acht ... Feuer frei für ein paar Warnschüsse! Brückenwache auf Tauchstation! Klar zum Alarmtauchen!«

Unsere Acht-acht ballerte los. Plötzlich blitzte auch auf

Vannøy Mündungsfeuer auf. Flakgranaten detonierten rings um das Flugzeug, harmlos aussehende, aber mit Splittern gespickte Puffwölkchen verlegten der Maschine den Weg. Sie kippte über den Flügel ab und zog flüchtend hoch.

Für Sekundenbruchteile erhaschte mein Blick die Pfauenaugen und ein paar otternähnliche Körper unter ihren Flügeln. Ein Brite, ein Flugzeug mit Zusatztanks unter den Flügeln! Das überraschte mich. Hatte man uns doch auf dem Kommandantenlehrgang eingetrichtert, man könne lahme Vögel nicht durch Zusatztanks zu Fernaufklärern machen, und hier sah ich jetzt das genaue Gegenteil. Mehr noch, die Briten setzten neuerdings Flugzeugtypen ein, die in unseren Flugzeugerkennungstafeln noch gar nicht aufgeführt waren.

Verzweifelt versuchte der Pilot, dem Beschuß der Flak zu entgehen. Es war vergeblich, eine der Granaten detonierte unmittelbar neben ihm. Die Maschine verschwand in der Detonationswolke, Fetzen flogen durch die Luft. Sekundenbruchteile später tauchte sie daraus hervor. Die Granate hatte einen der Flügel abgefetzt, der trudelte jetzt, sich immer wieder überschlagend, der See entgegen.

Die Maschine selbst torkelte unkontrollierbar durch die Luft und verlor, eine dunkle Rauchfahne nachschleppend, schnell an Höhe. Ihr Ende kam, bevor sich auch nur einer der Besatzung mit dem Fallschirm retten konnte. Hoch aufspritzend, schlug sie auf der Wasseroberfläche auf und versank, gar nicht einmal mehr so weit von uns entfernt, wie ein Stein in den von ihr aufgewühlten Fluten.

»Nehmen Sie Kurs auf die Untergangsstelle, II WO! Brückenwache auf den Turm! Leinenkommando klar zum Mann-über-Bord-Manöver! Bereitschaft zum Alarmtauchen bleibt bestehen!«

Das war zwar ein gewaltiges Risiko, denn der Aufklärer hatte gefunkt, dessen war ich sicher. Es widerstrebte mir jedoch, auf jeden Rettungsversuch zu verzichten. Sollten sie nur kommen! Die Sicht war so gut, daß wir jedes über die Kimm kommende Flugzeug rechtzeitig sichten konnten. Das ließ uns noch genügend Zeit zum Tauchen.

Ich machte mir allerdings nur geringe Hoffnungen, Überlebende zu finden, je näher wir der Absturzstelle kamen. Trümmer über Trümmer, sich ausbreitendes Flugzeugbenzin und vereinzelt aufsteigende Luftblasen, sonst nichts. Es gab keine Überlebenden, mochten wir auch noch so nach ihnen suchen.

»Schluß, Herr Störmer, lassen Sie das Leinenkommando abtreten. Wir wollen sehen, daß wir in den Schutz der Inseln kommen, bevor die Kameraden von der anderen Feldpostnummer hier rachedurstig erscheinen.«

Wieder nahm uns zwischen den Inseln der zum Wachhund aufgestiegene Hochseeschlepper in Empfang, nur lotste er uns diesmal nicht durch den Grotsund nach Tromsø hinein. Es bestand ja auch kein Grund dazu. Es herrschte richtiges Mützenwetter, wie wir diesen blaßblauen Himmel mit der milden Sonne nannten.

Die rachedurstigen Tommies waren ausgeblieben, deshalb fühlten wir uns sicher. So sicher, daß ich unseren Badegästen gestattete, auf die Brücke zu kommen, um die Einfahrt nach Tromsø zu genießen. Ihnen war anzumerken, daß sie froh waren, wieder in die Zivilisation zurückkehren zu können. Es wurde die reinste Bäderreise, die erst ein jähes Ende fand, als uns die Signalstation anblinkte, unseren Codenamen forderte und uns den Liegeplatz im Marinehafen anwies. Ein Lotsenboot tauchte auf, sein Kommandant, ein Fähnrich, bat uns, ihm zu folgen.

»Für Sie und Ihr Boot läuft jetzt alles wieder in normalen Bahnen, Herr Kaleu«, sagte der Professor. »Aber was geschieht mit uns? Die Operation EISBÄR ist ja wohl geplatzt. Oder sehen Sie das anders?«

Ich lächelte. »Durchaus nicht, Professor. Aber keine Sorge, wir jagen Sie nicht von Bord, sobald der II WO das Boot an den Kai gebracht hat. Vielleicht sollten Sie mit mir in die Marinestation kommen? Dort liegen bestimmt schon entsprechende Anweisungen für Sie vor.«

»Wie es mit mir weitergeht, habe ich Ihnen ja schon gesagt, Professor.« Die Doktorin warf herausfordernd den Kopf in den Nacken. »Ich bin für diesen Doktor Hackbarth eingesprungen, weil mich die Aufgabe gereizt hat. Jetzt, da die Operation EISBÄR geplatzt ist, ist sie für mich mausetot. Da reizt mich nichts mehr. Wenn man mich wieder für den Kriegsnotdienst verpflichten will, dann nur für ein Krankenhaus oder ein Lazarett, aber in der Heimat.« Sie sah den II WO schelmisch lächelnd von der Seite an und setzte hinzu: »Nach den Erfahrungen hier an Bord am liebsten für ein Marinelazarett.«

»Aha, wir werden erwartet, Herr Kaleu«, überging der II WO diese unverhüllte Liebeserklärung und wies auf die Mole. »Ist ja schon beinahe ein richtiges Empfangskomitee.«

Blåvands Huk, den die Signalstation offensichtlich von unserem Einlaufen in Kenntnis gesetzt hatte, wartete dort mit den beiden Sonderführern auf uns. Der II WO hatte jedoch weiter keine Augen für die Gruppe. Er nahm genau Maß und fuhr das eleganteste Anlegemanöver seit meiner Kommandoübernahme.

Selbst der Bootsmann, der mit dem Leinenkommando auf der Back stand, stieß einen anerkennenden Pfiff aus, und Blåvands Huk klatschte sogar demonstrativ Beifall.

»Sauber, Herr Störmer, das war einsame Spitze!« lobte ich ihn.

»Da kann sich so mancher ein Scheibe von abschneiden.«

Prompt bezog der I WO meine Bemerkung auf sich. Er hatte auch allen Grund dazu, hatte er doch seinerzeit wegen des starken Ebbstroms Schlepperhilfe gebraucht, als wir das erste Mal in Tromsø an den Kai gegangen waren. Das hätte natürlich jedem von uns passieren können, das wußten wir. Dennoch hatten wir ihn damit wiederholt aufgezogen.

»Ist das ein Wunder?« brummte er jetzt, spitzte die Lippen und pfiff: »Die Liebe, die Liebe ist eine Himmelsmacht!«

Eine schöne Retourkutsche. Ich grinste und nahm ihm den Wind aus den Segeln. »Auch wiederum richtig, Herr Bernau. Aber nicht nur! Gekonnt ist gekonnt. Der Empfang gilt offenbar Ihnen und Ihrer Gruppe, Professor.«

Sobald die Stelling ausgebracht war, stieg ich über die Reling des Wintergartens und kletterte hinunter an Deck, um die Männer zu begrüßen.

»Herzlich willkommen in Tromsø!« Blåvands Huk schüttelte mir fast die Hand aus dem Gelenk, nachdem er sich an Bord gemeldet hatte. »Hat alles geklappt?«

»Nicht ganz so, wie wir uns das gewünscht hätten.« Ich wandte mich an die beiden Sonderführer. »Dieser Doktor Feldmann ist der Gruppe der Meteorologen verlorengegangen. Er hat sich absentiert, ohne sich abzumelden. Die Gebirgsjäger haben ihn vergeblich gesucht. Vermutlich ist er in eine Gletscherspalte gefallen und dort erfroren.«

»Das ist ja ’ne schöne Bescherung, Herr Kaleu!« sagte Oberleutnant (Sonderführer) Schleusner. »Als merkwürdiger Kauz ist der ja bekannt gewesen, aber daß der einfach so abhaut und keinem sagt, wohin er will, ist ja mehr als seltsam. Und spurlos verschwunden?«

»Mir liegt der schriftliche Bericht Leutnant Eisenbergs vor, daraus können Sie alles ersehen, was sich vor unserer Rückkehr zum Jøstalundfjord in der Gruppe abgespielt hat, Herr Schleusner.«

»Und sonst, Arne?«

»Ich habe alles mitgebracht, worum du mich gebeten hast, und sogar noch etwas mehr, nämlich den vermutlichen Mörder.«

Blåvands Huk sah mich einen Augenblick sprachlos an. »Was hast du? Den Mörder? Wie das denn?«

»Das ist eine Geschichte, die ich hier nicht so zwischen Tür und Angel berichten kann. Wir sollten unter Deck ...«

»Entschuldige! Du hast natürlich recht!« unterbrach er mich. »Wenn ihr das mit den Meteorologen geregelt habt, kommst du einfach zu mir in die Dienststelle. Dann sprechen wir alles durch. Sagen wir ... in vier Stunden?«

»Gut, eines sollten wir aber schon jetzt ansprechen. Wir haben ein paar Einschüsse im Turm, die geschweißt werden müssen.« Ich deutete auf die Narben. »Kannst du uns helfen?«

»Aber klar! Das regle ich mit der Werft.«

»Und was machen wir mit unserem Gefangenen? Wir haben ihn in unser zwotes Klo gesperrt, möchten ihn aber gern loswerden.«

»Ich werde veranlassen, daß er abgeholt wird. Hast du fotografiert? Na, prima! Gib mir die Filme mit. Du wunderst dich? Wir haben hier ein komplettes Fotolabor übernommen, da geht das schnell über die Bühne. In der Stadt kannst du die Aufnahmen sowieso nicht entwickeln und bearbeiten lassen. Hast du noch mehr auf dem Herzen, was ich schon vorab regeln kann?«

»Wie lange werden wir hier festliegen müssen, bis alles abgewickelt ist?«

»Ein paar Tage schon.« Er sah mich erstaunt an. »Warum fragst du? Hast du Angst, ihr versäumt etwas? Auch wenn Frankreich kapituliert, ist der Krieg sicherlich noch nicht zu Ende.«

Ich lachte laut auf. »Nee, das ist meine geringste Sorge! Es geht um Landgang. Meine Männer möchten sich die Beine vertreten, deshalb frage ich. Also wie lange?«

»Ach so! Ich denke, daß du bestimmt vier Tage einplanen mußt.« Er schmunzelte. »Ich ahne schon, was jetzt kommt. Ihr braucht Kronen, damit sich deine Männer an Land vergnügen können, was? Gut, regle ich. Noch etwas?«

»Nachbunkern, Proviant auffüllen – aber das hat alles noch Zeit. Das können wir nachher durchsprechen.«

Er nickte. »So, Herr Schleusner, jetzt sind Sie an der Reihe. Ich kann mich wohl verabschieden. Bis dann, Arne!«

Blåvands Huk hatte richtig geschätzt. Wir brauchten tatsächlich vier Stunden, bis wir alles für die Hafenliegezeit geregelt hatten. Indessen waren unsere Badegäste von Bord gegangen und in das Grandhotel umgezogen. Es war trotz des pompösen Namens nur ein kleines Hotel, das unmittelbar am Hafen lag und als Wehrmachtsheim diente. Hier sollten sie die weitere Entwicklung abwarten.

»Wir haben jetzt den 17. Juni, Herr Kaleu, da wird die Zeit knapp. Wir hängen völlig in der Luft, denn selbst Schleusner kann uns nicht sagen, wie es weitergehen soll«, meinte der Professor niedergeschlagen, als er sich verabschiedete. »Vermutlich wird aus einer Neuauflage der Operation EISBÄR in diesem Sommer überhaupt nichts mehr.«

»Ich werde bei Kaleu Schulte mal nachhaken, Professor.

Vielleicht weiß der mehr als Schleusner?« Ich schüttelte ihm die Hand. »Vielen Dank für die Einladung zu Ihrem Abschiedsabend. Wir kommen gern.«

Als auch unser Gefangener von Bord geholt worden war, machte ich mich mit meinen Unterlagen und dem, was wir im Hvalfjord sichergestellt hatten, auf den kurzen Weg durch die Stadt. Er führte mich wieder an dem kleinen Fotoladen vorbei, in dem ich meine Leica erstanden hatte. Ich hatte zwar noch immer keine Kronen in der Tasche, vertraute jedoch darauf, daß mir der alte Herr ein paar neue Filme auch wieder für Reichsmark verkaufen werde.

Als ich den Laden betrat, stand diesmal jedoch nicht der alte Herr hinter dem Tresen, sondern ein Mann in meinem Alter, der mich neugierig musterte. Als ich ihm meinen Wunsch vortrug, zuckte er bedauernd die Schultern und sagte: »Jeg forstår ikke.«

In meinen Ohren klang das jedenfalls so und bedeutete wohl zusammen mit dem Schulterzucken, daß er mich nicht verstand. Einen Augenblick war ich ratlos, dann fragte ich: »Do you speak English?«

Sein Gesicht erhellte sich. »Yes, I do!«

Damit war das Eis gebrochen. Ich trug ihm meinen Wunsch vor und erwähnte dabei, daß mir ja der alte Herr die Leica nebst Zubehör ebenfalls für Reichsmark verkauft habe.

»Das glaube ich, mein Herr. Er hat alles zu Geld gemacht, was er noch verkaufen konnte, bevor ich den Laden übernommen habe.«

»Dann sind Sie jetzt der neue Eigentümer?«

»Ja, ich habe ihm den Laden mit allem Inventar abgekauft. Er wollte aus Tromsø weg, weil er hier gewisse Schwierigkeiten befürchtete. Deshalb ist er über die nahe Grenze nach Schweden gegangen.«

Ich stutzte. Gewisse Schwierigkeiten, diese Formulierung machte deutlich, was man im Ausland über uns Deutsche dachte. Er sagte es nicht nur mit einem ganz eigenartigen Gesichtsausdruck. Hinzu kam die auffällige Eile, mit der er mich bediente. Er wollte mich möglichst schnell loswerden, weil er offensichtlich plötzlich Angst bekam, er habe schon zuviel gesagt.

»So, so, über die Grenze nach Schweden«, sagte ich betont gleichgültig, obwohl ich das keineswegs war. Ich zahlte und verließ den Laden.

Der neue Besitzer hatte keine Zeit verloren, wie mir der Blick auf das Namensschild über den Eingang verriet. Der jüdische Name Hershel Grünspan war überstrichen worden, an seiner Stelle stand jetzt Harald Grulband.

Blåvands Huk war offenbar nicht untätig gewesen. In seinem Zimmer saßen zwei Männer in Zivil. Sie standen höflich auf, als ich eintrat.

»Herr Kriminalrat Flämming und Herr Kriminalkommissar Jonas von der Abwehr, die mit dem Mordfall befaßt sind«, übernahm mein Crewkamerad die Vorstellung. »Herr Kaleu Thomsen, Kommandant von U 115, dem wir den Fang des vermutlichen Mörders verdanken.«

»Das ist kein vermuteter Mörder, der ist der Mörder. Er hat gestanden«, stellte der Kriminalrat fest. »Sein schnelles Geständnis verdanken wir Ihren Fotos, Herr Thomsen.«

»Donnerwetter, so schnell haben Sie die auf den Tisch gekriegt?«

»Ich sagte dir doch, wir haben ein komplettes Fotolabor mit Trockenschränken für die entwickelten Filme und Trockenpressen für die Vergrößerungen von der norwegischen Marine übernommen«, sagte mein Crewkamerad stolz. »Da war das ein Kinderspiel.«

»Gegen Ihre Fotos kam er nicht an. Der Olaf Kjelling, so heißt der Mann tatsächlich, hat allerdings anfangs behauptet, er habe in Notwehr gehandelt. Dagegen spricht allein schon der Tod seiner Frau Sonja, der in den Hinterkopf geschossen worden ist.« Der Kriminalrat tippte auf die Bilder, die vor ihm auf dem Tisch lagen. »Es sind übrigens hervorragende Fotos, Herr Thomsen. Wir wären Ihnen dankbar, wenn Sie uns dazu die näheren Einzelheiten schilderten.«

Er schob mir die Vergrößerungen über den Tisch. Ich war selbst überrascht, wie gut die Kamera die Einzelheiten festgehalten hatte. Da war es für mich ein leichtes, seiner Bitte zu entsprechen.

»Und was ist es nun wirklich gewesen?« fragte ich, nachdem ich meinen Bericht beendet hatte. »Ein Eifersuchtsdrama?«

»In der Tat, Herr Thomsen. Sie haben noch ganz friedlich miteinander gegessen und getrunken, bis die Frau damit herausgerückt ist, daß sie ihn mit seinem Freund Trygve Bogensø verlassen wolle. Er habe es zuerst für einen Scherz gehalten, bis er die gepackten Seesäcke entdeckte. Da sei es mit ihm durchgegangen.«

Die Seesäcke! Mir fiel es plötzlich wie Schuppen von den Augen. »Die beiden wollten heimlich verduften, richtig? Und der Kjelling ist früher als erwartet von Longyearbyen zurückgekommen. Hat mein Bootsmann doch recht gehabt!«

Flämming starrte mich verblüfft an. »Stimmt! Aber woher wußte Ihr Bootsmann das?«

Ich griff in die Mappe mit den Mitbringseln aus dem Hvalfjord und legte die beiden Kalender vor ihm auf den Tisch. »Der Kjelling hat neben den anderen Fehlern, die er gemacht hat, nach der Tat vergessen, den Abreißkalender zu manipulieren, um sich ein hieb- und stichfestes Alibi zu verschaffen. Sehen Sie selbst.«

Die beiden verglichen die beiden Kalender miteinander. »Sieht ganz danach aus«, fand Jonas mit skeptischer Miene. »Und wenn er die beiden schon viel früher erschossen und den Kalender doch manipuliert hat, weil er laut Eintrag in dem zweiten Kalender zur Tatzeit in Longyearbyen gewesen ist?«

»Auch das ist möglich«, gab ich zu. »Was hat er denn zu seiner Absicht, alles niederzubrennen, geäußert?«

»Er wollte alle Spuren verwischen. Wie sind Sie denn überhaupt auf diesen Mord gestoßen? Der Hvalfjord ist doch eine verdammt einsame Gegend.«

Blåvands Huk trat mir unter dem Tisch so energisch auf den Fuß, daß bei mir sofort der Groschen fiel. Die brauchten nicht zu wissen, welche geheime Mission uns dort hingeführt hatte.

Ich grinste dem Jonas in das gespannte Gesicht. »Neugier, Herr Jonas, reine Neugier. Wir hatten eine Panne. Unser Kreiselkompaß funktionierte nicht mehr richtig. Während unsere Mechaniker nach der Ursache suchten, habe ich mit ein paar meiner Leute 'ne Bootstour in den Fjord gemacht. Dabei haben wir die Hütte und den Mord entdeckt. Als wir das der Marinestation Tromsø gemeldet haben, haben wir den Befehl bekommen, dort alles Material zu sammeln, was eventuell Hinweise auf den Täter geben könnte. Dabei sind wir auf Kjelling gestoßen, wie Sie wissen«, bog ich mir die Wahrheit zurecht und knallte die Mappe mit dem Material vor ihm auf den Tisch. »Und hier ist das, das wir neben den Fotos mitgebracht haben.«

»Ich kann das nur bestätigen, meine Herren!« sagte Blåvands Huk mit Nachdruck. »Darf man erfahren, wie Sie jetzt weiter verfahren, Herr Flämming?«

»Aber ja, Herr Kaleu! Damit sind unsere Ermittlungen abgeschlossen. Wir geben unsere Ergebnisse an die norwegische Polizei weiter und überstellen ihr auch den Kjelling. Für uns ist die Angelegenheit damit erledigt. Die Bestrafung ist Sache der Norweger.« Flämming sah auf die Uhr und stand auf. »Wir danken Ihnen, Herr Thomsen. Dürfen wir die Fotos mitnehmen?«

»Die vom Tatort gern, die anderen möchte ich allerdings selbst behalten.«

»Ich hab' die schon aussortiert, Arne«, sagte Blåvands Huk. »Es sind ja Aufnahmen, an denen auch wir interessiert sind, Herr Flämming.«

»Herzlichen Dank für Ihre Unterstützung.« Die beiden deuteten eine Verbeugung an und gingen.

Als sich die Tür hinter den beiden geschlossen hatte, ging Bernd zu einer Anrichte, holte eine Flasche Aquavit und zwei Gläser daraus hervor und schenkte uns ein. »Entschuldige, daß ich dich getreten habe. Ich hatte Sorge, du könntest dich verplappern. Je weniger Leute davon wissen, daß wir eine Wetterstation auf Spitzbergen einrichten wollen, desto weniger kann nach außen dringen. Prost!«

»Prost!« Wir tranken. »Sag mal, dein Chef ...«

Er lachte laut auf. »Ich wußte, daß die Frage kommt. Der ist nach Oslo befohlen worden. Dem hängt da noch irgendeine Sache aus der Zeit an, bevor er hierher versetzt worden ist. Bis der zurückkommt, führe ich hier das Regiment.«

»Die Sache mit dem Mord haben wir ja wohl nun vom Hals. Aber was wird aus den Wetterfröschen? Sollte der Schleusner nicht auch bei unserer Besprechung dabei sein?«

»Sollte, Arne. Den habe ich ausgeladen, damit er nichts ausplaudern kann, was die nicht hören sollten.« Er goß uns noch einmal ein. »Laß mir deinen Bericht und den von dem

Eisenberg hier. Dann brauchst du hier morgen nicht noch einmal anzutanzen.«

»Gut!« Ich legte ihm die Berichte auf den Schreibtisch. »Es ist trotzdem schade, daß ich den Schleusner nicht fragen kann, wie es mit den Wetterfröschen weitergeht. Der Masilius hat mich nämlich darum gebeten.«

»Das kann ich dir sagen, Arne. Zunächst gar nicht, bis darüber höheren Ortes befunden worden ist, ob diese Operation EISBÄR in diesem Jahr überhaupt noch einmal aufleben soll. Daran zweifle ich jedoch. Die Zeit ist schon zu weit fortgeschritten.« Er stellte die Flasche in die Anrichte zurück. »Ich hab' da übrigens deinetwegen ein FT aus Bergen bekommen, Arne. Wir sollen dich auf den Weg schikken, sobald hier alles abgeschlossen ist. Es stehen in deiner Flottille Veränderungen bevor. Aus den vier Tagen wird mithin nichts. Zwei Tage, mehr kann ich nicht auf meine Kappe nehmen, leider.«

Ich ließ mir meine Enttäuschung nicht anmerken. »Das ist doch wenigstens schon etwas. Kennst du den Grund?«

»Frankreich, Arne. Die Franzosen pfeifen auf dem letzten Loch. Mehr weiß ich auch nicht. Prost, alter Knabe!«

Wir, meine Offiziere und ich, machten uns auf den Weg zu dem nahen Grandhotel, in dem Schleusner die Wetterfrösche und den Eisenberg mit seiner Truppe untergebracht hatte. Es war ein kleines, aber sauberes und gemütlich eingerichtetes Wehrmachtsheim, wie wir schon in der Eingangshalle feststellen konnten. Da es kein Puff war, haftete ihm jedoch der Makel an, der den meisten Etablissements dieser Art anhing, die sich die Wehrmacht als Heime unter den Nagel gerissen hatte: Es fehlte ganz offensichtlich an Frauen.

Das heißt, ob es weibliches Personal in der Küche und

für die Haus- und Zimmerreinigung gab, vermochte ich nicht zu sagen. Im eigentlichen Gästebereich trat es jedenfalls nicht in Erscheinung. Hier schien alles fest in den Händen der Männergesellschaft zu liegen. Weibliche Gäste besaßen in solchen Wehrmachtsheimen ebenfalls höchsten Seltenheitswert, deshalb konnte sich eine so hübsche junge Frau, wie Fräulein Dr. med. Kappelsberger, vom ersten Augenblick an des größten männlichen Interesses erfreuen. Davon blieb sie nicht einmal in der Offiziersmesse verschont, im Gegenteil.

»Hübsch haben Sie es hier, Doktorin«, sagte ich, als ich sie begrüßte und mich für die Einladung zum Abschiedsabend dankte. »Ein bißchen komfortabler als in meinem Boot, möchte ich meinen.«

»Das schon, Herr Kaleu. Aber kaum steckt man auch nur die Nase aus seinem Zimmer, erscheint wie der Kasper aus der Kiste gleich wieder so ein balzender Gockel und spreizt die Federn«, klagte sie. »Die hier in der Messe verkehrenden Offiziere machen da keine Ausnahme, und das ist mehr als lästig. Da habe ich ja in Ihrer engen Sardinenbüchse direkt wie auf einem fremden Stern gelebt.«

In den Ohren des II WO klang das offensichtlich wie Musik, denn er strahlte sie an und begrüßte sie mit einem Handkuß. Von diesem Augenblick an waren die beiden für diese Welt verloren. Frei von meinen Ermahnungen, hatten die beiden nur noch Augen für sich selbst.

»Die können wir glatt abschreiben, Herr Kaleu«, raunte mir der LI ins Ohr. »Was bleibt uns also? Wenn sich die holde Weiblichkeit uns so versagt, bleibt nur noch die Flucht in den Alkohol, und an dem fehlt es ja hier wahrlich nicht. Auf zum Leistungssaufen!«

Das stimmte. Ein Blick in die Getränkekarte genügte. Die waren hier in der Offiziersmesse tatsächlich so gut bestückt, daß es nahezu einer Aufforderung zum Leistungssaufen gleich kam. Ein Leistungssaufen, wie es allgemein üblich war, wenn man nach der glücklichen Rückkehr von Feindfahrt wieder festen Boden unter den Füßen hatte.

»Und womit fangen wir an?« fragte der I WO, der Bekkers leise Worte mitbekommen hatte.

»Na, womit wohl?« gab ich zurück, nachdem wir den Professor, Doktor Fleischer und Leutnant Eisenberg begrüßt hatten. »Mit dem, was die Herren hier trinken, mit einem schönen großen Bier und einem doppelstöckigen Aquavit!«

Es wurde kein Leistungssaufen. Es reichte nicht einmal zu einem kräftigen Schwips. Wir hatten noch nicht einmal ein zweites Bier und den zweiten Aquavit getrunken, da erschien der Fähnrich in der Messe und steuerte unseren Tisch an. Jäh brach jedes Gespräch ab.

Er machte Männchen. »Bitte stören zu dürfen, Herr Kaleu!«

»Sie tun es bereits, Lehmann. Was ist los?«

»Ein Läufer hat diesen Brief von Herrn Kaleu Schulte gebracht. Er sei dringend, hat der Läufer gesagt, Herr Kaleu.«

»Hat er Antwort haben wollen, Fähnrich?«

»Nein, Herr Kaleu!«

»Dann ist es vielleicht doch nicht so dringend.« Ich trank meinen Aquavit aus und riß das Kuvert auf.

Es war ein FT-Formular, dem handgeschriebene Zeilen beigefügt waren. Der Funkspruch kam von der Flottille und war denkbar knapp gehalten: »Dringend! U 115 sofort nach Bergen in Marsch setzen.« Ich gab ihn wortlos an den I WO weiter. Der warf nur einen kurzen Blick darauf und reichte ihn dem LI.

»Schöne Scheiße!« entfuhr es ihm. »Da kann ich ja froh

sein, daß wir gestern noch die Einschüsse zugeschweißt haben.«

Die handgeschriebenen Zeilen waren an mich persönlich gerichtet:

Lieber Arne,
tut mir leid, daß dir nun auch noch die beiden zugestandenen Tage flöten gehen. Wenn ihr noch nicht nachgebunkert und Proviant ergänzt habt, holt das schleunigst nach. Das ist von mir schon geregelt worden.
Ich denke, das FT hängt mit Frankreich zusammen. Marschall Pétain hat über die Schweiz einen Waffenstillstand angeboten. Jetzt ruft die Biskaya!
Haltet die Ohren steif! Alles Gute!
Dein
Blåvands Huk

Wir hatten gebunkert und unsere Verpflegung ergänzt, hatten mir der Chief und der Smutje gemeldet, als ich von der Besprechung zurückgekommen war. Die Besatzung hatte bis Mitternacht Landgang. Sobald die wieder komplett war, hatte ich keine triftigen Gründe mehr, dem Befehl, umgehend in See zu gehen, nicht nachzukommen. Ich trank mein Bier auf einen Zug aus und stand auf. Der LI und der I WO folgten sofort meinem Beispiel.

»Tut mir leid, Herr Masilius, wir müssen an Bord. Haben Sie Dank für die Einladung. Wir wünschen Ihnen alles Gute und hoffen, daß sich auch für Sie alles in Ihrem Sinne regelt.«

Die Ärztin und der II WO fielen aus allen Wolken, sie hatten ja keine Ahnung, worum es ging. Beide starrten uns völlig verdattert an.

»Wie ... was ... Was ist denn los, Herr Kaleu?« Der II WO fuhr ebenfalls hoch.

»Unsere Stunden hier in Tromsø sind gezählt, wir müssen an Bord zurück.« Ich verbeugte mich vor der Doktorin. »Tut uns leid, daß wir so abrupt aufbrechen müssen, Fräulein Doktor. Wir machen kurz nach Mitternacht seeklar.«

»Kurz nach Mitternacht seeklar?« wiederholte sie, als könne sie es nicht glauben. Sie sah auf die Uhr. »Das ist ja schon ... Darf ich mitkommen?«

»Wir kommen alle mit!« sagte Masilius und stand ebenfalls auf. »Das ist das mindeste, was wir tun können.«

Zwei Minuten vor Mitternacht kam der letzte Landgänger an Bord gehetzt, es war der Maschinengefreite Neumann aus Schlesien-Ober. Wie immer hatte er das letzte Wort.

»Deibel einer Sau, bin ich gewetzt, Herr Bootsmaat!« hörte ich ihn zum Bootsmaat der Wache ausnahmsweise mal fast hochdeutsch sagen. »So ein tolles Weib! Dabei hatt' ich ihm schon beinahe drin bei ihr. Na ja, ei'm wird doch kein Vergniegen gegönnt bei der Marine.«

»Die Stelling ein, Bootsmann!« befahl der II WO durch die Flüstertüte. »Leinen bis auf die vordere und achtere Spring los!«

Angesichts der Zuschauer auf der Pier, zu denen auch Blåvands Huk gehörte, den ich noch von unserem Auslaufen durch ein paar Zeilen informiert hatte, arbeitete das Leinenkommando doppelt schnell.

»Stelling ist ein, Leinen bis auf die vordere und achtere Spring sind los!« kam die Meldung von der Back.

»Achtere Spring los!« Das Heck kam im Ebbstrom vom Kai frei. »Ruder, Steuerbord zehn! Backbordmaschine Kleine Fahrt voraus!«

Der I WO dampfte in die vordere Spring ein, um das Heck noch schneller vom Kai freizubekommen. Es klappte wie am Schnürchen.

»Backbordmaschine stopp! Beide Maschinen Kleine Fahrt zurück! Vordere Spring los!«

Die letzte Verbindung mit Land klatschte ins Wasser, wurde Hand über Hand eingeholt, das Boot schor in den Ebbstrom. Rufe schollen vom Kai zu uns herüber, Taschentücher wurden gezückt, winkten ein Lebewohl. Das Leinenkommando und wir auf dem Turm winkten zurück.

»Ruder, komm auf! Beide Maschinen stopp! Ruder Backbord zwanzig! Beide Maschinen voll voraus!«

Unser Kielwasser sprudelte auf, U 115 nahm Kurs auf die Hafenausfahrt. Die Rufe begleiteten uns hinaus, verhallten alsbald in der Ferne. Nur die winkenden Tücher blieben noch lange hinter uns zurück. Dann verschwanden aber auch sie beim nächsten Kurswechsel hinter den Molenköpfen.

Das war wieder so ein Augenblick der Wehmut, wie er mich jedesmal erfaßte, wenn wir einen Hafen zu einer ungewissen Fahrt verließen. Und das ging nicht nur mir so.

»Scheiße!« hörte ich den II WO leise neben mir fluchen. »Wer weiß denn, wann ich diese phantastische Frau wiedersehe?«

Glossar

Aal	Torpedo
AK	Äußerste (Maschinen-)Kraft
ASDIC	Ortungsgerät (Sonar) deutsche Version: USG , S-Gerät
Bach	Meer
Back	1. vorderer Teil des Oberdecks 2. Tisch an Bord, davon abgeleitet: Backskiste = Sitztruhe am Tisch Backen und Banken = Aufruf zum Essen Backschafter = Essenholer aufbacken = auftischen
backsen	beide Schrauben laufen gegeneinander, um auf Gegenkurs zu kommen
Badegäste Bädergäste	nicht zur Besetzung gehörende Gäste an Bord
BdW	Bootsmaat der Wache
belegen	1. Leine festmachen 2. Befehl oder Meldung widerrufen
Besanschot an!	Schnaps- oder Bierausgabe
Besteck	Schiffsortbestimmung

Bilge	unterster Teil des Schiffsinneren
BdU	Befehlshaber der U-Boote
Bold	Hilfsmittel, um ASDIC-Ortung irrezuführen = Kalziumhydrit wird ausgestoßen, erzeugt sich schnell ausbreitende Gasblasen, die den Ortungsstrahl reflektieren und ein U-Boot vortäuschen, wo keins mehr ist
Brücke	hier: Turmplattform des U-Bootes
BÜ	Befehlsübermittlung(-sgerät), auch Befehlsübermittler (Posten)
Bucht	Schlaufe im Tau, Seilschlinge
BUKO	Beischlafutensilienkoffer; Arzttasche
Charly	Spottname für brit. Aufklärer
Crew	1. Mannschaft (engl.) 2. Offiziersjahrgang
Deckoffiziere	Feldwebel, Oberfeldwebel, Fähnriche
Dickschiff	Kreuzer, Schlachtschiff
dwars	querab
Einbaum	Spottname für die kleinen U-Boote laut Versailler Vertrag
ES	Erkennungssignal
Etmal	in 24 Std. zurückgelegte Strecke, von Mittag zu Mittag gemessen
FdU	Führer der U-Boote (z.B. West = im Westen)
Feudel	Scheuerlappen
Feuerlee	dem Beschuß abgekehrte Seite
Freund Hein	der Tod

FuMB	Funkmeßbeobachtungsgerät, erkennt RADAR-Ortung
FuMO	Funkmeßortungsgerät = deutsches RADAR
Gatt, Gatjen, Gattchen	Öse, kleines Loch, hier: After
Geisterecho	entsteht durch unterschiedlich dichte Salzwasserschichten, die den Ortungsstrahl (ASDIC) vom Objekt ablenken
GHG	Gruppen-Horch-Gerät
GKdos	Geheime Kommandosache = Geheimhaltungsstufe
Gestapo	Geheime Staatspolizei, jagte sogenannte Verräter, Staatsfeinde etc.
HJ	Hitler-Jugend
Hundewache	Wache von 00.00 Uhr bis 04.00 Uhr
Hundemarke	scherzhaft für Erkennungsmarke
I WO [II WO/III WO]	1.(2./3.) Wachoffizier
Jerry, Jerries, Fritz	brit. Spottname für Deutsche
K an K!	Anruf:: Kommandant an Kommandant
Kardeele	Hanf-, Sisalstränge, aus denen Tauwerk zusammengedreht ist
KdF-Schiff	Kraft-durch-Freude-Schiff = Schiff der sogenannten Deutschen Arbeitsfront (NS-Organisation) für-Urlaubsfahrten ihrer Mitglieder
Kimm	Horizont
Kinken	Seilschlinge, auch: gefährliche Lage
Klappbuchs	Signal-/Morselampe

Klempnerladen	Spottname für Orden und Ehrenzeichen
Knoten	hier: Schiffsgeschwindigkeit in Seemeilen
Kolbenringe	goldene Ärmelstreifen = Offiziersrangabzeichen
krängen	Schiff legt sich auf die Seite
Kriegswache	Bereitschaftswache auf den Gefechtsstationen
Läufer	Bote
Legerwall	Land auf der Leeseite eines Seglers, schränkt Manövrierfähigkeit ein
lenzen	1. auspumpen (Lenzpumpe) 2. vor dem Wind lenzen = kreuzen 3. einen Lenz schieben = faulenzen
LI	Leitender Ingenieur, techn. Offizier
LM	Leitender Maschinist, Feldwebelrang
Lose geben	Leine, Tau fieren
Löwe	Spitzname für den Befehlshaber der U-Boote Dönitz
Männchen bauen	militärische Haltung annehmen
Mahalla	großer Schiffsverband
Maling	Anstrich
Marketenderware	Sonderzuteilung von Genuß-/Lebensmitteln bei oder nach Fronteinsatz
M-Bock/M-Boot	Minensucher
Meridian	Mittagslinie = Längenkreis vom Nord- zum Südpol, über dem die

	Sonne um 12.00 Uhr MOZ ihren höchsten Punkt erreicht (kulminiert), wichtig für die astronomische Standortbestimmung am Tage (=Mittags- oder Meridianbreite), die sich aus dem Höhenwinkel der Sonne (Kulminationspunkt) über dem Horizont und der Uhrzeit (12.00 Uhr MOZ) errechnen läßt
MGZ (GMT)	Mittlere Greenwich Zeit = auf den 0° Meridian bezogene Zeit (Greenwich Mean Time), für alle astronomischen Standortbestimmungen maßgebend, da sich die nautischen Tafeln etc. darauf beziehen
MOZ	Mittlere Ortszeit = auf den jeweiligen Meridian (= Ort) bezogene Zeit
Menage	Bordverpflegung allgemein
Miefrolle	Hängematte
Mittelwächter	Imbiß/Getränk für die Wache ab 00.00 Uhr
Morgenmusterung	Antreten der Besatzung zum Befehlsempfang etc.
Muck	hohe Kaffeetasse aus Keramik, Kaffeepott
Nummer Eins	Kriegsmarine = Seemännische Nr.1 = Oberbootsmann, der für den gesamten seemännischen Bereich an Bord verantwortlich ist, = Smadding

	Royal Navy = Erster Offizier (First Lieutenant – Number One)
Mixer	Mechaniker, z.B. Torpedomixer
Nock	äußerster Teil der Brücke, einer Rah etc.
O-Messe	Offiziersmesse
OF-Raum	(Ober-)Feldwebelraum
Päckchen	1. Bordkleidung, z.B. Lederpäckchen 2. Boote liegen Bord an Bord
Papenberg	Anzeige für Sehrohrtiefensteuerung
peilen	sichten, messen
Peilung	Kompaßpeilung: Winkel zwischen 0° (Nord) und dem Objekt, z.B. Boje, Landmarke etc. Schiffspeilung: Winkel zwischen Schiffslängsachse (Bug = 0°) und Objekt
Pfeifen und Lunten aus!	»Zapfenstreich« bei der Marine, oft Zusatz: Geister auf Station!
pönen	anstreichen, bemalen
purren	wecken
Rapport	zur (härteren) Bestrafung dem Kommandanten vorführen
Schapp	kleiner Raum, auch Fach, Schrank
Schlunz	Krankenrevier, Lazarett, Krankenhaus
Spargel	Periskop, Sehrohr
Schott	Tür, Tor
Schotten	wasserdichte Abteilungen im Schiff (s.u. Verschlußzustand)

Schwell	Welle ohne Brecher
Seite pfeifen	Seemännische Ehrenbezeigung
Spring	vordere/achtere leichte Trosse zum Kai
Stahlseele	Verstärkung in stark belastetem Tauwerk
Stelling	auch Gangway, Steg vom Schiff zum Kai
Stoker	Heizer, allgemein: Maschinenpersonal
Stoppelhopser	Spottname für Angehörige der Landstreitkräfte
Tampen	Leine, Seil, Tau
Tanks peilen	Verbrauch feststellen
torfen	schlafen
trimmen	hier: die Gewichtsverteilung im getauchten U-Boot entsprechend ausgleichen, damit es auf ebenen Kiel kommt
ULD	U-Bootlehrdivision (= U-Bootschule)
USG (S-Gerät)	Unterwassersuchgerät, Sonar = deutsches ASDIC
UZO	Torpedozielgerät
V-Boot	Verkehrsboot (Motorboot, Barkasse)
verholen	1. Schiff an einen anderen Platz verlegen 2. sich verdrücken
VP-Boot	Vorpostenboot
Verschlußzustand	Schließen der wasserdichten Türen (= Schotten) im Schiff bei Gefahr

Wabos	Wasserbomben
Wache	Besatzung ist in Steuer- und Backbordwache eingeteilt, wechseln alle vier Stunden. Ausnahme: von 12 bis 16 Uhr Wechsel im Zwei-Stunden-Rhythmus
wahrer Standort	astronomisch oder durch Peilung bestimmter, tatsächlicher Standort
gegißter Standort	gekoppelter, nicht genauer Standort
Wahrschau	Warnruf, bedeutet: Achtung, aufgepaßt!
wahrschauen	warnen, aber auch: wecken, melden, herbeirufen
Werftgrandie(s)	Werftarbeiter
Wintergarten	hinterer (offener) Teil des U-Bootturms, dient als Geschützplattform für die Flak
Wooling (Wuling)	Durcheinander (insbes. von Tauwerk)
Zentrale	Kommandoraum des U-Bootes, geschützt durch Kugelschott, letzte Zuflucht bei Havarien etc.
zwo (zwozehn)	zwei (zwölf), um Verwechselungen mit drei (oder elf) auszuschließen

C. H. Guenter
Die großen maritimen Romanerfolge bei Ullstein Maritim

Atlantik-Liner
3-548-24609-5

Duell der Admirale
U-136 auf tödlicher Jagd
3-548-24398-3

Einsatz im Atlantik
Das letzte U-Boot nach Avalon (I)
3-548-24634-6

Geheimauftrag für Flugschiff DO-X
3-548-25079-3

Kriegslogger 29
Den letzten fressen die Haie
3-548-24304-5

Das Otranto-Desaster
3-548-24728-8

Der Titanic-Irrtum
3-548-24471-8

U-136 – Flucht ins Abendrot
3-548-25207-9

U-136 in geheimer Mission
Das letzte U-Boot nach Avalon (II)
3-548-24635-4

U-Kreuzer Nowgorod
3-548-24774-1

ULLSTEIN TASCHENBUCH

Mar. 25